ALÉM DO OCEANO

MAJA LUNDE

ALÉM DO OCEANO

Tradução
Kristin Lie Garrubo

Esta tradução foi publicada com o apoio financeiro da NORLA, Norwegian Literature Abroad.
Título original: Blå

Direção editorial: Victor Gomes
Coordenação editorial: Giovana Bomentre
Tradução: Kristin Lie Garrubo
Preparação: Audrya Oliveira
Revisão: Natália Mori Marques e Cintia Oliveira
Design de capa: Dani Hasse
Projeto gráfico e diagramação: Beatriz Borges

Dados Internacionais de Catalogação na Publicação (CIP)

L962a Lunde, Maja
Além do oceano/ Maja Lunde; Tradução: Kristin Lie Garrubo. – São Paulo: Editora Morro Branco, 2021.
352 p; 14x21 cm.

ISBN: 978-85-92795-88-7

1. Literatura norueguesa. 2. Ficção norueguesa. I. Garrubo, Kristin Lie. II. Título
CDD 839.82

Todos os direitos desta edição reservados à:
EDITORA MORRO BRANCO
Alameda Santos, 1357, 8º andar
01419-908 – São Paulo, SP – Brasil
Telefone (11) 3373-8168
www.editoramorrobranco.com.br
Impresso no Brasil
2021

Para Jesper, Jens e Linus

SIGNE

RINGFJORDEN, SOGN OG FJORDANE, NORUEGA, 2017

Nada parava a água. Era possível segui-la da montanha ao fiorde, da neve que caía das nuvens e assentava sobre os picos, do vapor que se elevava acima do mar e transformava-se em nuvens outra vez.

A geleira crescia a cada inverno. A geleira crescia acumulando neve, a cada inverno crescia como o esperado. E a cada verão derretia, vazava, soltava gotas; gotas que se transformavam em riachos e, impulsionados pela gravidade, se encaminhavam para baixo, os fluxos confluíam, formando cachoeiras, rios.

Éramos dois povoados que dividiam uma montanha e uma geleira. Assim fora até onde ia nossa memória. Uma face da montanha era vertical, de onde as quedas irmãs Søsterfossene retumbavam por 711 metros ao encontro do Eide, um lago de águas verde-escuras que dava nome ao povoado Eidesdalen e que garantia a fertilidade aos animais e aos humanos ali.

Eidesdalen, o povoado de Magnus.

De Eidesdalen não se via o fiorde, não se sentia o sal nos lábios. A maresia não era trazida pelo vento, nunca alcançava o povoado. Não sentiam o cheiro do mar; foi assim que ele cresceu. Contudo, eles tinham a própria água, a água sem sabor, a água que fazia tudo crescer, e no futuro Magnus diria que nunca sentiu falta do mar.

O outro lado da montanha era mais suave, menos íngreme. Ali, a água confluía para o rio Breio, o rio do salmão, o rio do melro-d'água, o rio do mexilhão de água doce. Ela abria caminho por uma fenda na paisagem, moldando essa fenda com milhões de gotas por segundo, em quedas, em corredeiras, e em trechos de calmaria e mansidão. Quando o sol brilhava, tornava-se uma faixa luminescente.

O Breio percorria o caminho todo até Ringfjorden, e ali, no povoado a nível do mar, o rio encontrava a água salgada. Ali, a água da geleira e o mar tornavam-se um só.

Ringfjorden, meu povoado.

Então estavam juntas, a água da geleira e a água do mar. Até que o sol puxasse as gotas para si outra vez, levando-as ao ar como vapor, ainda mais para cima: até as nuvens, onde se furtavam à gravidade.

Agora estou de volta. Blåfonna, a geleira que já foi nossa, obrigou-me a voltar. Não há vento quando chego a Ringfjorden e sou forçada a ligar o motor no último trecho, seu som afoga todo o resto. *Blå* desliza pela água, deixando apenas uma esteira de pequenas ondulações na superfície.

Jamais esquecerei essa paisagem. Ela criou você, Signe, disse Magnus certa vez. Ele queria dizer que a paisagem havia se instalado em mim, em meu jeito de andar, com as pernas levemente dobradas, como se eu sempre estivesse enfrentando uma ladeira, subindo ou descendo. Não fui feita para caminhos planos, é dessa terra que sou. Mesmo assim, me surpreendo agora ao revê-la: as elevações, as quedas, o vertical contra o horizontal.

As pessoas vêm de longe para ver essa paisagem, achando a vista *linda*, *fantastisk*, *amazing*. Ficam sobre conveses do tamanho de quadras de futebol enquanto enormes motores a diesel vomitam gases de escape. Apontam e olham para a água azul cristalina, para as colinas verdejantes, onde casas franzinas agarram-se a qualquer lugar com declive menor do que 45 graus. Mais de mil metros acima estão as montanhas, as arestas rasgadas e afiadas da Terra, elas rebentam contra o céu, com a pitada de branco que os turistas amam, *wow, it's snow*, que está ali nas encostas viradas para o norte, seja inverno ou verão.

Mas os turistas não veem Søsterfossene nem as pastagens montanhosas de verão de Sønstebø; já desapareceram faz tempo. Tampouco podem ver o rio Breio, que foi o primeiro a sumir, muito antes de os navios chegarem, muito antes de os americanos e os japoneses aparecerem com seus telefones e máquinas fotográficas e teleobjetivas. Os dutos estão enterrados e os danos que as obras de escavação infligiram à natureza têm sido lentamente encobertos por vegetação.

Estou com a cana de leme na mão e mantenho a velocidade baixa enquanto me aproximo do povoado. Passo a central hidrelétrica, uma grande construção de alvenaria isolada na orla. Pesada e escura: um monumento à morte do rio e das cachoeiras. De lá, os cabos estendem-se em todas as direções, alguns inclusive sobre o fiorde. Até isso tiveram autorização para fazer.

O motor abafa tudo, mas lembro-me do som das linhas de transmissão, o zumbido baixo no clima úmido, a água contra a eletricidade, um crepitar. Sempre me deu arrepios, especialmente no escuro, quando se pode ver as faíscas que soltam.

As quatro vagas de visitantes da marina estão vazias, é cedo demais para os turistas. As vagas só são usadas no verão, então posso escolher à vontade. Entro na da ponta, amarro a popa e a proa e coloco um través por via das dúvidas. Afinal, o vento oeste pode chegar de supetão. Puxo a alavanca do acelerador completamente para trás e ouço os suspiros relutantes do motor que se desliga. Tranco a portinhola do salão e ponho o molho de chaves no bolso da frente do anoraque. É grande, uma bola de cortiça o faz flutuar e cria uma protuberância na minha barriga.

O ponto de ônibus está no mesmo lugar de sempre, na frente da cooperativa. Sento-me para esperar, o ônibus só passa uma vez por hora. Aqui é assim: tudo acontece com pouca frequência e precisa ser planejado. Eu que tinha me esquecido disso depois de tantos anos.

Finalmente ele aparece. Minha companhia é um grupo de jovens, vindos da escola para ensino médio construída no começo da década de 1980, aquela nova e bonita, uma das muitas coisas que o povoado pôde bancar.

Não param de falar sobre provas e treinos. As testas deles são lisas, as faces tenras e espantosamente jovens, sem marca alguma, sem vestígios de uma vida vivida.

Não se dignam a me dirigir um olhar, entendo-os perfeitamente. Para eles, sou apenas uma senhora, um tanto desarrumada e desgrenhada, de anoraque surrado e tufos grisalhos saindo de um gorro de tricô.

Eles têm gorros novos, quase idênticos, com a mesma logomarca no meio da testa. Tiro depressa o meu e o ponho no colo. Claro que está cheio de nós e começo a tirá-los um por um, enchendo minha mão de fiapos.

Mas não adianta, há demais para tirar. Agora não sei o que fazer com eles e fico com os fiapos na mão, no fim, deixo-os cair. Eles voam sem peso sobre o chão, passando pelo corredor. Os jovens não os notam, e por que notariam uma bolota cinza de fiapos?

Às vezes esqueço minha aparência física. Quando você mora num barco acaba não se importando, mas as raras vezes que me olho num espelho em terra, com boa iluminação, levo um susto. Quem é aquela ali dentro, penso, meu Deus, quem é aquela velhinha magrinha?

É estranho, abstrato. Não: surreal; surreal é a palavra, que eu seja uma delas, uma das idosas, se ainda sou tão completa e absolutamente eu, a mesma que sempre fui, quer estivesse com 15, 35 ou 50 anos, uma massa constante e inalterada, como a que sou nos sonhos, como pedra, como gelo milenar. A idade é dissociada de mim. Apenas quando me movimento sua presença faz-se sentir. Então se manifesta com todas suas aflições, os joelhos doloridos, o pescoço duro, o quadril resmungão.

No entanto, os jovens não pensam sobre minha idade avançada, porque nem me veem. É assim mesmo: ninguém vê as velhas. Faz anos que ninguém olha para mim. Só dão risadas juvenis e claras, falando de uma prova de História que acabaram de fazer, a Guerra Fria, o Muro de Berlim; mas não do conteúdo, somente sobre as notas que tiraram, se B^- é melhor que B/C. Ninguém faz menção ao gelo, nem uma palavra sobre o gelo, sobre a geleira, embora devesse ser o assunto na boca de todos aqui na minha terra.

Na minha terra... será que ainda chamo isso de minha terra? Não consigo apreender o significado, não depois de quase quarenta, não, quase cinquenta anos longe daqui. Apenas uma passada em casa para organizar as coisas depois dos falecimentos, para fazer os cinco dias de luto obrigatório após os enterros, primeiro o da Mamãe, depois o do Papai. Dez dias ao total, é tudo que passei aqui em todos esses anos. Tenho dois irmãos aqui, meios-irmãos, mas quase nunca falo com eles. Eram os meninos da Mamãe.

Encosto a cabeça na janela do ônibus, observando as mudanças. A urbanização intensificou-se, um novo projeto de construção consistindo de casas brancas pré-fabricadas com janelas quadriculadas cola-se à encosta. O ônibus passa a piscina pública coberta; ela ganhou um telhado novo e uma grande placa azul na entrada: RINGFJORD WATER FUN. Tudo fica melhor em inglês.

O ônibus continua colina acima, em direção ao interior. Alguns jovens descem no loteamento mais elevado, mas a maioria continua no ônibus. Estamos subindo, a estrada muda, fica estreita, cheia de buracos causados pelo gelo, algo que acontece praticamente no exato momento em que entramos no município vizinho. Somente aqui a maioria dos jovens desce – pelo visto o interior ainda não ganhou uma nova escola de ensino médio, nem uma piscina pública coberta aqui em Eidesdalen, na terra do irmãozinho, o perdedor.

Desço com os últimos jovens, caminhando sem pressa pelo centrinho. O lugar é ainda menor do que eu lembrava. A mercearia local fechou. Enquanto Ringfjorden cresceu, sobrou uma fração do tamanho original de Eide... mas não vim aqui por causa de Eide, não posso chorar mais por Eidesdalen, aquela luta acabou muitos e muitos anos atrás. Dessa vez vim por causa do gelo de Blåfonna. Pego a estrada de cascalho que leva à montanha.

Até os jornais da capital escrevem sobre o assunto. Li as matérias repetidas vezes, mas não posso acreditar nas palavras. Estão tirando o gelo da geleira, gelo limpo e branco da Noruega, e comercializando-o como a coisa mais exclusiva que se pode colocar na bebida, um mini-iceberg flutuante rodeado de destilado dourado. Mas não para clientes noruegueses. Não, só para aqueles que realmente podem pagar. O gelo será transportado para países desérticos, as terras dos sheiks do petróleo, e lá será vendido como ouro, ouro branco, para os mais ricos dos ricos.

Enquanto subo em direção à montanha, começa a nevar. É o último suspiro do inverno, a maneira de abril zombar de nós. Há pequenas poças congeladas no caminho, ladeadas de cristais. Apoio o pé no gelo fino e superficial de uma pocinha, esmagando-o, ouvindo-o arrebentar, mas já não tem graça, não do jeito que tinha.

Fico ofegante, é mais íngreme e distante do que lembrava.

Mas enfim chego lá, enfim vejo a geleira, minha tão querida Blåfonna.

Todas as geleiras estão derretendo, isso já sei. Mesmo assim, testemunhar é diferente. Paro, só respiro, o gelo está lá ainda, mas não onde costumava. Quando eu era pequena, a geleira chegava quase até o precipício da montanha onde as cachoeiras sumiam para baixo, onde a geleira e as cachoeiras se conectavam. Porém, a geleira agora está no alto da vertente do vale, a distância é longa, talvez cem metros, talvez duzentos, entre o precipício e a língua azul. A geleira moveu-se, como se tentasse fugir, escapar dos seres humanos.

Continuo subindo pelo urzal, preciso senti-la, preciso pisar nela, tocá-la outra vez.

Enfim tenho gelo debaixo dos pés e cada passo faz barulho, um som levemente estaladiço. Avanço mais e agora vejo a área de extração, as feridas na geleira branca acinzentada, cortes duros sobre o fundo azul onde o gelo fora talhado. Ao lado, há quatro sacos brancos, grandes e cheios, prontos para serem recolhidos. Li que usam motosserras, motosserras delicadas sem lubrificação, evitando que os cubos de gelo sejam contaminados por óleo.

Nada deveria me surpreender mais. Cada coisa que os seres humanos fazem, mas isso, isso cria uma fenda em mim, porque Magnus deve ter dado seu aval, sorridente, na reunião do conselho, talvez até aplaudido.

Aproximo-me mais, preciso escalar para chegar bem pertinho, pois os cortes foram feitos onde a geleira mais se inclina. Tiro uma das luvas, coloco a mão sobre o gelo, ele vive sob meus dedos, minha geleira, um animal grande e calmo que dorme, mas é um animal ferido e não pode rugir, está sendo exaurido a cada minuto, a cada segundo, já está moribundo.

Estou velha demais para chorar, velha demais para essas lágrimas, mas ainda assim estou com as faces molhadas.

Nosso gelo, Magnus, nosso gelo.

Você se esqueceu disso, ou talvez nem tenha notado que a primeira vez que nos vimos foi com o gelo de Blåfonna a derreter entre as mãos?

Eu tinha sete anos, você tinha oito, você se lembra? Era meu aniversário e ganhei água, água congelada, de presente.

A vida toda é água, a vida toda era água, para onde quer que me virasse havia água, ela caía do céu como chuva ou neve, enchia os pequenos lagos nas montanhas, jazia como gelo na geleira, lançava-se pelas encostas íngremes em milhares de pequenos córregos, confluía para o rio Breio, estendia-se no fiorde diante do vilarejo, o fiorde que se transformava em mar quando você o seguia para o oeste. Meu mundo todo era água. A ladeira, as montanhas, os pastos não passavam de ilhas minúsculas naquilo que realmente era o mundo; eu chamava meu mundo de Terra, mas pensava que na verdade deveria se chamar Água.

O verão estava tão quente, era como se morássemos em um lugar totalmente diferente. O calor não cabia aqui e os turistas ingleses hospedados em nosso hotel suavam sentados no grande jardim, sob as árvores frutíferas, abanando-se com velhos jornais e dizendo que nunca imaginaram que pudesse ser tão quente aqui no norte.

Quando acordei, a cama estava vazia. A Mamãe e o Papai já tinham levantado, eu costumava dormir entre os dois; durante a noite entrava sorrateiramente no quarto deles e me deitava bem no meio da cama de casal.

Perguntavam se eu estava tendo pesadelos, mas não era essa minha motivação.

— Não quero ficar sozinha — expliquei. — Quero ficar junto com alguém.

Deveriam entender, afinal, dormiam com alguém toda noite. Mas não importava quantas vezes eu entrasse no quarto deles, não me entendiam. Toda noite, na hora de dormir, lembravam-me que eu deveria ficar na minha própria cama a noite inteira, não só metade da noite. E eu dizia que ficaria, porque sabia que era isso que queriam que eu dissesse, mas então eu acordava mesmo assim. Toda noite eu me sentava na cama e sentia como ela era vazia, como o quarto era vazio, e aí eu ia, de mansinho, não, eu não andava nas pontas dos pés, crianças pequenas não sabem andar sem fazer barulho, eu muito menos. Eu simplesmente andava, sem pensar se fazia barulho, sem pensar se os acordava, passava sobre as tábuas frias do assoalho, entrava no quarto deles, onde sempre subia na cama pelo pé, porque assim podia me espremer entre os dois, sem ter de passar por cima de nenhum dos grandes corpos. Nunca precisava de cobertor, pois seus corpos, um de cada lado, eram quentes o bastante.

No entanto, justamente nessa manhã eu estava sozinha. Já tinham levantado, mas como era meu aniversário, eu não podia me levantar com eles. Sabia que precisava ficar quietinha, lembrava-me disso do ano anterior, de que no aniversário a gente só deve ficar quietinha e esperar até que eles viessem. E a coceira, ainda me lembro da coceira, os braços e as pernas estavam prestes a explodir, uma espera insuportável, quase não dava para aguentar, talvez fosse até melhor *não* ter aniversário, afinal.

— Vocês vêm logo? — tentei.

Mas ninguém respondeu.

— Ei?!

De repente fiquei com medo de que não viessem, que tivessem errado o dia.

— MAMÃE E PAPAI?!

Ou que tivessem se esquecido totalmente do aniversário.

— EI, MAMÃE E PAPAI!!!

Então apareceram, com bolo e música, ficaram um de cada lado da cama cantando com sua voz aguda e grave, em perfeito uníssono. De repente, tudo aquilo era demais e precisei cobrir minha cabeça com o cobertor e passar ainda mais tempo na cama, embora na verdade quisesse muito me levantar.

Depois de cantar parabéns, deram-me presentes. Da Mamãe ganhei uma bola lisa e uma boneca com uma boca cujo sorriso era assustador de tão largo.

— Ela dá medo — falei.

— Imagina — retrucou Papai.

— Dá medo, sim — afirmei.

— Achei ela tão bonita na loja, e era a maior boneca que tinham — a Mamãe justificou-se.

— Não precisavam ter feito ela com um sorriso assim — insisti.

— Você tem que agradecer — disse o Papai. — Precisa agradecer a sua mãe.

— Obrigada — falei. — Pela boneca. Que dá medo.

Eu sempre falava o que achava, o que pensava, e pode ser que ficassem irritados, mas nunca o suficiente para mudar meu comportamento, que talvez nem fosse tão simples de mudar.

Lembro-me da boneca e dos outros presentes que ganhei, tenho quase certeza de que ganhei todas essas coisas naquele dia: dois livros sobre flores, do Papai, um herbário, também dele, um globo terrestre com luz, dos dois. Agradeci por tudo. Tantos presentes... Eu sabia que ninguém que eu conhecia ganhava tantos quanto eu, tampouco ninguém que eu conhecia tinha uma mãe que era dona de um hotel de quase cem quartos, eram 84, mas sempre dizíamos *quase cem*, e, além do mais, tínhamos nossa própria ala residencial, que a gente chamava apenas de "a ala", com três salas e quatro quartos e cozinha e até um quarto de empregada.

Ela tinha herdado tudo do meu avô materno, que morreu antes de eu nascer; havia fotos dele por todo lado, do velho Hauger. Todos o chamavam assim, até eu. Seu nome, a Mamãe também tinha herdado, Hauger, um nome chato que ela escolheu manter. Ela nunca pegou o sobrenome do Papai, o nome dele de Oslo, porque um nome como Hauger não se descartava, dizia a Mamãe, pois teriam de trocar o nome do nosso hotel também, Hotel Hauger, e isso não se fazia, pois havia história em nossas paredes, desde o ano da construção, que estava escrito com números talhados em madeira sobre a entrada: 1882.

Ganhei bolo, de manhã e durante o dia, tanto bolo que a barriga não conseguia mais comportar. Também me lembro daquela sensação, que eu tinha sete anos e que o bolo inchava minha barriga contra o peito, mas ainda assim continuei comendo. A família apareceu, todos se reuniram em volta de uma mesa no jardim, toda a parentada da Mamãe, a vovó, as tias, os dois tios agregados, a prima Birgit e meus três primos.

Os convidados conversavam e faziam barulho, mas eu fazia mais barulho porque não parava quieta, não naquela época nem depois, e eu tinha uma voz alta que Papai dizia ser capaz de soar até Galdhøpiggen. Ele sempre sorria ao dizer isso, até Galdhøpiggen, o pico mais alto da Noruega, e ficava feliz por eu gritar tanto, dizia ele, tinha orgulho disso, mas a Mamãe deveria ter outra opinião, ela dizia que minha voz penetrava até a medula dos ossos.

Eu estava fazendo tanto barulho que não ouvi o caminhão. Só quando a Mamãe me chamou para ir até o pátio percebi que algo estava acontecendo. Ela pegou minha mão e me levou para depois da esquina de casa, enquanto acenava para os convidados os chamando para virem conosco. Ela ria para eles, para mim, e havia algo diferente na risada, ela ria como eu costumava rir, escandalosamente e um pouco alto demais, e eu também ria, porque senti que deveria.

Virei-me e procurei com os olhos pelo Papai. Ele estava no final da fileira de convidados, sozinho. Eu queria segurar a mão dele, mas a Mamãe estava puxando forte demais.

Então acabamos de dobrar a esquina e tomei um susto. Não entendi o que estava vendo, o pátio inteiro estava branco, refletia a luz, cintilava, fazendo-me apertar os olhos.

— Gelo — anunciou a Mamãe. — Neve, inverno, olha, Signe, é inverno!

— Neve? — perguntei.

Ela estava ao meu lado e senti que alguma coisa naquilo era importante para a Mamãe, a neve, que na verdade era gelo, mas não entendi o quê. E agora Papai estava ao lado dela e não estava sorrindo.

— O que é isso? — perguntou a ela.

— Você se lembra — disse Mamãe para mim —, que você queria muito fazer aniversário no inverno?

— Não — respondi.

— Que você chorou quando Birgit fez aniversário e caiu neve? — continuou a Mamãe. — E você queria um boneco de neve, você se lembra disso?

— Você trouxe isso tudo lá da montanha? — Papai questionou Mamãe em um tom duro.

— Sønstebø o buscou para mim, ele já precisava fazer uma entrega no Centro de Processamento de Peixe mesmo — respondeu ela.

Virei-me e vi Sønstebø, o agricultor de Eidesdalen. Parado junto ao caminhão, olhava para mim, sorrindo. Entendi que esperava algo de mim e, atrás dele, estava o filho dele, Magnus.

Lá estava você, Magnus. Eu já sabia quem você era, porque seu pai às vezes vinha com gelo no caminhão para o hotel, e aí às vezes você vinha com ele. Ainda assim, penso naquele momento como a primeira vez que te vi. Você estava ali, descalço, os pés escuros de sol e sujeira, e esperava por algo. Assim como todos os outros, você esperava por mim. Para mim, você lembrava um esquilo: olhos redondos e castanhos que captavam tudo. Tinha apenas oito anos, mas acho que percebeu que algo estava em jogo, algo que não era dito, que alguém precisava de você ou que ia precisar de você. Você era assim. Ele era assim.

— Então, Sønstebø teve de fazer uma viagem a mais? — Papai disse baixinho. — Todo o caminho da montanha pra cá?

Torci para que abraçasse a Mamãe, do jeito que às vezes fazia, envolvendo-a e puxando-a para si com os braços. Mas ele não se mexeu.

— Signe faz aniversário, e ela queria isso — disse a Mamãe.

— E o que Sønstebø vai receber pelo trabalho?

— Ele achou divertido. Adorou que eu ia fazer isso, adorou a ideia.

— Todos adoram suas ideias.

Então a Mamãe virou-se para mim.

— Você pode fazer um boneco de neve, Signe. Não é isso que você quer? Vamos fazer um boneco de neve, todo mundo!

Eu não queria fazer um boneco de neve, mas respondi que sim.

Estava escorregando nos sapatinhos e quase caí, desequilibrando-me naquela brancura que ela chamava de neve, mas a Mamãe me agarrou e segurou-me em pé. A umidade e o frio invadiam as solas dos sapatos, grãos duros de gelo rolavam sobre os pés e derretiam em contato com as finas meias três quartos.

Abaixei-me, agarrei a neve com as mãos e tentei formar uma bola, mas era como torrões de açúcar se desmanchando.

Ergui a cabeça. Todos olhavam para mim, a comitiva inteira assistia. Magnus estava completamente parado, só movimentava os olhos, passando-os da neve para mim e de volta. Ele nunca ganhara neve no aniversário, apenas filhas de hoteleiras deveriam ganhar algo assim, e eu desejava que ele não estivesse vendo isso.

No entanto, a Mamãe estava sorrindo. Um sorriso tão largo quanto o da boneca, a maior da loja, e fiz mais uma tentativa de fazer uma bola, tinha de conseguir, era preciso formar uma bola de neve, tinha de fazer um grande boneco de neve, porque não lembrava que havia desejado ter um aniversário de inverno, não conseguia lembrar que eu alguma vez havia conversado com a Mamãe sobre isso, ou que havia chorado no aniversário de Birgit. Mas foi o que eu fiz, e agora o Papai estava bravo com a Mamãe, e a Mamãe só me deu um presente que eu não sabia que queria. Talvez eu tivesse dito que queria uma boneca também, e me esqueci. Era minha culpa, tudo isso, que eu estava ali com os pés tão incrivelmente frios, com o gelo derretendo entre meus dedos, que todos estavam assim, esquisitos em torno de mim, que o pátio seco estava ficando lamacento e nojento, que o Papai fitava a Mamãe com um olhar que eu não entendia e que enfiava as mãos nos bolsos da calça de um jeito que estreitava os ombros dele, e que Magnus estava ali. Desejava com todo o meu coração palpitante de sete anos que ele não estivesse me vendo assim.

Por isso menti, pela primeira vez na minha vida menti, algumas crianças sabem mentir e mentem sem pensar. Elas têm facilidade de dizer que não pegaram as bolachas da lata ou que perderam o caderno de lição de casa no caminho. Mas eu não era uma criança daquelas, assim como não era uma criança que gostasse de imaginar coisas. Não levava jeito para brincadeiras de faz-de-conta e mundos imaginários, e, talvez por causa disso, nem para a mentira. Até aquele momento da vida, nunca estivera em uma situação em que precisasse mentir, e, além do mais, nunca me passou pela cabeça que realmente fosse possível, que uma mentira pudesse resolver algo, simplesmente fora mais fácil dizer o que pensava.

Contudo, agora o fiz, a mentira impunha-se, pois era culpa minha tudo isso, pensei, com os dedos dos pés gelados e as meias três quartos molhadas, com os pedaços de bolo fazendo pressão contra o peito, subindo para a garganta, para a boca. E tinha que interromper o olhar do Papai, por isso menti, tive que fazê-lo tirar as mãos dos bolsos e abraçar a Mamãe.

Ponderei a mentira, num rasgo, criei-a na cabeça, antes de apresentá-la, numa voz baixa que torci para que soasse genuína.

— Lembro, sim, Mamãe. Eu queria fazer aniversário no inverno. Eu lembro.

Para fazer a coisa bem-feita, deixar a mentira convincente, enchi as mãos com neve úmida de torrões de açúcar, estendendo-as para a Mamãe, para o Papai.

— Obrigada. Muito obrigada pelo gelo.

Isso, pensei, agora tudo deve ficar bem. Porém, nada acontecia; um dos convidados tossiu de leve, minha prima puxou a saia da minha tia, olhou para ela, mas todos os adultos olhavam apenas para mim, aguardando, como se mais alguma coisa fosse acontecer.

Foi então que ele veio, Magnus, com pés ágeis sobre o chão, do caminhão para mim.

— Vou te ajudar — disse ele.

Abaixou-se, a nuca de menino tosquiada e bronzeada, pegou o gelo entre as mãos e fez uma bola muito melhor que a minha.

Seus pés descalços no gelo, deveriam estar geladíssimos, mas pelo visto não se importava. Já estávamos fazendo um boneco de neve juntos, da neve úmida e derretida, e eu já não notava todas as pessoas à nossa volta, todos que ainda nos olhavam.

— Precisamos de um nariz — disse ele.

— Você quer dizer uma cenoura — corrigi.

— Sim, um nariz.

— Mas na verdade é uma cenoura — insisti.

E ele riu.

DAVID

TIMBAUT, BORDÉUS, FRANÇA, 2041

O calor vibrava sobre a estrada à nossa frente. Ondulava no topo da colina, parecia água, mas quando chegávamos mais perto, desaparecia.

Ainda não vimos nada do acampamento.

Acima de nós, o céu estava azul. Nenhuma nuvem. Azul, sempre azul. Eu já tinha começado a odiar aquela cor.

Lou estava dormindo, apoiada no meu braço, balançando de leve enquanto o caminhão passava por lombadas no asfalto. Fazia tempo que alguém cuidara das estradas. As casas pelas quais passávamos estavam abandonadas, os campos, secos e chamuscados pelo sol.

Virei o rosto para Lou e farejei sua cabeça. Seu cabelo macio de criança cheirava a fumaça acre. O cheiro pungente de fogo estava impregnado em nossas roupas também, apesar de fazer muitos dias desde que saímos de Argelès. Desde que viramos meia família.

Vinte e dois dias. Não, já se passaram vinte e quatro dias. Eu tinha perdido a conta. Talvez *quisesse* perder a conta. Vinte e quatro dias desde que saímos correndo de Argelès. Eu com Lou nos braços. Ela chorava. Corri até não escutar mais o fogo. Corri até a fumaça ser apenas uma névoa distante. Só ali a gente parou, se virou para a cidade e…

Pare, David. Pare. Vamos vê-los agora. Estão aqui. Anna e August vão estar no acampamento. Pois era para cá que Anna queria vir. Ela falava daquele lugar há muito tempo. Era para ser decente. Aqui tinha comida e energia solar. Sem mencionar a água. Água limpa e fria de torneiras.

E a partir desse acampamento seria possível ir mais ao norte.

O motorista freou. Saiu da pista e parou na lateral da estrada. Lou acordou.

— Ali — apontou ele.

Na nossa frente tinha uma cerca de lona verde-exército. Anna. August.

O motorista nos deixou descer. Murmurou um "boa sorte" e foi embora numa nuvem de poeira.

O ar quente foi ao nosso encontro como uma parede. Lou piscou para o sol, segurou minha mão.

A bola de fogo no céu me roubava cada gota de água. O asfalto estava tão quente que provavelmente derreteria em breve.

Meu telefone tinha quebrado. O relógio de pulso fora embora numa permuta. Não sabia que horas eram, mas a cerca na minha frente ainda lançava apenas uma sombra curta, então não devia ter passado das três.

Eu andava depressa. Agora íamos reencontrá-los. Com certeza vieram antes da gente.

Chegamos na entrada, dois guardas fardados estavam sentados atrás de uma mesa.

Olharam para nós sem nos ver.

— Documentos? — disse um deles.

— Estou procurando alguém — expliquei.

— Primeiro os documentos de identidade — reforçou o guarda.

— Mas…

— Não quer entrar?

Coloquei os nossos passaportes na frente dele, mas deixei os de Anna e August na mochila. O guarda não precisava saber que estávamos com eles. Provavelmente só gerariam perguntas.

Folheou meu passaporte às pressas, parou na foto. Eu mesmo me assustava toda vez que a via. O cara da foto, será que era eu? Bochechas tão redondas, quase gordas. Será que a câmera distorcera meu rosto?

Não, era simplesmente assim que eu era naquela época. Rechonchudo; não gordo, só robusto.

Ou, na verdade, normal, talvez. Talvez todos nós fôssemos assim antes.

Ele pegou o passaporte de Lou, que era mais recente, mas Lou estava crescendo tão depressa. A criança do passaporte poderia ser qualquer uma. Três anos quando a foto foi tirada. Sorridente, não séria como agora.

Eu tinha feito tranças no cabelo dela hoje de manhã. Era bom nisso. Escovava e dividia o cabelo em duas partes iguais, com uma risca bem definida entre elas. Depois fazia rapidamente duas tranças apertadas que desciam pelas costas. Talvez fosse em função das tranças que um motorista finalmente nos deu carona. Agora, eu torcia para que tirassem a atenção da sujeira, da magreza dela. E da seriedade, pois raramente sorria, minha filha. Antes, era uma daquelas que viviam pulando, correndo, correndo e pulando ao mesmo tempo. Agora as tranças pendiam por suas costas, completamente imóveis.

O guarda continuou olhando para mim, pelo visto conferindo a foto do passaporte.

— Já faz cinco anos — falei. — Eu só tinha vinte.

— Você tem outra coisa? Outros documentos que podem confirmar que você é você?

Sacudi a cabeça.

— Só consegui trazer esse.

Ele olhou para a foto mais uma vez, como se ela lhe pudesse dar uma resposta. Aí pegou um grampeador e duas folhas de papel verde-claro. Com movimentos ensaiados, grampeou-as em lugares aleatórios nos passaportes.

— Favor preencher isso.

Estendeu a papelada para mim.

— Onde?

— Aqui. No formulário.

— Quero dizer… onde? Você tem uma mesa?

— Não.

Peguei os passaportes. No meu, ele tinha deixado aberta a página com o formulário verde.

— Será que tem uma caneta, então?

Tentei sorrir, mas o guarda só balançou a cabeça com resignação. Não me olhou nos olhos.

— A minha sumiu — falei.

Não era bem verdade. A caneta não tinha sumido, mas a tinta acabara. Lou chorara tanto na segunda noite de estrada, com soluços baixinhos e o rosto escondido nas mãos. Deixei que desenhasse. Ela havia feito linhas finas de tinta azul no verso de um velho envelope que achamos na beira da estrada. Desenhara meninas com vestidos, preenchendo as saias de cor. Desenhara com tanta força que o papel rasgou.

O guarda remexeu em uma caixa no chão. Desenterrou uma caneta esferográfica azul bem gasta, com o plástico rachado.

— Quero ela de volta, viu?

Tive de preencher o formulário em pé. Não tinha nada para apoiar o passaporte. A caligrafia ficou borrada e estranha.

Tentei me apressar. A mão tremia. Profissão. Último local de trabalho. Última residência fixa. De onde vínhamos. Para onde estávamos indo. Para onde estávamos indo?

— Os países da água, David — Anna costumava dizer para mim. — É para lá que precisamos ir.

Quanto mais seco nosso próprio país ficava, mais ela falava sobre os países do norte, onde a chuva não vinha apenas em raras vezes nos meses frios, mas também na primavera e no verão. Onde não havia secas prolongadas. Onde acontecia o contrário, onde a chuva era uma praga, vinha em tempestades. Onde os rios alagavam, as represas rebentavam, abrupta e brutalmente.

— Estão chorando por quê? — dizia Anna. — Eles que têm toda a água do mundo!

Na nossa terra só tínhamos o mar salgado, que estava subindo. Ele e a seca. Ela era *nossa* enchente. Inexorável. Primeiro, era chamada de seca bianual, depois tri, depois tetra. Este era o quinto ano. O verão parecia sem fim.

As pessoas tinham começado a sair de Argelès já no outono do ano passado, mas a gente segurou a barra. Eu tinha um trabalho com que me ocupar, não poderia largá-lo, não poderia largar a velha e acabada usina de dessalinização que transformava o mar em água doce.

No entanto, a energia caía e voltava, os mercados se esvaziavam e a cidade se tornava cada vez mais vazia, mais quieta. E mais quente. Pois quanto mais seco ficava o solo, mais quente ficava o ar. Antes, o sol gastava suas forças na evaporação. Agora que não havia mais umidade no solo, o sol pegava a gente.

Todo dia Anna dizia que precisávamos partir. Primeiro, direto para o norte, enquanto ainda seria possível, antes de todos fecharem as fronteiras. Depois, ela falava de diversos acampamentos: Pamiers, Gimont, Castres. Esse perto de Timbaut era o último.

Enquanto ela falava, a temperatura subia. Refugiados de lugares ainda mais ao sul passavam pela nossa cidade, ficavam alguns dias e seguiam caminho. Mas a gente continuava ali.

Fiquei parado com a caneta na mão. Para onde estávamos indo?

Não podia responder a essa pergunta sozinho. Precisava achar Anna e August primeiro.

O homem atrás da gente na fila esbarrou em nós, e pelo jeito nem percebeu. Era pequeno e encolhido, parecia não preencher a própria pele. Estava com um curativo sujo em uma das mãos.

Com rapidez, o guarda grampeou o formulário verde no seu passaporte. O homem o pegou sem dizer mais nada. Já tinha uma caneta na mão e se retirou para escrever.

Era minha vez de novo. Entreguei os passaportes e os formulários ao guarda. Com os dez itens que deveriam dizer tudo que ele precisava saber sobre Lou e mim.

O guarda indicou o último item.

— E aqui?

— Ainda não decidimos. Preciso falar com minha esposa primeiro.

— Onde ela está?

— A gente ia se encontrar aqui.

— Ia?

— Vai. Combinamos de nos encontrar aqui.

— Fomos instruídos de cuidar para que todos os campos sejam preenchidos.

— Preciso falar com minha esposa primeiro. Estou procurando por ela. Já disse isso.

— Então coloque Inglaterra.

Inglaterra, a meio caminho entre o sul e o norte, ainda habitável.

— Mas não é certeza que seja a Inglaterra que a gente…

Anna não gostava da Inglaterra. Não gostava da comida. Nem da língua.

— Alguma coisa tem que constar — disse o guarda.

— Quer dizer que a gente não se compromete a nada?

Ele deu uma risada curta.

— Se você tiver a grande sorte de conseguir residência, vai ter que aceitar o país que for.

Ele se debruçou sobre o formulário, escrevendo depressa: *Reino Unido*.

Então me devolveu o passaporte.

— É só isso. De noite, precisam ficar aqui, mas de dia podem ir aonde quiserem, tanto dentro quanto fora do acampamento.

— Beleza — falei.

Ensaiei outro sorriso, torcendo para que ele sorrisse de volta. Eu estava precisando de um sorriso.

— Vocês vão ficar no Dormitório 4 — informou.

— Mas onde posso perguntar por minha esposa? E meu filho? Ele é apenas um bebê. Se chama August.

O guarda ergueu a cabeça. Finalmente olhou para mim.

— Na Cruz Vermelha — respondeu. — Assim que entrar, você os vê.

Queria lhe dar um abraço, mas acabei murmurando apenas:

— Obrigado.

— Próximo — disse ele.

Passamos depressa pelo portão. Arrastei Lou atrás de mim. Assim que entramos, notei um som: grilos. Estavam em uma árvore sobre a gente, esfregando intensamente as asas nas pernas. Não havia água, mesmo assim eles davam tudo, uma energia do caramba, sem desistir.

Talvez fosse assim que a gente devia encarar as coisas. Tentei respirar com mais calma.

O acampamento era feito de uns velhos e enormes galpões de armazenamento que se espalhavam por uma planície. Grandes árvores faziam sombra. Ainda estavam com folhas, as raízes deviam ser profundas. Uma placa na parede indicava que o local havia sido uma fábrica de toldos: "Proteção do sol para todas as condições", dizia. Sem dúvida, tinha sido um bom negócio.

Continuamos a andar pelo acampamento. Entre as construções havia uma dúzia de barracas do Exército e o mesmo número de casernas. Foram posicionadas em linhas retas, todas com células solares no teto. Não tinha lixo nenhum. Aqui e ali, pessoas estavam sentadas, descansando no calor. Todos limpos e vestindo roupas em bom estado.

Anna tinha razão. Era um bom lugar.

— Ali — falei, apontando para uma bandeira que tremulava sobre o teto de uma caserna a alguma distância.

— De que país é? — perguntou Lou.

— Não é de um país. É da Cruz Vermelha — expliquei. — Eles sabem onde a Mamãe e August estão.

— Sabem mesmo? — perguntou Lou.

— Sabem, sim — respondi.

Lou me segurava com sua mão pegajosa e melada de criança. Anna costumava pegar no pé dela para que lavasse as mãos. Antes de cada refeição era a mesma ladainha. Lembre-se de lavar as mãos, lembre-se dos micróbios. Imagine se visse Lou agora.

Dobramos uma esquina e Lou parou bruscamente.

— Fila — disse ela baixinho.

Merda.

— Somos peritos nisso — falei, tentando fazer a voz soar feliz. Nos últimos anos, tudo tinha sido racionado. Ficávamos na fila por um litro de leite. Por um pedaço de carne. Por um saco de maçãs, qualquer tipo de fruta. As filas de frutas e verduras eram as mais longas. Havia tão poucas abelhas, tão poucos insetos. Haviam desaparecido gradativamente, mas quando veio a seca, o processo acelerou. Sem insetos, sem fruta. Eu tinha saudades de tomates. Melão. Peras, ameixas. Meter os dentes numa ameixa suculenta, fria da geladeira...

Lou não se lembrava de uma vida sem fila. Foi ela quem tinha inventado que poderíamos *nos sentar* na fila em vez de ficar em pé.

A primeira vez que ela se sentou foi por pura exaustão. Estava choramingando, quase chorando. Mas quando eu me sentei ao lado e disse que estávamos fazendo um piquenique, ela riu.

Ficar sentado na fila já havia se tornado um hábito. As filas eram um lugar de brincar. Brincar de excursão no campo. De escola. De jantar festivo. Especialmente o último. Lou adorava brincar de comer.

Dei uma bolacha a Lou, a última que tinha na mochila. Ela mordiscou a bolacha e sorriu.

— Faz de conta que tem creme amarelo dentro — disse ela, me mostrando a bolacha seca e dura.

Passamos brincando pela entrada, prato principal, sobremesa e queijos. Por alguns poucos instantes consegui pensar apenas na brincadeira.

Porém, o que mais fiz foi procurar por Anna. Esperar. Ela poderia aparecer a qualquer momento. Vir a meu encontro com August nos braços. Ele estaria sorrindo de boca aberta, mostrando seus quatro dentes. Ela ia estendê-lo para mim, para que eu pudesse pegá-lo, segurá-lo enquanto ela me abraçava, e Lou também faria parte do abraço. Todos os quatro estariam assim, juntinhos.

Aí a porta da caserna foi aberta e era a nossa vez.

O chão estava limpo, foi a primeira coisa que notei. Piso duro de madeira, sem um grão de poeira. A caserna tinha diversos cabos que serpenteavam sobre o piso. E estava mais frio ali dentro. Um ventilador na parede zunia alto.

Uma mulher parcialmente escondida atrás de uma tela que estava conectada a um computador externo sorriu.

— Por favor, podem se sentar os dois.

Ela indicou duas cadeiras na frente da mesa.

Expliquei depressa nossa situação, que a família se separou quando saímos do sul, mas que a gente tinha combinado de se encontrar aqui.

— Foi sugestão da minha esposa — disse eu. — Ela queria que viéssemos para cá.

A mulher começou a escrever no computador. Pediu o nome e a data de nascimento de Anna e August, perguntou sobre a aparência física deles.

— Aparência física?

— Têm alguma característica especial?

—... Não... Anna tem cabelos castanhos. Ela é relativamente baixa. — De repente parecia que eu achava que havia algum defeito nela. — Quero dizer... tem estatura baixa perfeita. Um e sessenta, acho. E é bonita — me apressei a acrescentar.

A mulher sorriu.

— Ela tem cabelos castanhos que ficam mais claros no verão. Olhos castanhos — falei.

— E a criança?

— Ele é... um bebê normal. Tem quatro dentes e está bem careca ainda. Aliás, talvez já tenha mais dentes. Nos últimos dias, estava choramingando. Acho que coçava na boca.

Que mais eu diria? Que eu gostava de enterrar meu rosto na barriga dele? Que tinha uma risada alta e cristalina? Que berrava feito uma buzina quando estava com fome?

— Quando foi a última vez que vocês os viram? — perguntou a mulher.

— Quando fomos embora — falei. — O dia que saímos de Argelès, dia 15 de julho.

— Que horas?

— No meio do dia, por volta da hora do almoço.

A essa altura, Lou tinha parado de olhar para mim, preferindo dobrar as pernas e encostar a cabeça nos joelhos.

— O que aconteceu? — perguntou a mulher.

— O que aconteceu? — repeti.

— Sim.

De repente eu não estava gostando das perguntas dela.

— A mesma coisa que aconteceu com muita gente — respondi. — Tivemos que fugir, éramos entre os últimos a sair da cidade. E ficamos separados.

— Foi só isso?

— Só.

— E você não teve notícia dela desde então?

— Como teria? A internet está fora do ar, o telefone não funciona. Mas é claro que já tentei. Senão não estaria aqui, né?

Respirei fundo. Tinha de me acalmar, não podia gritar. Precisava ser positivo, mostrar que era um cara bom.

Além do mais, gostei da mulher. Cinquenta e poucos anos, rosto estreito. Parecia estar cansada, trabalhava duro para os outros o dia inteiro, esse tipo de cansaço.

— Combinamos — falei tão clara e calmamente como pude. — Combinamos de vir para cá. Era nosso plano.

Ela voltou os olhos para o computador de novo. Escreveu mais alguma coisa.

— Infelizmente, não consigo encontrá-los nos meus registros — disse ela lentamente. — Não estão aqui. E nem estiveram aqui.

Olhei para Lou, será que escutava alguma coisa? Talvez não. Estava com a testa encostada nos joelhos, era impossível de ver seu rosto.

— Você pode conferir mais uma vez? — perguntei para a mulher.

— Não tem necessidade — disse ela categoricamente.

— Tem, sim — insisti.

— David, escuta...

— Como você se chama? — perguntei.

—... Jeanette.

— Tudo bem, Jeanette. Você deve ter família também. Imagine se estivéssemos falando da sua gente.

— Minha gente?

— Sua família. Seus entes queridos.

— Também perdi alguém — disse ela.

Ela também perdeu alguém.

É claro que ela também tinha alguém. Alguém que ela procurava, alguém que ela talvez nunca mais fosse rever. Todos estavam passando por isso.

— Desculpa — falei. — O que quero dizer é que é você que tem acesso aos registros. — Indiquei os computadores. — Não é isso que vocês fazem? Acham as pessoas?

Acham as pessoas. Soava como coisa de criança. Para ela, eu era uma criança, com certeza, uma criança com filho. Me endireitei. Afaguei o cabelo de Lou, tentei parecer paternal.

— Temos que achar Anna. É a mãe dela — reforcei. — E o irmão — me apressei a acrescentar. Ela não podia pensar que eu teria esquecido de August.

— Sinto muito, mas vocês estão separados há 24 dias — disse ela. — Qualquer coisa pode ter acontecido.

— Não é tanto tempo — falei.

— Talvez tenham acabado em outro acampamento — disse ela, e agora sua voz soava reconfortante.

— É — falei depressa. — Com certeza, foi isso que aconteceu.

— Posso fazer um registro de pessoas desaparecidas — disse Jeanette.

Ela sorriu outra vez, fazendo um esforço genuíno em ser gentil. E eu respondi com igual gentileza, obrigado, muito gentil de sua parte, querendo mostrar que também era capaz. Estava com os braços colados ao corpo, rígido, escondendo as axilas da mulher, as manchas de suor na camiseta. Olhei na direção de Lou novamente.

Ainda não consegui ver seu rosto. Estava tão rígida quanto eu, apertando o rosto contra os joelhos.

Depois, ela ficou com as marcas dos joelhos na testa, o tecido da calça tinha deixado uma leve estampa quadricular na pele lisa.

Não peguei a mão dela quando saímos. Quis correr. Gritar. Mas me forcei a andar calmamente.

Os grilos. Eles não desistem. Eles aguentam a barra.

Sou um grilo.

SIGNE

Eu deveria consertar algumas das coisas que precisavam ser consertadas. Em um barco, sempre tem algo a ser arrumado, lubrificado, bobinado, colado, limpado, amarrado; nunca se tem folga em um barco. Ou eu deveria visitar o hotel, cumprimentar meus meios-irmãos. Mal os vi desde que assumiram a gestão do hotel, eu deveria vê-los. Mas fico aqui no salão, tomando chá, sem conseguir me mexer. Já faz um dia inteiro que estou em Ringfjorden, minha terra, e fico aqui apenas à escuta.

O ronco dos helicópteros, o barulho está aí desde hoje de manhã, ida e volta sobre a montanha, da geleira até o desativado Centro de Processamento de Peixe e de volta. O Centro de Processamento ganhou vida nova: lá o gelo é cortado e embalado, antes de o despacharem.

O ronco aumenta e diminui, não é mais um som, mas algo material, algo que está instalado em mim. As vibrações agitam a água do fiorde, o chão, correm ao longo da espinha.

Talvez o povo do vilarejo reclame disso, talvez escreva no jornal local, choramingando em cartas ao editor. Afinal, algo eles devem dizer, devem pensar alguma coisa, não? Ainda não falei com ninguém, não perguntei, mas agora me levanto para ir ao mercado. Cumprimento a mulher do caixa com um aceno de cabeça; acho que não me reconhece e eu não consigo lembrar do rosto dela. Sou uma das poucas que saíram, uma das poucas que escolheram outra vida. Signe Hauger, a jornalista, a escritora, a manifestante profissional; o pessoal daqui pode não ter lido nada *que escrevi*, mas definitivamente algo *que escreveram de mim*, e sem dúvida fofocaram, embora agora faça muito tempo desde que me acorrentei em um protesto e fui presa.

Contudo, ela não deve me reconhecer, não, porque faz um gesto indiferente de volta. Eu deveria lhe perguntar se sabe alguma coisa, o que pensa sobre Blåfonna, os helicópteros, a maioria costuma gostar de falar sobre as próprias opiniões. Talvez eu possa bater um papo com ela agora; expressão curiosa, *bater*, como se o papo na verdade fosse algo que deveria acabar o mais rápido possível... Talvez seja esse o motivo pelo qual não aguento esse exato tipo de conversa com as pessoas, não importando se eu as conheça ou não. Mas hoje vou perguntar sobre algo bem específico, então é diferente, ainda assim não consigo ter coragem de falar diretamente com ela, vai parecer estranho, pouco natural, prefiro esperar até a hora de pagar.

Começo a pegar as coisas de que preciso: pão, suco, detergente, enlatados, chá. No mesmo instante, uma campainha sobre a porta faz *tlim*, ela se abre e entram duas mulheres de idade.

Elas batem um papo, e não é breve, estão falando pelos cotovelos, mas não sobre os helicópteros, não sobre o gelo. Parece que ninguém fala sobre Blåfonna.

Demora para eu entender quem são. Suas vozes as entregam, são a primeira coisa que reconheço, estivemos na escola juntas e o som das mulheres é surpreendentemente igual ao de quando eram meninas, os tons que sobem e descem, as risadas.

Dou um passo adiante, saindo de trás da prateleira onde estou. Fica ridículo demais não as cumprimentar e talvez saibam algo sobre a geleira, talvez se importem de verdade, mas uma palavra, um nome, na torrente de palavras me faz parar.

Magnus.

Começam a falar dele. E não é que uma delas é sua cunhada? Isso mesmo, e é ela que traz as novidades. Ele se mudou para a França, diz com inveja evidente, só vem para casa para as reuniões do conselho de administração, pelo visto não pretende sair do cargo de presidente do conselho da Ringfallene tão cedo, nada disso, ama aquele cargo, mas de resto está aproveitando a vida de aposentado lá na França, jogando golfe e fazendo degustação de vinhos, parece ser maravilhoso, ela usa aquela palavra mesmo, *maravilhoso*, e eu continuo parada ali atrás da prateleira.

Maravilhoso. Pois é, posso imaginar, vi-o uma vez alguns anos atrás, do outro lado da rua, em Bergen, provavelmente estava indo para uma reunião, estava de terno, pasta executiva e jaqueta impermeável, o uniforme dos homens de negócios noruegueses de certa idade. Ele não me viu, mas tive tempo de estudá-lo. A vida maravilhosa havia deixado sua marca visível nele, o maior ponto do corpo era a barriga, ficara igual a muitos outros da minha geração. Um corpo acolchoado numa existência acolchoada, em nosso novo mundo maravilhoso.

Fico parada até elas terminarem o assunto, quero saber se vão dizer algo mais sobre ele, mas agora parecem estar falando sobre os próprios netos. Tentam dissimuladamente levar a melhor com histórias sobre a perfeição dessas crianças e sobre os laços estreitos que têm com elas, com que frequência as veem e, sobretudo, como os filhos adultos dependem delas, das avós, para dar conta da rotina.

E elas não param, ao que parece é possível falar sobre os netos para sempre. Largo minha cesta e dirijo-me furtivamente para a porta, abrindo-a com cuidado para que a campainha não faça muito barulho.

"Sei que te amo", eu costumava dizer.

"Te amo", Magnus costumava responder.

— É possível graduar o verbo amar? — perguntei certa vez.

Estávamos deitados bem juntinhos na cama, enquanto a respiração lentamente se acalmou. Acho que estávamos na casa dele, em geral estávamos lá.

— O que você quer dizer? — perguntou.

— Pode ser graduado ou o verbo em si é tão forte que sempre está no máximo, que sempre é cem por cento?

— Você é a única que consegue fazer o verbo mais emotivo da língua se tornar objeto teórico — sorriu ele, enquanto acariciava meu braço.

— Mas se for possível graduar a palavra — insisti —, acrescentar o verbo *saber* não seria um reforço? Será que minha frase na verdade é mais forte do que sua, quando digo que sei?

— Você quer dizer que me ama mais do que te amo?

— Sim, talvez eu pense assim — respondi, aproximando-me ainda mais.

— Eu não penso assim.

— É a convicção que atribuo à palavra, por meio do contexto linguístico no qual a insiro, que a deixa mais forte.

— Você quer que eu leve isso a sério?

— Quero que leve tudo que falo a sério.

— Tudo bem, então gostaria de dizer que você dá abertura a uma dúvida. A palavra *sei* abre a possibilidade para que haja um tempo, uma hora, um instante, em que você de fato já não saiba.

— Não entendo.

— E implicitamente você se refere ao oposto... a existência de um *não saber*. E o rebaixado *achar*. Enquanto minha versão, por outro lado...

— Isso, deixe-me ouvir sua versão, meu *amado* Magnus.

— Duas palavras simples, Signe. Duas palavras que são um clichê, mas também são as mais verdadeiras, porque não aponto para a frente, para trás, ou para nada além de nós.

— Além de você.

— Como?

— Nada além de você. Você não aponta para nada além de seu próprio sentimento — falei.

— Tudo bem — disse ele.

— Então você diz que sou covarde? Que me modero?

— Digo que te amo.

— Isso por acaso é incompatível com *pensar a mesma coisa*? Você *pensa* que me ama?

— Neste exato momento *penso* que você está me deixando exausto.

— Palavras. São. Importantes.

— Palavras. São. Importantes. Para. Você.

— Vou ser jornalista — disse eu sorrindo. — Isso é o mínimo que você tem de aguentar.

— Você não pretendia ser jornalista quando te escolhi.

— Mas era de se esperar, não?

— Talvez fosse, sim.

— E, a propósito, foi você que me escolheu? É o homem que escolhe a mulher? A força positiva que escolhe a negativa? Sempre pensei que escolhi você.

— Cara Beauvoir. Desisto. Você me escolheu.

— Sim, te escolhi.

— Podemos dormir agora?

— Podemos. Boa noite — disse eu.

— Te amo — disse ele.

***

Quando volto do mercado, o helicóptero já emudeceu e outro ruído o substituiu, o ruído do carregamento.

Um sujeito vestido de macacão dirige uma empilhadeira, indo e voltando do Centro de Processamento para um pequeno cargueiro no porto. Há caixas de gelo empilhadas sobre paletes, ele as leva a bordo, a empilhadeira faz movimentos desleixados e bruscos, fortes estalos soam assim que as caixas batem no interior do barco, desaparecendo no porão lá embaixo.

Depois cai o silêncio. A empilhadeira estaciona rente à parede perto do Centro de Processamento, todos saem do porto e amanhã o capitão chegará, ligará o motor, levará o gelo, meu gelo, nosso gelo, levará o gelo para o sul, para países, para pessoas que nunca viram uma geleira, nunca sentiram neve entre as mãos; e lá ele derreterá em copos, em bebidas. Lá ele será destruído.

Magnus não precisa de gelo, ele tem sua piscina e Trine, a esposa gorducha, pelo que me lembro já era rechonchuda na época em que cursavam engenharia. Pergunto-me se ele se apaixonou por ela ainda lá, talvez até antes de nós terminarmos. Ele tem os netos que com certeza vem visitar e a degustação de vinhos, não precisa de cubos de gelo, deve só tomar tinto, *bordeaux, burgundy, beaujolais,* gotas borbulhantes com notas frutadas de ameixa, e mesmo assim ele aprovou isso aqui.

O cargueiro boia na superfície, o gelo está ali, amanhã será levado embora, amanhã desaparecerá.

Está completamente só, é tão simples, e Magnus está por trás. Não precisa, mas o faz de qualquer modo, ele está por trás disso e ninguém se importa.

Só eu me importo. E é tão simples.

O cargueiro está ali, ninguém está tomando conta dele.

É Magnus que está por trás e ninguém se importa, só eu me importo, só eu, e só eu posso estragar isso.

Ninguém mais pensa em mim, ninguém se importa, ninguém conta comigo, sou uma senhorinha grisalha com o gorro cheio de nós, sou velha, velha como as pedras, como Blåfonna.

Não posso estragar tudo, mas posso estragar isso.

Não posso gritar por tudo, mas posso gritar por isso.

Posso jogar o gelo no mar e sumir.

DAVID

Lou me segurava com força enquanto caminhávamos da Cruz Vermelha até o Dormitório 4. A mãozinha pegajosa não me soltava. Parecia que não havia me soltado desde que saímos de casa. Ela nunca reclamava de nada, fazia tudo que eu pedia, e não me soltava.

Estar sozinho com uma criança é como ser uma pessoa e meia. Totalmente diferente de estar sozinho com uma namorada. Uma namorada tem o mesmo tamanho que você, pelo menos quase. Ela consegue cuidar sozinha da própria alimentação. Tomar líquido suficiente. Trocar de calcinha. É capaz de te segurar, te segurar firme de um jeito que te mantenha em pé. É capaz de carregar a metade do peso. Com uma criança, é sempre você que carrega.

O dormitório estava logo atrás das instalações sanitárias. Uma enorme construção fabril delapidada, dividida em longos corredores e cubículos por velhas peças de toldo que pendiam do teto. Tecidos listrados, amarelos, azuis, vermelhos, cores alegres.

Todos os cubículos tinham camas. A maioria vazia. O chão estava limpo e as portas estavam abertas, uma corrente de ar fresco esfriava o ambiente.

— Olha aqui — disse eu. — Número 32. É o nosso.

Um cantinho só nosso, com duas camas de aço pintadas de verde-exército, um armário de metal e uma caixa de plástico para guardar coisas. As camas tinham lençóis e um gel antisséptico para cada um. Talvez não houvesse água suficiente para lavar as mãos.

— As paredes são feitas de tecido — disse Lou, tocando o tecido listrado de toldo.

— É legal, não? Como um teatro — falei.

— Não, como uma barraca. É como se a gente estivesse acampando — disse Lou, e finalmente me soltou. — Isso pode ser nossa mesa de acampamento — disse ela, tirando a caixa de plástico de entre as camas. — E aqui é a toalha de mesa. — Ela puxou seu lenço sujo do bolso e colocou sobre a caixa.

Joguei nossa mochila dentro do armário. Só ocupou metade do espaço.

Tudo que a gente tinha era meio armário. Antes, eu fora dono de um apartamento, uma pequena tela plana, um celular, com certeza umas quinze camisetas, pelo menos sete calças, oito pares de sapatos, um monte de meias que nunca tinham par, uma mesa, quatro cadeiras, um sofá, cortinas, talheres, duas facas boas, tábua de cortar, três camas (duas de criança), uma prateleira inteira de livros, uma carteira de couro de bezerro, duas plantas de vaso de que Anna cuidava, três floreiras, roupa de cama para quatro, uma boa pilha de toalhas, a maioria descolorida por lavagem, dois casacos quentes, três cachecóis, quatro gorros, cinco bonés, dois frascos de protetor solar pela metade, xampu, detergente, escova de lavar louça, porta papel higiênico, balde de limpeza, esfregão, sete panos, um trocador de bebê, fraldas, lenços umedecidos, dois tapetes, um pôster com a foto de Manhattan antes das últimas enchentes, uma mulher, dois filhos...

Fechei a porta do armário com força.

No cubículo de frente ao nosso, vislumbrei o velho da fila. Estava com o rosto virado para a parede.

Comecei a arrumar as camas. Colchões finos de plástico grudento que cheiravam a desinfetante. Um lençol por baixo, um em cima. Nenhum travesseiro. Lou podia continuar usando o suéter como travesseiro. Foi o que fizera nesses dias de estrada. Gostava de enrolar alguma coisa embaixo da cabeça para dormir.

Naquele instante, o homem na cama gemeu. Escutei como ele se contorcia, a cama emitia tinidos metálicos. E ele se lamuriava. Um som baixinho e fungante de dor.

Fui até o corredor entre os cubículos. O homem não me notou. Se contorceu outra vez. Virou a mão enfaixada.

Me aventurei a entrar no seu cubículo. Ele não reagiu quando me aproximei. O curativo estava marrom de sujeira e tinha manchas amarelas de um lado. Pus que tinha vazado.

Ele fedia, um cheiro acre e um pouco podre. Talvez exalasse do homem inteiro, talvez apenas da mão.

Gemeu outra vez e abriu os olhos, me encarando.

— Me desculpe — falei. — Não quis te incomodar.

Ele sentou-se com movimentos duros. Os olhos estavam embaçados de dor.

— Você tem alguma coisa... — perguntou em francês, levantando a mão. — Qualquer coisa, só para eu conseguir dormir?

Fiz que não e apontei para o curativo.

— Quando foi a última vez que conseguiu trocar isso?

Ele não respondeu logo, ficou olhando para a faixa suja.

— Minha filha que fez.

— É mesmo?

— Ela é enfermeira.

— Mas faz tempo, né?

— Não me lembro.

— Precisa ser trocado.

Por sorte, o homem não protestou, mas se deixou levar. Segurei Lou com uma mão, a outra usei para guiar o homem para a frente com cuidado.

Perguntei de onde vinha, qual era seu nome.

Francis, murmurou ele em resposta. Tinha conseguido chegar aqui de Perpignan. Isso me deixou feliz.

— Então somos quase vizinhos — falei. — Somos de Argelès.

Ele não respondeu nada, talvez achasse que não era tão perto, no que teria razão, a bem dizer.

Aí chegamos na caserna de primeiros socorros.

Ali não havia fila nenhuma. Entramos e fomos imediatamente recebidos por uma enfermeira de uniforme branquíssimo. Ela cheirava a sabonete.

A sala era fresca, o ar, seco. Uma caixa na parede zunia baixinho. Ar-condicionado aqui também.

Francis afundou na cadeira que ela lhe ofereceu, pondo a mão no colo. A gente ficou em pé logo atrás dele.

A enfermeira soltou a faixa com cuidado, e ele gemeu. Lágrimas encheram seus olhos, o rosto se contorceu.

Enquanto a faixa lentamente foi desenrolada, o cheiro, o fedor, aumentou.

— Vá sentar ali — falei para Lou.

Eu mesmo não consegui deixar de olhar.

A ferida era grande e purulenta, mais amarela do que vermelha. Um corte comprido no homem. A carne em volta tinha uma coloração doentia, cinzenta.

— Só um momento — disse a enfermeira e saiu.

Esperamos um pouco. Tentei conversar com Francis, falar sobre mim e Lou, que a gente ia encontrar minha esposa aqui.

Ele meneou a cabeça em resposta, mas não contou nada sobre si mesmo.

Finalmente, a enfermeira voltou com uma médica. Pelo visto já tinham conversado, pois a médica imediatamente sentou-se perto do homem, pôs a mão dele no colo e estudou a ferida.

— Como você se machucou? — perguntou em voz baixa.

O homem desviou o olhar.

— Me cortei... com um serrote.

— Serrote?

— Eu ia cortar lenha. Não tinha machado.

— Isso aqui não é uma ferida de serrote — disse a médica baixinho. — Para mim é mais fácil saber como ajudar se você me contar a verdade.

Ele ergueu a cabeça e olhou teimoso para ela, antes de desistir de repente.

— Faca. Ontem fez três semanas — disse ele em voz alta. — Três semanas e um dia.

— Você teve sorte — disse a médica. — Se o corte fosse mais alguns centímetros para cima, teria atingido a artéria principal.

— Sorte? — disse Francis, e escutei que ele engoliu. — Sei lá.

— Vou lhe dar um antibiótico — disse a médica depois de uma pausa. — E você precisa passar aqui a cada dois dias para limpar a ferida.

— Para quê?

— O antibiótico vai acabar com a infecção.

— Para quê?

— Para que o quê?

— Acabar com a infecção?

— Você quer perder a mão?

Ele não disse mais nada.

A médica cedeu a cadeira para a enfermeira, que, com mãos experientes, despejou um antisséptico sobre a ferida e passou uma pomada.

Francis não estava mais preocupado em esconder a dor. A essa altura, já xingava vigorosamente.

— Psiu, a criança! — falei.

— Desculpa — disse ele.

— Não tem problema — disse Lou do seu cantinho. — O Papai também diz essas coisas.

Aí Francis riu.

Porém, logo veio a enfermeira com um novo curativo e o colocou com delicadeza.

— Está apertado demais — reclamou Francis.

— Assim, então — tentou a enfermeira.

— Ainda está apertado demais.

— Estou soltando.

— Parece que para o fluxo sanguíneo completamente. Você vai me dar gangrena.

— Precisa estar firme.

— Deve ser aquela maldita pomada. Está ardendo.

— Quando você limpa um machucado, arde mesmo — comentou Lou do seu cantinho.

Ele ergueu a cabeça. De repente tinha algo de garoto nele.

— Você tem razão — falou. — Eu tinha esquecido só.

Ele ficou olhando para a mão com a gaze que brilhava branca contra a pele suja e não disse mais nada.

— Está tudo bem? — perguntou a enfermeira.

— Sim — respondeu ele. — Tudo bem.

Aí ele deu com os olhos no curativo antigo. Estava numa bandeja de aço sobre uma mesa ao lado da enfermeira.

— O que vão fazer com ele?

A enfermeira olhou para ele sem entender.

— Com o curativo?

— O que você quer dizer? O velho?
— Você vai jogar fora?
— Claro.
Francis não respondeu.
— Olha aqui — disse a médica e lhe passou algo azul em uma embalagem transparente. — Você pode cobrir o curativo com este quando for se lavar.
Ele não pegou, por isso estendi a mão e o segurei para ele.
— Vocês são parentes? — perguntou ela.
— Não, a gente só mora no mesmo dormitório.
— Sabe se ele tem alguém?
Fiz que não.
— Fique de olho nele, por favor.

Na hora que íamos voltar para o dormitório, Francis fez corpo mole, caminhava cada vez mais devagar conforme se afastava da caserna, até parar totalmente.
— Só preciso...
Ele não disse mais nada, mas se virou para a caserna de primeiros socorros outra vez. Aí voltou depressa e desapareceu lá dentro.
— Onde ele vai? — perguntou Lou.
— Espere do lado de fora — falei.
Ela soltou minha mão e se plantou ao lado da caserna. Fui até a porta e abri uma fresta.
A primeira coisa que escutei foi um ruído de alguém cavoucando. A sala estava vazia, a enfermeira tinha saído e ali, num canto, estava Francis.
Não percebeu minha presença, só ficou remexendo numa lixeira. Então ele claramente encontrou o que estava procurando: o velho curativo. Com um movimento disfarçado, ele o enfiou rapidamente no bolso. Me afastei depressa da porta e voltei para Lou a passos largos.

— O que ele estava fazendo? — sussurrou ela.

No mesmo instante, ele saiu. Com passos mais leves.

— Já me sinto melhor — disse ele.

Ele se virou para Lou e de repente sorriu.

— É uma boa menina que você tem aí — falou para mim.

Puxei Lou pertinho de mim e concordei.

— É uma boa menina, sim.

A primeira noite numa cama em vinte e quatro dias. Vi os rostos de Anna e August em um breve lampejo assim que fechei os olhos. Depois dormi sem ter tempo de pensar em mais nada.

Mas aí vieram os sonhos. Piores do que antes, talvez porque meu sono fosse tão pesado.

Eu estava caindo. Não, eu estava afundando na água. Indo para o fundo, me deixei afundar, não resisti.

Logo estaria sem ar, o peito apertado, e mesmo assim não fiz nada para subir outra vez.

Não consegui respirar. Não podia inspirar, não podia encher os pulmões, não podia me afogar.

A superfície lá em cima, azul-clara, um clarão de bolhas onde eu havia caído.

É para lá que vou. É para lá que preciso ir.

Mas só consigo afundar.

Acordei em um sobressalto. Inspirei. Enchi os pulmões. Ar.

Tinha luz ao meu redor. Já era de manhã.

Me virei, fiquei deitado olhando para Lou enquanto a respiração se acalmou.

Ela estava dormindo de barriga para cima com os braços abertos para ambos os lados e as pernas esparramadas, lembrando uma estrela do mar. Se movimentava o tempo todo. Ocupava espaço. Exigia espaço. Quando dormia, esquecia de se diminuir.

Tivemos ela cedo demais, sei que não deveríamos ter tido um filho tão cedo assim. Eu estava com só dezenove anos e Anna acabara de fazer vinte. Colocamos a culpa na crise hídrica, na falta de produtos que causou. Porque estava faltando muita coisa, camisinhas também. Achei bom Anna ter culpado a crise em vez de mim, que na verdade tinha prometido gozar fora.

Ela me perguntou se a gente ia tirar. Se eu tinha certeza. Achava que conseguiria lidar com isso, se eu não quisesse ter o bebê.

Eu não queria ter o bebê, mas também não queria tirar. *Tirar*, como se fosse uma coisa. Fiquei chateado por ela ter usado aquela palavra. Brigamos. A barriga crescia. A gente brigou mais. Aí já era tarde. Então a criancinha simplesmente estava ali, a criancinha, rosinha e enrugada como uma uva-passa, e a vida que tive antes de repente parecia ser de outra pessoa.

Ruídos matinais no dormitório em torno da gente. Vozes baixas, passos, alguém acendendo um fogareiro, uma cama rangendo na hora de alguém se levantar.

Deixei Lou dormir. Ela estava trocando a noite pelo dia, ia tarde demais para a cama.

Eu antes levava tão a sério aquela coisa da hora de dormir, na época em que tínhamos horário para tudo, trabalho, escola. No entanto, depois de a escola fechar, começamos a deixar Lou ficar acordada até mais tarde. Não tinha motivo para fazer outra coisa.

Agora eu ia dar um jeito nisso. Quando Anna chegasse, eu teria aplicado limites mais claros. Hora certa de dormir, refeições regulares. Quem sabe a gente podia praticar um pouco de leitura também. Talvez tivesse livros aqui. Ela já tinha perdido muitos meses de aula.

Lou se retorcia. Estava com o rosto virado para o teto. Nem o rostinho estava quieto. A boca se abria, sua respiração estava acelerada, assustada, os olhos se moviam por trás das pálpebras. Com que será que você sonha se é uma menininha e não sabe como a vida vai ser?

Ela gemeu alto.

— Não…

Se contorceu outra vez, o choro ficou mais alto, era tão magoado, tão dolorido. As lágrimas brotaram dos olhos adormecidos.

— Não… pare…

Me inclinei depressa para a frente e sacudi ela.

— Lou, Lou?

Ela virou o rosto para o outro lado, ainda estava no sonho.

— Você precisa acordar, Lou.

Peguei o corpo quente de sono de criança e a levantei. Ela resistiu, como se quisesse continuar ali dentro.

— Lou, por favor.

Afaguei seu cabelo, enxuguei as lágrimas do rosto.

Finalmente, ela piscou. Olhou para mim. Por um instante estava bem longe, antes de se levantar de repente, pronta para sair em disparada.

— Está queimando, Papai, está queimando!

— Lou, não. — Segurei-a. — Não, filha, foi apenas um sonho.

— Mas está cheirando queimado. Estou sentindo. Temos que sair daqui!

Ela se virou para a roupa, agarrou o shorts, começou a vesti-lo.

Me coloquei na frente de Lou, dobrei os joelhos para que meu rosto ficasse na altura do dela. Pus as mãos em seus ombros com delicadeza.

— Não é fumaça, minha filha. Não tem fogo.

— Mas estou sentindo o cheiro!

Me sentei. Puxei-a para meu colo. Senti como ela tensionou todos os músculos.

Segurei-a com firmeza. Falei em voz baixa:

— Preste atenção, que cheiro você está sentindo?

Ela farejou rapidamente.

— Fumaça.

— Tente outra vez.

Ela ficou parada, cheirou outra vez.

— Fumaça.

— Tente ainda mais uma vez.

Ela não cheirou mais, só respirou com mais calma.

—... Nada — ela disse enfim.

— Nada — repeti.

Agora seu corpo estava relaxado.

Inclinei o rosto para a cabeça dela. Senti o cheiro.

Sim, tinha cheiro de fumaça, mas só do seu cabelo, da roupa. O mesmo fedor que eu exalava.

— Você sabe o que vão deixar a gente fazer hoje? — perguntei.

— Não.

— Vamos poder tomar banho.

— Tomar banho?

— Isso, a gente pode tomar banho toda terça.

— É terça hoje?

— É, por isso podemos tomar banho.

— Estamos precisando.

— Pois é, a gente está precisando mesmo.

Com as duas mãos, Lou segurou a toalha que tinha recebido. Depois a abriu, como se fosse um presente, as dobras rígidas ainda a moldavam.

Ela levou a tolha ao rosto.

— Está cheirando a sabão.

Senti a minha, tecido duro, áspero na pele. Cheiro limpinho.

— Você tem que ir ali — falei, indicando a placa de mulher.

— E você?

— Vou no chuveiro dos homens.

Ela assentiu. Vi que não queria ficar sozinha, mas se conteve e não fez nenhum escândalo.

— Lembre-se de lavar o cabelo — recomendei. — Aperte uma vez para molhar, e aí você faz muita espuma com as duas mãos.

Mostrei com as mãos no meu próprio cabelo.

— E aí você tem que usar os últimos dois apertos para enxaguar. Não é para deixar nada de sabão.

— Tudo bem.

— Lembre-se de que só tem três apertos: um primeiro, dois depois.

— Não é para deixar nada de sabão.

O chuveiro estava sem ajuste de temperatura, mas a água do primeiro aperto estava morna mesmo assim. No calor, a água nunca ficava totalmente fria.

O jato me atingiu na parte de trás da cabeça, martelando o crânio. Tentei sentir cada gota na pele, saborear todas, sem exceção.

Então a pressão sumiu de repente. Me virei para a cabeça do chuveiro, ainda saía um fiozinho de água, cada vez menor, até parar.

No fim, *uma* gota vagarosa ficou pendurada, se soltou da cabeça polida e caiu para o chão. Aí mais nada.

Um aplicador de sabonete tinha sido montado na parede. Quase me emocionei com isso, que alguém tinha pensado no fato de que a gente também precisava de sabonete.

Dei uma apertada. Sabonete líquido na palma da mão, esfreguei uma na outra para criar espuma.

Me ensaboei, cuidadosa e longamente. Cabelo, pescoço, mãos, pés, virilha e bunda.

A espuma era lisa na pele, soltava toda a gordura. Eliminava as cinzas.

Eu nunca tinha estado tão sujo antes, tão pegajoso, tão seco, tão fedorento de suor. E de fumaça.

Por um instante, não pensei em outra coisa, nem em Anna nem em August, só no sabonete, na água. Pensei que aquilo era como ter o corpo de volta, perder uma camada de pele.

Fiz o que tinha dito a Lou, usei os dois últimos apertos para me enxaguar, a espuma de sabão formou montículos macios em torno dos meus pés.

Me enxaguei depressa. A toalha era áspera contra a pele, dava uma boa sensação, ficou marrom quando a passei sobre os braços, massageando a pele e tirando as células mortas.

Então encontrei minha roupa na mala. Estava tão suja, tão fedorenta como antes. Precisava descobrir se seria possível lavá-la também.

Debaixo da roupa estavam os passaportes de Anna e August.

Tirei o de Anna, segurando-o do mesmo jeito que tinha feito tantas vezes nas últimas semanas. A capa sob os dedos era lisa. Eu a abri.

Anna não sorria na foto. Estava em preto e branco, meio difícil de reconhecer. Não se via que os cabelos tinham um reflexo dourado. Ou que os olhos tinham manchas verdes. Nem que ela tinha um andar muito ágil, como se estivesse animadinha e com um pouco de pressa, mesmo quando fosse o contrário.

Mas era a única foto que eu tinha.

Levei o passaporte ao nariz e inspirei. Ainda fedia a fumaça.

Eu mesmo estava limpo agora. O banho tinha levado o incêndio embora.

Quando tirei o cheiro de fumaça no banho, removi a lembrança dela.

Ato contínuo trouxe a camiseta para perto de mim, sentindo o odor acre de fumaça. Ela ainda estava ali, ela e August. Eles ainda estavam aqui.

SIGNE

Tomo um banho no cubículo entre o salão e o camarote de proa, ouvindo a bomba trabalhar, cuido para que a água não respingue no anteparo, para que tudo caia no balde sob mim, pois não tenho um dreno ali. Enquanto me ensaboo, o corpo parece ágil e maleável, disposto, como se eu tivesse vinte anos outra vez. Em seguida, encho o tanque com água da torneira do cais; ele precisa estar bem cheio, devo ser capaz de me manter longe de terra até que interrompam as buscas. Por precaução, encho também dois recipientes de vinte litros, guardando-os no paiol: o suficiente para ficar no mar durante semanas, enquanto estiverem procurando, se é que *vão* procurar, se entenderem que quem está por trás sou eu, e pode ser que sim, o povo do vilarejo já me viu, conhecem o *Blå*, conhecem minha história, devem saber juntar dois mais dois.

É a última hora antes de o sol se pôr e o pessoal deixar o cais. Só espero, fico no convés com uma xícara de café, forçando-me a comer com calma algumas fatias de pão com cavala apimentada. Saboreio a comida como não faço há muito tempo, mastigando devagar, observando a antiga casa do Papai, lá atrás, ele morava aqui perto do cais, mas agora a casa está vazia. Quando ele morreu, vendi-a por nada para alguém que quis usá-la como casa de veraneio e parece não vir com muita frequência, as janelas são quadrados negros, vazios.

A casa está tão quieta como o resto do cais, porque agora todo mundo já se foi, e estou sozinha.

Salto em terra, caminho em direção ao cargueiro, uma geringonça pesada de ferro, manchas de ferrugem ao longo das juntas de solda, dou um pulo leve do cais ao convés, um pouso quase inaudível.

A entrada da casa do leme está fechada, mas de resto, todas as portas estão abertas, nem devem ter pensado em trancar. Não conseguem imaginar que algo possa acontecer aqui, nas entranhas do fiorde, entranhas, como algo vergonhoso, um escuro *recôndito*, onde ninguém na verdade se importa, onde tudo que já significou algo para nós lentamente foi explorado, aproveitado, onde o rio, as cachoeiras e as pastagens desapareceram. Ninguém se importa nem com a destruição de Blåfonna, não queriam escutar nem enxergar, são todos como ele, sua geração toda, minha geração, só querem melhores vinhos, maiores casas de veraneio, internet mais rápida.

Desço ao porão. Faz frio, um aparelho frigorífico está roncando, encontro um interruptor, pisco para a luz forte, para o bafo gelado de minha própria boca, para as caixas, ainda não foram amarradas, ficaram soltas no chão. Vou até as mais próximas, passo a mão sobre o plástico duro, devem ser caras, plástico rígido, inteiriço, azul royal polido, um material que só se decompõe em 450 ou 500 anos, talvez ainda mais, mais tempo que uma garrafa plástica, mais tempo que uma fralda descartável, um par de óculos de sol, uma boneca Barbie, uma jaqueta de fleece. Muitíssimo mais tempo que qualquer ser humano.

Abro a de cima, preciso puxar a tampa com força, pois está travada por causa da baixa temperatura. Lá dentro está o gelo, embalado a vácuo em um invólucro adicional de plástico, protegido por grossas camadas de material isolante branco. Em um ímpeto passo a mão sobre ele, sentindo o frio sob os dedos, depois ponho a tampa de volta.

A primeira é surpreendentemente leve, carrego-a escada acima e a jogo no convés de ferro. Sinto a repercussão vibrando sob meus pés, não me preocupando em evitar barulho. Destampo a caixa totalmente, desembrulho os blocos do plástico, os dedos enregelam-se, tiro um par de luvas que lembrei de trazer, e então meto os blocos sobre a amurada, para dentro do fiorde.

A segunda também é fácil, a terceira, a quarta, mas acaba ficando pesado demais, não aguento mais, as caixas são muitas.

Confiro o guindaste no cais, pensando que talvez pudesse usá-lo, mas a chave não está na ignição. Volto ao porão do cargueiro e fico diante das caixas, olhando para elas; não vou aguentar todas. Aproximo-me mais, passando os olhos sobre o flanco do navio e vejo uma costura a bombordo, não, uma abertura, tem uma escotilha no costado. Mais para cima, no anteparo, há um botão. Aperto-o, a escotilha reage imediatamente, abrindo-se com um rangido alto.

Agora posso jogar o gelo diretamente para fora, a quinta caixa, a sexta, a sétima, logo perco a conta. Jogo as caixas no chão, não vão para a água, embora talvez acabem lá um dia, incorporando-se às montanhas e ilhas de plástico nos oceanos, lentamente dissolvendo-se em microplásticos, desaparecendo no trato intestinal de um peixe, sendo servidas num prato, engolidas por um ser humano que come o próprio lixo, assim como todos comemos nossos próprios detritos diariamente.

Destampo ainda mais uma caixa, sinto o plástico duro sob os dedos, então a levanto, carregando-a até a escotilha, virando-a e despejando os grandes blocos brancos na água, onde atingem a superfície com chapinhadas baixas e ficam; o gelo boia na superfície, cubos brancos e lisos contrastando com a água negra noturna, onde a luz dos postes do píer emite reflexos amarelos irregulares. O suor está escorrendo por minhas costas, mas as mãos estão frias dentro das luvas, tão geladas que já perdi a sensação nelas, o que dói de um jeito bom. Os blocos ficam deitados como pequenos icebergs, só a parte de cima aparece. As geleiras flutuantes são assim, há mais embaixo do que em cima, mas essas não ferirão ninguém, não destruirão nada, sou eu a destruidora aqui, porque a água está quente e rapidamente o gelo se dissolverá. Daqui a algumas horas, quando o capitão chegar para ligar o motor, os blocos já estarão menores e de qualquer maneira estragados pela água salgada. Esse gelo jamais poderá se tornar cubos, nunca, nunca mesmo, poderá ser servido na mesa de um sheik, num copo de cristal, num drinque, na Arábia Saudita ou no Qatar.

Gelo derretendo, gelo derretendo em água salgada, faço parte disso agora, parte daquilo que está acontecendo o tempo todo, estou intensificando as mudanças, dou risada, assusto-me com o som, minha própria risada, um coaxo desconhecido, uma rã, instintivamente sou uma rã, uma anfíbia. Estão morrendo, as rãs, estão sendo extintas silenciosamente, sem o mundo se importar, um terço das espécies do mundo está sob ameaça grave de extinção, mas ninguém pensa nela, na rã, onde passa pelos pântanos do mundo, sempre em contato com a água, viscosa, acanhada, não nojenta o suficiente para ser revoltante, não esquisita o suficiente para ser engraçada, somente estranha, com seus coaxos, seus saltos, sua fuga dos seres humanos.

Enfim chego à reta final, as costas estão doendo, vinte quilos de gelo em cada caixa, pesado demais, pesado demais. Faço a contagem rapidamente, faltam apenas doze, somente 240 quilos. Estou prestes a abrir mais uma caixa, minhas mãos estão tremendo, os dedos estão duros, e aí eles param, estou cansada, estou simplesmente exausta, sou velha demais para levantar esse peso, a carne e os ossos estão protestando. Sou velha demais.

Sento-me em uma das caixas. Ai, Magnus, não consigo jogar fora os últimos blocos, nosso gelo, ele foi deixado em paz até agora, até você chegar. Porém, não ficou quieto, porque o gelo nunca está quieto, tem o próprio ruído, estala. O estalo do gelo é um dos sons mais antigos da Terra, e me dá medo, sempre me deu medo, é o som de algo que está se desfazendo. E o som de pedra sobre gelo, uma pedra atirada em água coberta de gelo, um som diferente de todos os outros. A pedra não consegue penetrar o gelo, mas ressoa mesmo assim, um breve tom, vindo da água lá embaixo, faz lembrar como tudo está preso debaixo dele, o quanto tudo está incrustado.

No entanto, faz tempo que não jogo pedra em uma superfície coberta de gelo. O gelo não se forma mais nas águas, não congela mais no inverno, a estação do pólen começa já em janeiro. A chuva está levando o gelo embora, o mundo está sendo coberto por água corrente. *I wish I had a river so long*, eu me lembro que andava de patins, sobre o fiorde, eu era a mais rápida de todos, Magnus estava na orla observando-me, tínhamos dez ou onze anos, ainda não nos conhecíamos bem, mas lembro-me de ter gostado que ele olhava para mim, percebia que eu andava mais rápido. Eu tinha patins de rosquear com lâminas afiadas, ninguém mais usa patins assim, eles compram patins todo outono, patins novos a cada ano para as crianças, patins pretos de hóquei ou brancos de dança, pensam que é preciso ter patins, mas ninguém os usa, porque não tem mais gelo nas águas, *I wish I had a river I could skate away on*, e tudo que fiz foi em vão, pois realmente tentei, a vida toda lutei, mas estive quase sozinha, temos sido muito poucos, somos muito poucos, não adiantou. Tudo que falamos que ia acontecer, aconteceu, o calor já chegou, ninguém escutou. Magnus, seus netos não poderão patinar sobre as águas, ainda assim, você aprovou isso, nossa geleira, o gelo, você se afastou tanto de tudo que já foi nosso, ou será que na verdade sempre foi assim, só deixou as coisas acontecerem; posso te escutar, como pensa agora, como pessoas de sua laia pensam, estamos apenas seguindo a evolução, deixo acontecer o que acontece em todo lugar, a banalidade do mal; você ficou igual a Eichmann. Contudo, ninguém te leva a julgamento. Seu Jerusalém nunca chegará.

Tenho essas doze caixas, doze caixas de gelo milenar, não vou jogá-las, porque você precisa vê-las, Magnus, você não pode ficar lá no sul e deixar isso acontecer, não deve ser tão simples. Você vai ver o gelo, senti-lo, você mesmo estará ao lado dele enquanto derrete, andará sobre ele, pisará nele, ele vai derreter sob os seus pés, assim como derreteu sob os nossos pés lá atrás.

Levanto-me e mais uma vez começo a carregá-las uma por uma, levando as doze caixas do cargueiro ao *Blå*.

DAVID

Mais uma vez estava com as mãos em sabão. Espumava entre os dedos e penetrava em nossas roupas.

A camisa ficou na posição vertical feito um balão inflado sobre a superfície da água, antes de ser vencida por ela.

O sabão e a água mudavam de cor conforme a sujeira se soltava da roupa, indo de transparente a um marrom acinzentado indefinido.

O ar da caserna estava parado, com forte odor de produtos de limpeza. Familiar. Anna debruçada sobre a máquina de lavar roupa em casa. As roupas minúsculas de August, limpas e molhadas. O cheiro que se espalhava pelo ambiente, encobrindo os odores de comida e o fedor fraco que exalava da lixeira no calor.

Anna e a lavanderia. As roupinhas minúsculas.

Engoli. Tentei me concentrar no que estava fazendo.

Algumas manchas não se soltavam, mas permaneciam como sombras. Sangue coagulado de um arranhão no joelho, faz tempo já, com cor de ferrugem. Manchas roxas de cerejas ainda verdes que colhemos uma noite no jardim de alguém. Estancaram a fome por um breve momento, mas substituíram o vazio no estômago por uma sensação de acidez.

Era o quarto dia no acampamento. Todos os dias já eram iguais. De manhã, o escritório de Jeanette. Nada de novo. Todo dia eu perguntava se eu poderia fazer mais alguma coisa, alguma outra coisa. Mas ela sacudia a cabeça. Depois, comer. Suar. Ouvir Lou falar. Não conseguir acompanhar. Fazer um esforço. Perguntar as horas a alguém. Só? Tentar prestar atenção a Lou. Tentar brincar. Tentar não pensar. Em Anna, em August, no incêndio. Comer outra vez. Esperar pela noite, pelo momento em que o calor soltava as garras. Dormir. Esperar pela próxima manhã e uma nova visita à Cruz Vermelha.

Contudo, hoje tínhamos permissão para lavar roupa. Em uma bancada simples, baldes de lavar roupa foram montados em fila. Ganhamos sete litros de água para isso. Toda uma pequena fortuna de água.

Lou também lavava roupa. Estava só de calcinha, esfregando seu short, que estava na sua frente dentro de um balde.

A porta se abriu atrás da gente. Virei-me, era uma mulher, roupa suja numa mão, um pequeno recipiente de água na outra.

Fiz um gesto de cabeça e disse oi.

Ela murmurou em resposta. Tirou um balde de uma prateleira onde havia mais baldes, pegou sabão em pó de uma lata, espalhando-o pelo fundo, acrescentou água, tudo feito com rapidez e destreza.

Ela se sentou do outro lado de Lou. Tentei sorrir, mas ela parecia não ver, estava ocupada com a lavagem.

Colocou um vestido na água, florido, parecia caro. Depois, uma blusa de tecido fino, sedoso.

— Bonita — disse eu.

— O quê?

— A blusa.

— Obrigada.

Ela me olhou por alguns segundos antes de se voltar para a roupa outra vez.

Tinha trinta e tantos anos, talvez quarenta já. O esqueleto quase saltava para fora da pele, a clavícula protuberava, mas não porque comia pouco, talvez porque era assim mesmo, magra por natureza.

Ou talvez fosse uma daquelas que sempre cuidava da dieta, se exercitava. Houve muitas delas antes, quando eu era pequeno. Eu me lembrava disso, que as mulheres falavam de dietas. Ela era bonita, vi isso agora, não linda, mas bonita. Uma beleza clássica. Do jeito que se fica quando vem de uma daquelas famílias onde homens ricos se casam com mulheres belas. As famílias simplesmente ficam mais bonitas a cada geração, no fim, todos se esquecem de como são as pessoas normais.

Era raro ter gente como ela em Argelès. Os turistas que visitavam a cidade eram de outro tipo. Gostavam de parques de diversões na praia e do calçadão onde você podia comprar cópias de grifes famosas. Gente como ela, só vi nas poucas vezes que fui mais para o norte no litoral, em Cannes e Provença.

Entretanto, agora ela estava aqui, no meio de todos nós outros. As antigas diferenças não existem mais.

Ela se movimentava depressa. Com antipatia? Talvez não gostasse que eu estivesse olhando para ela.

— Está aqui faz muito tempo? — perguntei, meio que para explicar o fato de estar olhando.

— Mais ou menos.

— Gosta daqui?

— Como?

Dei risada.

— Desculpa, pergunta errada. Entendo.

Ela não sorriu. Só ficou esfregando o vestido.

— Tudo bem. — Levantei as mãos para mostrar que estava desistindo, que não ia incomodar mais.

Ela continuou a lavar com movimentos rápidos, colocou mais roupa no balde. Só roupa de mulher, pelo que vi.

— Você está aqui sozinha? — perguntei.

— Achei que você tinha parado de falar — disse ela.

— Também estamos sozinhos — falei, apontando para Lou.

Ela mexeu um pouco no balde. Fez espuma entre os dedos. Olhou fixamente para a roupa. Então respirou fundo e disse:

— Vocês não estão sozinhos. Vocês estão em dois.

Escondeu o rosto de mim, mas a voz não pôde esconder. Não era acusadora. Não brava ou áspera como antes. Ela simplesmente disse aquilo, com sinceridade.

De repente, senti vergonha, ela tinha razão, eu não deveria dizer que estava sozinho, porque eu tinha Lou. Eu ainda tinha Lou. Que naquele exato momento estava brincando com sua água de lavar roupa enquanto falava em voz baixa consigo mesma. Algo sobre um mar. O mar lá de casa?

A mulher enxaguou o sabão da roupa com os últimos restos da água do recipiente que trouxe, torcendo-as com movimentos rítmicos. As mãos eram magras, finas. A água brotava delas.

Do nada, fiquei com vontade de que ela torcesse nossa roupa também, daquele jeito. Eu mesmo nem tinha chegado ao enxague ainda.

— Você quer comer com a gente? — perguntei quando ela se levantou e estava prestes a sair.

— Você não desiste, né — disse a mulher.

O que eu deveria responder? Que sentia pena dela? Foi por isso que perguntei. Ou que gostava das mãos dela? Esse tipo de coisa não se diz. Além do mais, já estava me arrependendo. De ter perguntado. Não deveria convidar outras mulheres para almoçar. Eu tinha Anna.

— Temos que secar a roupa primeiro — disse ela sem aguardar minha resposta.

Será que era um sim?

— Não podemos comer enquanto a roupa seca? — perguntei.

Pois não tinha nada errado em almoçarmos juntos, tinha? Não era exatamente o caso de eu ter convidado ela para sair.

— Você é novato aqui — disse ela. — Temos que ficar de olho enquanto seca.

— O quê?

— Elas somem.

— Ah.

Fiquei vermelho, deveria ter percebido isso.

Estávamos ali, os três, perto dos varais na sombra das casernas sanitárias, olhando para nossas roupas molhadas ao sol.

Não tinha vento e ficavam penduradas frouxamente, mas o calor fazia o trabalho. Então nós só ficamos sentados ali.

Ela não sugeriu que a gente se revezasse, que olhasse a roupa um do outro. Talvez não confiasse em mim. Eu não tinha exatamente lhe dado motivos para confiar.

Ou talvez gostasse de ficar sentada assim. Era uma maneira de fazer o tempo passar, devia ser assim que se vivia aqui.

Aliás, eu também não sugeri isso. Porque era bom até, a gente tinha se posicionado na sombra minguante da caserna.

Lou estava brincando de novo, mais intensamente do que de costume. Corria de um lado para o outro entre as peças que secavam.

A mulher estava quieta. Eu também estava quieto.

Dei-me conta de que tinha me esquecido de perguntar o nome dela, mas não tive coragem. Parecia uma coisa privada, assim como tudo que tinha a ver com ela.

Depois fiquei sabendo de qualquer modo. Estávamos no refeitório. Tínhamos acabado de comer nossa refeição. Um refogado em tigelas amassadas de alumínio. Morno.

Lou devorava tudo que era colocado na sua frente, como se tivesse medo de que a comida sumisse se não se apressasse. O dia já ia avançando e ela só tinha comido umas bolachas secas de café da manhã. Havia me esquecido disso enquanto a gente esperava a roupa secar, que a criança precisava de comida. Cabeça de vento. Porém, agora ela estava satisfeita e calma e disse, com uma simplicidade que só ela poderia ter:

— Eu me chamo Lou. Como você se chama?

— Lou é um nome bonito — disse a mulher e se levantou de repente.

— Mas como é seu nome? — perguntou Lou.

A mulher deu um passo, se afastando da mesa.

— Marguerite.

Marguerite. Como uma flor.

— O Papai se chama David.

A mulher deu mais um passo.

— Muito bem. Tchau e obrigada.

— Aonde você está indo? — perguntei. — Podemos comer juntos outra vez, não?

— Podemos, sim — disse Lou.

— Talvez — disse Marguerite.

Mas não parecia sincera.

— Tudo bem — falei.

Não me importo, eu quis dizer. Mas não falei nada. E ela, Marguerite, já tinha dado as costas. Estava indo embora.

Eu tinha pensado que ela precisava da gente, mas não era o caso, percebi isso agora. Alguém como ela não precisava de gente como nós.

Eu era apenas uma criança que carregava outra criança. Lou e eu tínhamos acabado de sair do chiqueirinho. Éramos sujos, apesar de estarmos limpos. Totalmente diferentes daquela mulher. Mesmo assim, eu não queria que fosse embora, com suas costas descarnadas, tão esguia e empertigada.

— Só queria ser legal — disse para suas costas.

— Eu também — disse ela, sem se virar.

E aí ela desapareceu.

Por algum motivo, meus olhos estavam ardendo. Não adiantava chorar, afinal, eu sabia disso.

Além do mais estava calor, um calor do cão. A tenda do refeitório estava muito quente. O sol pressionava o teto. As paredes haviam sido dobradas para fazer o vento circular, mas não ajudava, porque não se sentia sequer uma correntezinha de ar. Só o calor seco, escaldante.

Em torno da gente, as pessoas estavam sentadas nos bancos, suando. Com rostos vermelhos. A pele brilhando. Todos eram iguais. Eu não conhecia nenhum deles.

Esvaziei o copo de água. Estava morninha, tinha gosto de borracha.

Esperar. Esperar.

Me levantei bruscamente.

— Vamos — falei para Lou.

— Ainda não terminei de comer.

— Termine, então.

Ela enfiou a última colherada.

— Vamos — repeti. — Ande.

— Para onde vamos? — perguntou Lou.

— Vamos sair — respondi.

— Por quê?

— Falaram que a gente pode ir aonde quiser. De dia a gente pode ir aonde quiser.

Peguei sua mão e a arrastei para fora da tenda.

Passamos depressa pelo acampamento. Havia rostos suados por todo lado. Desconhecidos, só desconhecidos.

Eu tinha tido tanta gente à minha volta.

Uma mulher. Dois filhos. Pais, sogros. Uma irmã.

Minha irmã mais velha e eu, meu Deus, como a gente brigava quando era criança. Tudo era motivo. Alice nunca me deixava ganhar. Teve uma época que eu achava que ela deveria ter deixado. Ela tinha a oportunidade. Sendo maior, ela estava com o poder. O maior sempre tem o poder. E a responsabilidade.

Contudo, me deixar ganhar talvez fosse quebrar as regras do jogo entre nós. Porque a gente tinha de brigar, de uma maneira estranha, acho que a gente quase queria isso, que irmãos *querem* brigar. É tão simples, muito mais simples do que ser bonzinho um com o outro.

Ela sempre foi mais velha do que eu. Muito mais velha. Quando eu tive filhos, a idade por algum motivo se nivelou de certa maneira. Era estranho ela ainda viver uma vida de jovem, enquanto eu trocava fraldas e esquentava mamadeiras. A essa altura, depois dos meses que se passaram, eu pensava nela como grande outra vez. Não mais velha, mas *maior*.

Alice, minha irmã maior... eu também não sabia onde ela estava. Minha irmã jeitosa, jeitosa com as palavras, jeitosa com os números, jeitosa com as mãos. Ela construía coisas o tempo todo. Não, projetava, mas nunca teve a possibilidade de se tornar engenheira conforme tinha planejado. A crise chegou antes. Ela criava tanta coisa, um moinho de vento no jardim, uma casa de bonecas movida a energia solar, venceu um concurso de inventores na escola. Onde será que estava agora?

Minha família. Alice, a Mamãe, minhas tias. Vovó e vovô. Eduard, o único amigo com quem eu tinha chorado. Onde estava? Onde estavam?

E o Papai... meu pai velho demais. O corpo cambaleante, o andar enviesado, onde estava? Ele era mais resistente do que eu havia imaginado, gente como ele normalmente não sobrevive aos verões. Nos últimos anos, centenas de milhares de idosos tinham morrido por causa do calor. Principalmente as noites eram desgastantes, superaquecimento, os velhos corpos nunca tinham paz. Porém, o Papai vivia. O calor não se apoderava dele do jeito que fazia com os outros, não o afetava.

Durante muitos anos, eu tive raiva. Raiva dele por ter tido filhos muito tarde. Tão tarde que não aguentava ser pai. Não aguentava fazer as coisas que um pai deveria fazer, o que os outros pais faziam. Me jogar no ar, brincar de luta, levantar a voz quando eu fazia coisas que não deveria.

Alice tinha sido o suficiente para ele, uma menina cuidadosa, certinha, raramente suja. Eu simplesmente era demais. Na companhia do Papai, me sentia bruto e desastrado. Duro e enérgico. Muito barulho, movimentos muito grandes. Ele nunca disse nada, mas desde cedo comecei a perceber como se retirava quando eu chegava. Seus suspiros. Como levava seu livro, sempre algum livro, num gesto protetor para o rosto, usando o livro como escudo.

Ele nem conseguia me acompanhar na escola, não entendia minha impaciência, a confusão com as letras. Ele mesmo nunca tinha sido assim. Eu costumava pensar que ele sempre tinha sido velho. E estava puto com ele justamente por causa disso.

Mesmo assim, agora eu já não conseguia imaginar o mundo sem seu corpo velho e lento, sem os suspiros e o olhar distante. Meu paizinho velhinho. Eu tinha desistido dele cedo demais. Poderia ter tentado me aproximar. Deveria ter feito isso. Enquanto ainda tinha tempo.

Eu deveria ter pensado que havia um motivo por ele ter sobrevivido, que eu tinha sorte.

Então, simplesmente foram embora, ele e a Mamãe. Um dia, em outubro do ano passado, encaixotaram a casa, cobriram os móveis com lençóis e trancaram a porta. Queriam pegar o trem para Paris, a Mamãe tinha uma prima lá. Alice também foi. De lá, esperavam ir mais longe. Em maio, recebemos a última mensagem deles, não tinham recebido oferta de residência em lugar algum, mas iam tentar chegar à Dinamarca por conta própria. Depois disso... Nada.

Eu estava andando depressa. Passamos os galpões. As casernas sanitárias.

Eu inspirava ar nos pulmões. O Papai... pare de pensar nele, você tem de parar de pensar nele. No Papai. Na Mamãe. Em Alice.

Pois era gente demais. Eram muitos. Eu não podia ter esperança de tantos. Somente Anna e August. Seus rostos, o cheiro de August, seu gorgolejo, a reentrância do pescoço de Anna, me acolher nela, dentro dela. Só os dois. Isso bastaria. Se eu conseguisse os dois, bastaria.

— Para onde vamos, Papai?

Lou corria do meu lado, tendo dificuldade de me acompanhar.

— Papai?

— Não sei. Vamos sair. — Respirei fundo. Tentei sorrir para ela. — Só dar uma voltinha.

Ela não estava com vontade, dava para ver, mas não protestou. Simplesmente pegou na minha mão e segurou firme. Para onde eu fosse, ela iria.

Eu dava passos largos, passos de adulto.

Precisava de ar. Precisava parar de pensar. Parar de sentir saudades. Só esperar.

Anna. August.

Esperar.

— Você está andando muito rápido — reclamou Lou.

— Desculpa — disse eu.

E a arrastei em direção à saída.

SIGNE

É fácil descobrir onde ele mora. Algumas coisas realmente ficaram mais simples e ele claramente não fez nada para escondê-lo, o endereço está exposto em diversos lugares na internet.

Confiro as cartas náuticas, tenho todas de que preciso. Já passei por aquelas águas antes, portanto, apresso-me a desatracar, ligo o motor e, por águas escuras, noturnas e calmas, saio de Ringfjorden.

Acho que posso sentir o gelo. O *Blå* está com o leme mais pesado, o ponto de equilíbrio mudou, reverberando em mim, como se meu ponto de equilíbrio também se encontrasse em outro lugar do corpo. Parece que a linha de flutuação do barco está alta, mas não pode estar certo, uns 200 quilos não são nada contra as 3,5 toneladas do barco, não pode ser o suficiente para criar essa mudança.

Sinto estremecimentos nos dedos, choques doloridos. O calor está voltando, acabo de vestir luvas, luvas grossas de tricô, com as pontas dos dedos desgastadas, feitas pela Mamãe, ela pelejou com aquelas luvas durante meses, jamais tricotou qualquer outra coisa pelo que me lembro. Elas aguentam água e vento, a lã esquenta mesmo estando molhada.

Ponho o pé no acelerador com cuidado, empurrando--o devagar em direção ao chão. Deixo o motor funcionar na marcha mais alta que acho que aguenta, não iço velas; limito-me ao motor, à vela de ferro. A noite está sem vento, o mar, brilhante, e de qualquer maneira preciso me mandar, depressa, antes que alguém descubra o que fiz.

As montanhas aplainam-se à medida que me aproximo do oceano. Lembro-me desse fiorde como comprido, a travessia como uma eternidade, era quase sem sentido tentar chegar até o mar aberto, longe demais para um dia só, lembro-me de ter pensado, embora fosse tudo que eu queria, conseguir sair.

Para alguns, as montanhas são um cobertor reconfortante, ajeitam-nas em torno de si, puxam-nas sobre si, deixam que elas os ceguem. Magnus era assim, elas o faziam se sentir calmo, dizia. Nunca entendi como poderia pensar assim, porque elas se debruçavam sobre mim, e já criança eu as sentia, sua massa, seu peso.

Somente lá no alto a sensação soltava as garras. Papai costumava me levar para a montanha, desde minha primeira infância, apenas ele e eu, para a geleira, para Søsterfossene, e lá em cima eu podia respirar, junto com ele.

Se dependesse de mim, teríamos feito passeios todos os dias, o Papai e eu. Toda hora ele parava para me mostrar plantas, insetos ou animais, apontar para pequenas coisas no chão ou para os pássaros, meros pontos distantes no céu, que seriam impossíveis de notar sem sua ajuda.

Com frequência, seguíamos o rio em direção à montanha.

Ele amava o Breio, foi o rio que o trouxera para cá. Ele veio para Ringfjorden como jovem universitário, ia escrever uma dissertação extensa sobre o mexilhão de água doce, *Margaritifera margaritifera*, uma pequena espécie modesta que vivia parcialmente escondida entre as rochas e o cascalho no leito do rio. A larva crescia dependendo de outros, como uma parasita atrás das guelras e barbatanas de salmões e trutas, enquanto o mexilhão adulto vivia de microrganismos que filtrava, assim limpando o rio também para todos à sua volta, o Papai me contava.

— A pequena criatura pode viver mais de cem anos — disse ele, enquanto os olhos brilhavam. — Imagine isso, Signe. Depois de ser criado, fica aqui mais tempo do que um ser humano. Insubstituível durante toda sua vida.

A primeira vez que veio para o povoado, hospedou-se no hotel e já no café da manhã do segundo dia, notou Iris, a filha do hoteleiro, e ela o notou também. Logo começaram a namorar, Bjørn e Iris eram seus nomes, eram nomes tão bonitos juntos, lembro-me de ter pensado. Bjørn e Iris, Bjørn, o urso, um grande e formidável animal, que passa pesadamente pelo mundo, e a íris, uma flor franzina e delgada, arraigada em um único lugar. Porém, o contrário talvez fosse mais apropriado: ela deveria ter o nome dele e ele, o dela.

Pelo visto, era lindo entre eles, no início, nos primeiros anos, mas depois ficou feio. Nada é mais feio que algo que já foi lindo.

Para o Papai, o ódio que se enraizou durou a vida inteira. Ele nunca a perdoou por ter-lhe tirado o rio.

Acho que sei onde começou, pelo menos sei onde começou para mim, mas talvez tivessem falado sobre o projeto hidrelétrico fazia tempo, nas altas horas da noite, em sussurros bravos que não me acordavam. Talvez tivessem feito isso, mas tudo o que lembro é do dia que ela chegou em casa e avisou que o projeto hidrelétrico fora aprovado.

Acho que ele tinha um prazo, algum artigo para escrever, pois estava debruçado sobre a máquina de escrever na varanda, gostava de trabalhar lá fora, ao ar fresco. Eu invejava aquela máquina dele, o que conseguia fazer nela, todas as palavras, as frases que se desenrolavam no papel à sua frente, o ritmo dos dedos que tocavam as teclas, as letras que martelavam no papel; e agora me forcei a sentar no seu colo, dizendo que eu também queria escrever.

Ele me deixou, assim como tantas vezes antes, mas o ritmo não era o mesmo quando eu escrevia, o som não fluía pela casa, as letras não se tornavam frases, tudo demorava. Eu tinha acabado de aprender a juntar caracteres para formar palavras, ficava procurando e procurando com o indicador.

Além do mais, o colo do Papai era duro e suas pernas, inquietas. Ele tinha colocado os pés no chão de modo que as coxas se inclinassem para a frente, e o tempo todo eu estava prestes a escorregar. No entanto, contraí os músculos do corpo e simplesmente continuei.

— Pronto — disse ele enfim. — Agora você já tentou. Preciso voltar a trabalhar.

— Não — falei. — Quero escrever uma história.

— Já chega — disse o Papai.

— Não — insisti.

Então ele me tirou da cadeira e me deu um breve abraço, como que para pedir desculpa. Eu o segurei, a barba dele arranhando minha bochecha, mas mesmo assim querendo que o abraço durasse.

— Me solte agora, Signe.

— Quero escrever — repeti.

— Agora você precisa escutar — disse ele.

— MAS QUERO ESCREVER COM VOCÊ — gritei, diretamente no ouvido dele.

— Ai! Signe!

Ele me agarrou e me pôs no chão com firmeza.

— Você não pode gritar assim no ouvido das pessoas.

— POR QUE NÃO?

— Você estraga a audição. O ouvido é um órgão delicado que precisamos preservar. *Um* único som alto pode danificar o ouvido. Você nunca vai escutar melhor do que agora. Precisa cuidar bem da audição. Tanto a sua como a dos outros.

— Ah, é?

O Papai virou-se para a mesa de trabalho e logo achou uma folha de papel e um lápis.

— Olhe aqui. Escreva algo para mim — disse ele. — Então podemos ficar juntos depois.

— Escrever o quê?

— Escreva o que você vê.

Não me mexi.

— Tem chapins no comedouro dos pássaros — disse ele. — Escreva sobre eles. Que tipos você vê, o que estão comendo, como estão agora na primavera.

— Para quê?

— Depois posso te ajudar com os nomes científicos.

Pus mãos à obra, escrevi diversas listas naquele dia, inventários de pequenos animais na orla, aves marinhas no céu, ervas daninhas no jardim, os insetos perto do riacho, mas minhas listas demoravam, e continuei invejando a máquina datilográfica do Papai, porque se eu a tivesse, pensei, poderia escrever tanto quanto ele, tão rápido, tão intensamente, poderia reunir a natureza toda em folhas de papel, exatamente como ele. E talvez um dia alguém quisesse publicar o que eu tinha escrito, da mesma forma que os textos dele voltavam em revistas grossas, para que todos pudessem lê-los.

Nunca deu para ele me ajudar com os nomes científicos, porque logo foi servido o jantar e a Mamãe chegou em casa com grandes notícias.

Ela as deu na hora da sobremesa, trouxe a notícia para nossas vidas, como se fosse o que comeríamos com cobertura de farofa doce e chantilly.

— Hoje finalmente foi aprovado — anunciou ela. — Vão canalizar o Breio.

Não compreendi o significado das frases, não naquele momento. Mas vi que ela estava sorrindo, que achou que era uma boa notícia, ao mesmo tempo em que deixou as palavras suspensas, e percebi que estava insegura sobre a resposta que teria do Papai.

— O quê? — disse ele apenas, como se não tivesse ouvido o que ela falou.

Ele deixou a colher no prato, embora ainda estivesse cheia de chantilly e geleia de maçã.

— Foi votado — disse a Mamãe.

— Mas seria levado para votação só na próxima assembleia da Câmara Municipal.

— Conseguimos passar a pauta já hoje.

— Não pode ser.

— Bjørn, é o que todo mundo quer.

Ele se levantou, os pratos na mesa tilintaram. Gritou algo, palavras feias, palavras que eu estava proibida de usar.

No entanto, ela falou calmamente, com a mesma voz que às vezes usava comigo.

— As pessoas estão trabalhando para isso desde a década de 1920.

— Mas eles não entendem o que têm? — gritou ele. — O que o rio é?

— Entendem perfeitamente. É uma oportunidade incrível. Um novo começo para Ringfjorden.

— *Um novo começo*?

Ele cuspiu as palavras, como se o deixassem nauseado.

Ela disse mais alguma coisa, com a mesma voz calma.

Ele tentou responder em tom comedido, mas não conseguiu. Agora a voz dela também se elevou. As palavras ricocheteavam entre os dois, cada vez mais rápidas, cada vez mais altas.

Tinha algo estranho com o chantilly, estava muito firme, quase manteiga. Else, a empregada, deveria ter se esquecido dele, batido demais, ficava como que uma película enjoativa dentro da boca, e eu me levantei sem dizer nada, porque eles não escutariam de qualquer maneira, as vozes eram só gritos.

Não perceberam que os deixei, que eu nem tinha terminado de comer a sobremesa.

Passei pela sala de estar, entrei na sala de visitas, mas o som me seguiu, abri a porta para a varanda, aqui fora deveria ter algum outro som que pudesse substituir aquele, os pássaros ou as ondas do fiorde, mas não estava ventando e nenhum pássaro cantava, e eu ainda ouvia suas vozes.

Então avistei a máquina de escrever, o Papai a abandonara ali, o sol brilhava, passei um dedo sobre a máquina, o metal estava quente.

Eles não me viam aqui fora, não me escutavam, sentei-me à mesa, o Papai tinha deixado uma manta, uma proteção contra o vento primaveril, envolvi-me nela e voltei-me para a máquina de escrever.

Levantei os dois indicadores e deixei que encostassem nas letras, o "a" estava ao lado do "s", o "r" e o "t" estavam em fila, o "å" estava no canto superior direito, como se o alfabeto acabasse ali.

Posso escrever uma história, pensei, uma história sobre elfos e princesas, algo magnífico e belo que posso mostrar na escola e que todo mundo vai amar, ou algo que posso guardar e no que posso dar continuidade, algo que me dará honra e glória ainda muito jovem, que me tornará uma escritora famosa.

Eu queria escrever uma história, mas só consegui escrever o que via, tanto lá atrás como agora. Só consegui escrever o que ouvia, porque o som vindo de dentro da casa aumentou, ele me sacolejava, como vento, tempestade, furacão, as palavras jorravam pela porta da varanda, e era impossível escrever sobre outra coisa. *Statkraft*, escrevi.

Hóspedes, escrevi

Futuro, escrevi.

— O mexilhão de água doce está sendo extinto — gritou o Papai.

Extinto, escrevi, o mais depressa que pude. *Extinguir, extinguiu, extinto.*

— E o melro-d'água, ele põe seus ovos perto do rio.

Um melro-d'água, o melro-d'água, vários melros--d'água, todos os melros-d'água.

— É só água — gritou Mamãe. — Mas pode se tornar energia, pode se tornar empregos. Pode animar a vila.

— Você só pensa no hotel — gritou o Papai.

— Nós vivemos do hotel. Você se esqueceu disso? Não de seus artigos científicos mal pagos.

— Mas é o Breio!

— É só água.

Água, escrevi. Uma água, a água, várias águas, todas as águas.

Não. Toda a água.

Ninguém me ouviu escrever, como eu de repente estava indo rápido, como estava ficando boa em encontrar as letras.

DAVID

Passamos a cerca. Levei Lou pela mão para a estrada principal. Lá soprava um vento fraco. Eu quis andar rápido, avançar a passos de gigante, mas Lou me segurou com força. Parecia estar grudada ali, em uma das mãos. Enquanto a outra estava muito vazia. Deveria ter alguém a quem dar a mão daquele lado também.

O som de seus pés de criança roçando o chão era a única coisa que se ouvia.

— Você consegue andar um pouco mais rápido? — perguntei.

— Consigo, sim.

Porém, continuou a andar tão devagar como antes, arrastando os pés. E não disse uma palavra.

Antigamente, ela teria protestado. Berrado. Gritado.

— É melhor se você disser alguma coisa — observei.

— Dizer o quê?

— Você acha que é chato andar por aqui, não é?

— Não, não.

— Sim, senhorita. Você detesta caminhar.

— Não mesmo.

E agora ela realmente tentou apertar o passo, trotando a meu lado.

— Relaxa — falei.

De repente me senti meio malvado.

— Só estamos dando uma voltinha, tá? — avisei. — Só para ter alguma coisa pra fazer. Uma voltinha curta.

— Quanto tempo?

— Um minuto.

Ela não sabia as horas, não fazia ideia de que se contasse devagar até sessenta, o minuto teria acabado, que um minuto não é nada. Às vezes me assustava ver como era fácil enganá-la.

Isso me fez sentir pior ainda. Não o fato de enganá-la, mas como era fácil.

Eu simplesmente não estava a fim de voltar para aquele acampamento suado e apertado. Aqui na estrada a gente pelo menos estava em movimento. Podíamos fingir que tínhamos um destino. Contudo, não havia lugar algum para onde se dirigir, nada no que fixar os olhos. Só um único morrinho coberto de vegetação brotava na paisagem. Talvez "colina" fosse a palavra certa. Na verdade, não passava de um calombo em meio àquela planura toda.

Um calombo fora do lugar.

— Já passou um minuto? — perguntou Lou depois de um tempo.

— Logo.

— Estou com gosto de sal — disse Lou, esticando a ponta da língua para o lábio superior.

— Sal é coisa boa — falei.

Estava sentindo falta do sal, sentindo falta das montanhas e do mar.

Aqui o ar era seco. Terroso, quase arenoso. Entrava no nariz. Ar viciado. Enquanto em casa o cheiro de sal estava por todo lado.

O sal purifica. Faz as coisas durarem. Podemos salgar a comida e ela dura por uma eternidade. Colocamos água salgada numa ferida e dói, sim, mas o sal é limpo, uma das coisas mais limpas que tem.

As pessoas até começaram guerras por causa do sal.

Para mim, o sal era emprego. Um emprego que eu gostava. Tive ele desde que Lou nasceu. Fui obrigado a largar os estudos naquela altura, ganhar dinheiro. Outra coisa era fora de cogitação.

Nunca tinha imaginado que fosse ficar lá, em Argelès. Sempre pensei que fosse sair. Desde pequeno tive inveja dos turistas que chegavam e iam embora todo verão. Dominavam o verão da gente, o povo local. Comiam quantidades enormes de *moules-frites*. Tomavam sol na praia até ficarem tostados. Antes de levarem as esteiras de praia e os chapéus e o cheiro de protetor solar e irem embora.

Entretanto, nos últimos anos, os turistas não vieram mais. Foi uma torneira que se fechou. Eles sumiram. Eu mesmo quis sumir. Dos restaurantes vazios, da rua de comércio abandonada, do parque de diversões que lentamente se desfez em ferrugem no meio dos borbotões do mar que estava subindo, do castelo inflável furado e do campo de minigolfe cheio de mato.

Eles desapareceram. Eu fiquei. Com Anna, com Lou, depois de um tempo, com August. No nosso apartamento apertado perto do porto, onde a água salgada com frequência cada vez maior invadia o porão. Contudo, o trabalho era um ponto positivo. A usina ficava no final da orla marítima. Antes, só teve dunas gramadas ali e um locador de espreguiçadeiras que nunca conseguiu equilibrar as contas, pois o lugar era o mais exposto ao vento da praia toda. Mas também o mais bonito, para aqueles que se davam ao trabalho de olhar e conseguiam esquecer o vento.

Tive sorte de conseguir o emprego. Thomas era amigo do Papai e um bom chefe. E o trabalho era ok. Barulhento, mas ok. A gente tinha protetores auriculares para nos proteger do som das turbinas. Eu ficava no meio de sal todo dia, gostava do cheiro, mas o objetivo era justamente se livrar do sal.

A gente monitorava a usina enquanto a água do mar era conduzida pelas turbinas, separando o sal da água, uma osmose reversa. Na outra ponta saía água doce, água boa, límpida.

A dessalinização era o futuro, Thomas costumava dizer, contando sobre usinas em outros lugares do mundo, na Flórida e no sul da Espanha, onde tinha muitas. Eram aquelas usinas que irrigavam o deserto sempre crescente.

Porém, a cada dia que passava, a preocupação de Thomas aumentava, porque a usina parava de funcionar mais e mais frequentemente. As peças quebravam, a gente não recebia novas e não conseguíamos produzir água suficiente. Éramos pequenos demais, e não ficava barata o bastante. Quando as usinas da Espanha foram devastadas nas batalhas sobre o rio Ebro, quando nosso país vizinho se dividiu em dois, ele quase não dormia mais. Não parava de falar sobre a UE. Sobre a época em que a Europa estava unida. Falava sobre como tudo simplesmente se dissolveu, todo dia me contava sobre um novo conflito. Eu mesmo tinha desistido de me manter atualizado fazia tempo. Não aguentava ler as notícias. Porque parecia que as pessoas estavam brigando por toda parte, o norte contra o sul, os países da água contra os secos. E também dentro de cada país. Como na Espanha.

Os que têm algo a proteger esquecem todo o resto, disse Thomas. É cada país, seu povo. Ninguém cuida de ninguém além dos seus.

Contudo, não adiantou que ele falasse, não adiantou que eu tentasse ouvir. Não adiantou que a gente trabalhasse o mais duro que pudesse. Não adiantou que a França tivesse aprovado a construção de duas novas usinas.

Como as coisas podem acontecer tão rápido. Um dia você acorda ao som do despertador, toma café da manhã, sai para trabalhar, briga, dá risada, faz amor, lava louça, está preocupado se a conta vai ficar vazia antes do fim do mês... não pensa que tudo que tem à sua volta pode sumir. Mesmo se você escuta que o mundo está mudando. Mesmo se vê isso no termômetro. Você não pensa nisso até o dia que não mais seja o despertador que te tira da cama de manhã, mas o som de gritos. As chamas alcançaram sua cidade, sua casa, sua cama, as pessoas que você ama. Sua casa está queimando, sua roupa de cama pega fogo, seu travesseiro começa a soltar fumaça, e você não pode fazer outra coisa senão correr.

— Sal é morte — dizia Thomas. — O sal mata.

Perto do fim, antes de sermos forçados a largar tudo, ele me emprestava seu desgastado barco de plástico com frequência. Eu ia sozinho para o mar, dizia para Anna que ia pescar, embora raramente fosse possível conseguir alguma coisa. Depois de atracar o barco, eu costumava ficar na praia, com os pés na água, que estava subindo, lenta e incessantemente, e pensava exatamente nisso. Sal é morte. Esse mar é a morte. Está subindo e espalhando seu sal por todo lado. Aí eu fechava os olhos e rezava, para um deus em quem não acreditava, que quando eu abrisse os olhos outra vez e colocasse a mão na água, o mar teria se transformado em outra coisa. Que quando eu sentisse o gosto de meus dedos, eles não teriam gosto de nada, igual água doce. Um nada puro e transparente.

Podia ficar assim por muito tempo, mas nunca tentei sentir o gosto dos meus dedos. Só me ative à ideia. De que o mar que subia um dia se tornaria água doce.

Dei uma apertada um pouco mais forte na mão de Lou, só precisava sentir que ainda estava ali. A essa altura já tínhamos caminhado um bom pedaço. Me virei, mal vislumbrei a cerca do acampamento ao longe.

— Olhe aqui — eu disse para Lou. — Aqui está legal.

À nossa esquerda surgiu uma estradinha sombreada, ladeada de grandes árvores. Seguimos por ela, descendo sob as árvores. A temperatura diminuiu vários graus.

Lou deve ter sentido que era bom caminhar ali, pois já andava mais rápido.

Dobramos uma curva, virei a cabeça, não consegui mais ver a estrada principal atrás da gente. Na nossa frente, tinha outro meandro no caminho. Eu achava bom que só éramos nós aqui. Que não havia mais vestígios do acampamento de refugiados. Que eu podia fingir que éramos apenas um pai e uma filha normais andando por um caminho normal, num mundo normal. Como antes.

Andamos durante cinco minutos, talvez dez, passando algumas casas de pedra, um pequeno sítio. Em dois lugares vi gente. Uma velhinha carregava uma caixa de costura. Um velhinho tirava um balanço de uma árvore. Estavam prestes a sair, faziam as malas, deviam tentar ir para o norte, igual todos os outros.

De resto, tudo estava vazio. Tudo abandonado, aqui também.

Sobravam só os rastros das pessoas que tinham vivido aqui. As cortinas que alguém tinha escolhido, os móveis de jardim onde alguém tinha sentado, as chaminés que tinham soltado fumaça, um rastelo de jardim que tinha deixado listras meticulosas no cascalho do pátio, a quadra de petanca, onde as bolas tinham batido na areia com pequenos estalidos.

Eu poderia viver aqui, pensei, mesmo que fosse longe do mar. Aqui, ao longo dessa estrada, nessa sombra, eu realmente poderia viver, poderia ser minha casa.

Mais uma casa apareceu. A última casa no trecho de estrada antes do bosque. A casa não era grande nem presunçosa, mas ainda assim era um palácio em comparação com nosso apartamento.

Devia ter sido abandonada faz um bom tempo ou habitada por alguém que não se preocupava em cuidar direito dela. O pátio estava cheio de mato seco, a tinta da porta de entrada estava descascando. Todas as janelas estavam fechadas por cortinas.

Na lateral da casa, vi a tampa de um antiquado tanque para águas pluviais. Estava trancado com um cadeado enferrujado. Podia ser tão velho quanto a casa. Será que ainda tinha água ali dentro?

Lou foi entrando no jardim murcho. Em outras épocas estivera cheio de vegetação. Agora as macieiras estavam secas, com folhas amarelas nos galhos.

Uma edícula estava com a porta aberta, talvez o vento a tivesse escancarado. Lou foi até lá e fechou a porta. Então ela se virou, apontando para algo.

— O que é isso?

Atrás de mim, no fundo do jardim, debaixo de árvores escuras, tinha uma coisa grande e alta, coberta por várias lonas verdes. A forma era comprida e oval, com algo despontando de cada lado. Uma espécie de suporte se vislumbrava perto do chão.

Lou me puxou.

— Vem.

As lonas estavam sujas e gastas, mas bem presas. Foram amarradas com cordas de diversas cores empalidecidas e desbotadas pelo sol, verdes, azuis e brancas acinzentadas, que se entrelaçavam. Algumas estavam apodrecendo, deveriam ser de algodão ou cânhamo. Mas a maioria das cordas de plástico ainda resistiam.

Em alguns lugares, folhas tinham ficado presas entre as cordas. Elas se tornaram bolsinhas minúsculas de terra.

Onde sementes tinham pousado. Das quais pequenas plantas tinham brotado. Pequenas plantas que, por sua vez, foram desidratadas e mortas pela seca.

A gente foi até lá. Estiquei a mão e toquei a lona, tentando apalpar o que ela escondia. Estava macia, como se não tivesse nada por trás, mas então meus dedos pararam em uma coisa dura, uma tora de madeira? Deixei a mão subir. A tora encontrou outra debaixo da lona e algo pousava sobre elas, algo enorme, pesado. E aí caiu a ficha.

— É um barco — falei.

Um barco sobre um suporte, em um jardim a dezenas de quilômetros do mar.

Devia ser grande.

Comecei na parte de trás e medi os passos.

Pelo menos dez metros de comprimento.

E alto. Com certeza, três metros da quilha até o topo da cabine.

— Podemos desembrulhar? — perguntou Lou.

Os nós eram duros sob os dedos. Lutei com eles um por um. Era como se o vento e o tempo tivessem ajudado a apertá-los.

Lou também ajudou, mas a maioria dos nós eram muito difíceis para ela. Não tinha nada para cortar as cordas, além do mais, eu não queria estragá-las. Afinal, pretendíamos cobrir o barco de novo mais tarde, depois de olhar. A gente simplesmente tinha de dar uma espiada. Ninguém ia perceber.

Eu ia soltando e enrolando as cordas meticulosamente, deixando grandes rolos, um ao lado do outro no chão, sobre a grama seca.

Lou mudava as cordas de lugar. Começou a organizá-las de acordo com a cor: as azuis em um lugar, as verdes em outro. Anunciou que tinha sete cordas ao total.

Quando eu finalmente terminei de soltar todos os nós, as pontas dos dedos estavam assadas e as palmas das mãos, doloridas. As lonas ficavam penduradas sozinhas. Quatro delas. Agora as puxei para baixo. Arrastaram-se ruidosamente sobre o casco em direção ao chão.

Era um veleiro. O mastro estava deitado no teto da cabine. O casco era azul-escuro como o mar à noite, com quatro janelas de cada lado.

Estava montado em um suporte de toras sem pintura, que parecia caseiro, mas sólido.

Uma escada atravessava duas traves a meio metro do chão, como se pertencesse ali.

Tirei a escada do lugar. Alumínio manchado de tinta, mas inteira e boa. Coloquei-a de pé na grama rente à lateral do barco.

— Você vai subir? — perguntou Lou.

— A gente tem que subir, não? — respondi.

— É permitido?

Dei um sorriso.

— Você está vendo alguém para perguntar?

Ela olhou em volta.

— Não.

— Você acha que devo subir?

— Não sei. Você decide.

— Você também decide — falei.

— Ah.

— Vou subir?

— Vai. Se quiser.

Ajustei a escada, puxando-a um pouco mais para fora, para o ângulo não ficar muito íngreme. Aí subi no primeiro degrau.

Segundo.

Terceiro.

Um rangido alto na hora que o suporte onde estava o barco protestou. Uma sacudidela minúscula em todo o madeiramento. Parei.

— Papai?

Talvez não fosse tão sólido como parecia. Ou talvez tivesse algum problema com o equilíbrio? Tentei mais um degrau.

— Papai, será que não é melhor desistir?

— Está tudo bem — falei.

Porém não estava. Senti meus próprios passos se propagarem pelo suporte, como se eu estivesse prestes a derrubá-lo.

— Papai?

— Tudo bem, tudo bem.

Desci. Peguei a escada, optando por apoiá-la na parte de trás do barco. A escadinha usada para banho de mar estava presa ali em cima, e a minha escada tornou-se uma extensão dela, como se eu estivesse subindo do fundo do mar.

Tentei mais uma vez. O equilíbrio estava melhor agora, o suporte não resmungou. Subi alguns degraus para conferir se era seguro.

Nada de rangidos dessa vez, parecia firme e estável.

Pulei no chão outra vez, esticando os braços para Lou.

— Você pode subir logo na minha frente, aí tomo conta o tempo todo.

Ela não respondeu. Olhou insegura para a escada.

— Vamos — fiz um gesto indicando o barco. — É igual à escada do escorregador no parquinho... lá de casa, só um pouco mais comprida — falei. — E eu estou logo atrás.

Ela respirou, olhou para o barco, foi até a escada e subiu no primeiro degrau.

— Ótimo, Lou.

Subiu bem na minha frente, entre meus braços. Olhei diretamente para sua nuca, que era delgada e bronzeada e ainda um pouco suja. Não tinha reparado nisso antes, que ela não tinha conseguido tirar tudo quando tomou banho. Ela deveria ter alguém para ajudar. Às vezes, eu desejava que ela fosse um menino. Talvez tivesse sido mais fácil.

Começou a subir mais rápido. Tive de me concentrar para acompanhar o ritmo dela. Dava passos determinados para cima, subia como a criança que era, menino ou menina. Primeiro o pé direito para cima, depois o esquerdo no mesmo degrau, os dois pés firmemente plantados antes de se arriscar no próximo.

Logo tinha chegado ao topo. Pelejou para escalar a amurada, mas eu lhe dei um empurrão no traseiro.

Quando finalmente estava no convés, ela abriu um sorriso.

— Eu cheguei primeiro.

— Chegou mesmo.

Subi atrás dela, escalando a amurada com esforço. Parei e fiquei olhando.

Um banco para sentar de cada lado, o leme no meio.

Uma abertura coberta por tábuas, um buraco de fechadura na de cima.

Outro buraco de fechadura, sem dúvida para o motor, e alguns instrumentos no chão, um par de aparelhos de medição e uma alavanca de acelerador e câmbio.

Além de uma brisa fresca que passava pelo ar. Estávamos justamente na altura certa para senti-la.

O chão e os bancos da cabine eram feitos de madeira. Parecia ressecada. De coloração cinzenta, rachada, como se necessitasse de óleo ou tinta.

Somente o leme resistira e ainda estava lustroso de verniz. Uma madeira dourada.

Me posicionei na frente dela, segurando com a mão direita. Plantei os pés no convés, fazendo pernas de marinheiro, tampei o sol com a mão, como se estivesse espreitando o mar.

— Barco à vista!

Lou deu sua risada rara.

— Terra à vista! Está vendo terra? — perguntei com voz de capitão.

— Não — respondeu ela —, não é terra.

— Tem razão, não é terra, só mar, até onde consigo enxergar. E ondas. Ondas enormes.

— Uma tempestade! — disse Lou.

— Fique bem tranquila — falei. — O capitão vai te guiar sem perigo por essa.

— Você é o capitão?

— Com certeza... e ali! Você está vendo o navio pirata?

Velejamos. Travamos lutas. Encontramos golfinhos e uma sereia. Lou gritava, agitava os braços, pegava o leme. Dava gargalhadas.

Logo ela mesma quis ser capitã, e eu me tornei um marinheiro obediente, mas meio burro. Ela tinha de me explicar tudo, enquanto ria mais ainda. Porque o tripulante se atrapalhava, não sabia a diferença entre direita e esquerda, boreste e bombordo, tinha medo de tudo, especialmente dos piratas.

Ainda assim a gente segurou a barra. Graças a um passeio e tanto nas costas de dois golfinhos. E sobretudo graças a ela.

— Graças a sua valentia e astúcia, capitã — falei.

— Astúcia?

— Significa ser esperta — disse eu. — Você é uma capitã esperta.

Brincamos por uma hora, talvez duas. Eu respirava com facilidade lá em cima no convés, sob as árvores sombreadas, onde o vento pegava.

Porém, toda hora Lou olhava para as tábuas que tampavam a entrada.

— Podemos abrir a porta?

— Não — falei.

Ela não desistiu.

— Temos que abrir — disse ela um pouco mais tarde, batendo nas tábuas. — Você não pode estragar essas daqui?

— Não podemos sair por aí estragando as coisas das pessoas — disse eu.

— Ah, tudo bem, então. — Ela fez uma careta sem graça.

Então refletiu um pouco.

— Mas afinal eles não estão aqui, estão?

Era raro Lou pedir algo. E também era raro ela desistir.

— Tudo bem — concordei. — Podemos ver se tem uma chave lá dentro.

— Onde?

Apontei.

— Na casa.

— Mas ela também não está trancada?

— Então acho que a gente talvez precise estragar alguma coisa — falei.

— Não vamos contar para ninguém — disse ela em voz baixa.

Eu tive que dar risada.

Quebramos uma janela na parte de trás. Entramos no que descobrimos ser a sala.

Andei pela casa na ponta dos pés, mas parei. Passos normais, eu podia pisar fazendo quanto barulho quisesse. Ninguém nos escutava de qualquer jeito.

Os cômodos eram simples, despretensiosos. Poucos enfeites, somente uma estante abarrotada de livros ao longo da parede da sala, e, em uma das paredes laterais, tinha a fotografia de uma montanha coberta de neve à beira de um fiorde.

Os habitantes deveriam ter saído sem levar muita coisa. Talvez só roupa e o mais necessário.

De repente senti que estava invadindo a vida de alguém. Passei depressa pelos quartos até chegar na frente da casa. Entrei no hall de entrada.

Um armário de chaves estava pendurado na parede. Simples assim. Certinho. Parecia uma cabine de banhistas em miniatura. Listrada, amarela e branca, uma daquelas antigas que ainda existiam em alguns lugares do litoral.

Anna e eu sempre perdíamos nossas chaves. Dizíamos que iam ter um lugar fixo, mas de alguma maneira a gente nunca conseguiu resolver a questão. Eu tinha comprado alguns ganchos, mas nunca foram pendurados. Nunca chegamos a um acordo sobre onde deviam ficar, e se podíamos parafusá-los diretamente na parede ou se precisávamos de buchas.

Não éramos muito bons nessas coisas. Eu era prático até, o problema não estava aí. Todas as escolhas, e o fato de que precisavam ser feitas em conjunto, era isso que complicava. Até a questão de pendurar uns ganchos para chaves.

Aqui as chaves estavam penduradas em fila. Era evidente qual eu estava procurando. Uma pequena chave na ponta de um fio azul, preso a uma grande bola de cortiça. Claro. Era uma chave com salva-vidas.

Lou estava a meu lado, um pouco perto demais, respirando ansiosa em meu ouvido enquanto eu destravava a portinhola. Tentei com jeito. Tentei com força.

— Vá lá sentar no banco — falei.

— Mas aí eu não vejo.

— Você vai ver depois.

Tentei mais uma vez, dei um solavanco, usando força e destreza ao mesmo tempo. E agora ela girou.

Tive de mexer um pouco antes de me dar conta de que o que estava sobre a entrada na verdade era uma espécie de escotilha que poderia ser empurrada para trás, não apenas um teto, e que eu precisava afastá-la antes de soltar as duas tábuas que formavam a porta.

A inferior estava emperrada. Estava presa de um jeito que parecia haver um vácuo na madeira. Nesse meio tempo, Lou tinha se levantado outra vez e estava bem pertinho de mim, olhando para dentro do barco.

— Lá dentro tem bancos também — disse ela.

— Pois é.

— E uma mesa.

Dei um chute forte na tábua. Ela cedeu, se soltou. E se deixou abrir.

Lou espiou lá dentro, batendo palmas.

— Que aconchegante! — Ela deu rodopios. — É superaconchegante!

Meninas.

Porém, ela tinha razão. *Era* aconchegante. Tudo era pequeno e engenhoso, combinava, podia ser rebaixado, empilhado, fechado e embutido.

Passamos um bom tempo explorando o barco. Lou não parava de dar gritos de alegria, era como se estivesse brincando de casa de bonecas.

Pegava as xícaras e os pratos de um armário, brancos com letra azul.

— O que está escrito neles?

— *Navigare vivere est* — recitei.

— O que significa?

— É latim e… algo a ver com navegar, estar no mar, que isso é a vida. O mar é a vida, talvez… Sim, acho que é isso. Navegar é viver.

Nossa, até eu me impressionei.

— Navegar é viver — riu ela.

Nada batia o som daquela risada. Eu faria qualquer coisa por aquele som.

Sua felicidade chegou ao máximo quando descobriu que a mesa de jantar podia ser rebaixada até a altura dos bancos em volta.

— Eles se encaixam!

E que tinha um colchão que podia ser colocado em cima da mesa, de modo que os bancos e a mesa formassem uma cama.

— Quero dormir aqui.

— Você não pode dormir na mesa, pode?

— Posso. E você pode dormir lá dentro.

Ela apontou para o camarote de proa.

— Ou no banheiro — disse ela.

Tinha um cubículo com banheiro entre o salão e o camarote de proa.

— Vou dormir no banheiro?

— Vai!

Ela estava suada por causa do calor, o rosto vermelho. Tufos de cabelo tinham se soltado das tranças e tampavam os olhos; mas ela não ligava, só os afastava.

— Mas não tem lugar.

— Você vai ter que sentar na privada a noite inteira.

— A capitã que manda — falei.

Depois, quando o sol estava baixo, sentamos na cabine, um de frente para o outro, nos bancos. Seus pés não alcançavam o chão, balançavam soltos.

Lou passou as mãos sobre a madeira do banco. Refletiu.

— Estou afagando o barco.

— Ele certamente gosta disso.

— Bom barco.

Ela continuou alisando, como que carinhosamente, mas do nada parou.

— Ai!

Ela levantou a mão direita. A pequena palma da mão branca reluziu para mim. Uma farpa tinha se instalado na parte de cima, perto do polegar.

— Está doendo!

Peguei sua mão, a farpa estava bem entranhada.

— Tire! — gritou ela.

— Não tenho nada aqui. A gente precisa de uma pinça.

— Tire ela!

— Vamos voltar para a caserna de primeiros socorros. Lá eles têm o que a gente precisa.

— Não quero! Tire agora!

— Lou, você tem que descer a escada.

— Não!

Tentei convencê-la.

Pedi com jeito, dei incentivos.

No fim ela começou a descer a escada do próprio jeito, não querendo usar a mão direita, tentando se segurar apenas com os dedos, miando sem parar.

— É apenas uma farpinha — falei.

— É enorme. Enorme!

Largamos o barco e recolocamos a lona. Andamos pela estrada enquanto ela xingava. Era um barco idiota. Ela nunca ia voltar. Ela o odiava até.

— Barco de merda.

— Não é culpa do barco — disse eu. — É só que ninguém cuidou dele. Podemos ver se achamos algum óleo. Aí podemos lixar os bancos e passar óleo neles. Ou verniz. Talvez tenha algum no galpão. Então as farpas desaparecem e ele fica totalmente liso.

Gostei do plano, percebi isso. Queria voltar amanhã, queria cuidar do barco. Mas Lou não.

Ela continuou a berrar. Arrastava os pés pelo caminho. Parava toda hora, pedindo para eu esperar, mas quando eu esperava e a chamava "vamos" com minha voz mais agradável, ela não vinha. Só ficava parada.

Eu tive de voltar para buscá-la. Eu a segurava na mão esquerda, a direita ela mantinha erguida de forma dramática. Enquanto falava o tempo todo sobre o quanto doía, com um volume de voz que subia cada vez mais.

— Você tem que me carregar. Me carregue!

Aquilo subiu dentro de mim também. Agora bastava, bastava mesmo. Respirei fundo, como se o ar dentro dos pulmões pudesse me acalmar. Não adiantou. Eu estava com o rosto quente, o coração batia forte demais, e Lou não se calava um segundo.

— Lou, por favor. Você é uma menina grande. Você tem que andar sozinha.

Eu falei baixinho, mas tentei colocar uma espécie de força por trás das palavras. Também não funcionou.

Por isso acabei usando todos os truques que conhecia. Não eram tantos.

Primeiro, implorei.

— Lou, por favor, filha, por favor, se acalme e comece a andar.

Depois, mandei.

— Lou, agora chega. Não posso te carregar. Agora você tem que vir.

Aí, ameacei.

— Se você não vier agora, não vai ter janta. Vou pegar sua janta. Vou comer tudo.

Ela teria que ir para cama com fome, falei, merecia, ia ficar faminta. Nada de janta se ela não se acalmasse pra valer, se não se comportasse como menina grande. Sem ficar chorando que nem bebê.

Por fim, recorri à chantagem.

— Se você for boa menina e caminhar agora, vai ganhar minha janta. A minha também. Além da sua.

Nada adiantou. No final, coloquei ela nas minhas costas. Exatamente do jeito que ela queria. Suas pernas já se dobravam ao redor da minha barriga, ela estava comprida demais.

— Agora estou aqui te carregando — reclamei. — Só porque você tem uma farpinha no dedo.

— Não está no dedo — chorou ela. — Está na mão.

Continuei carregando. Ela era um saco nas minhas costas. Pesada e disforme. E extremamente suada, quente e suja. Ela choramingava sem trégua.

O som era de morrer. Não, de matar.

Pios nasais, *buáá! buá! buáá!... buáá! buá... buáá! buá!*

Ela não se comportava assim há semanas. Há meses. Nenhuma vez desde que as pessoas começaram a fugir de Argelès, desde que nossa cidade e nosso lar se desfizeram, ela não tinha se comportado assim.

Como uma criança.

SIGNE

Finalmente vejo o encontro do céu com o mar. Está amanhecendo, o sol logo nascerá atrás de mim e sobre as montanhas a leste. Sigo em frente, rumo às águas abertas, esperando pelo vento, olhando para o medidor. O tanque de diesel está cheio, então posso continuar assim por um bom tempo e, dentro de algumas horas, certamente terei a ajuda do vento.

Sinto a cana de leme nas mãos, a madeira lisa, envernizada, preciso pilotar eu mesma, pois o vento está fraco e instável demais para o leme de vento. À popa, tenho o arquipélago costeiro, tomo o rumo sudoeste, talvez já tenham descoberto o que aconteceu no cais, o gelo que está boiando no fiorde, talvez tenham descoberto e, além disso, percebido que eu também desapareci. Devem entender logo, a empresa, a polícia, Magnus, mas então já será tarde, já estarei em alto-mar.

A sensação de estar a caminho é o melhor de um barco. Saber que chegará, mas não quando; ter um destino, mas ainda não estar lá.

Vislumbro as doze caixas de gelo. Deixei-as no salão, empilhadas nos sofás de lã vermelha, é apertado, mas ainda alcanço o fogareiro, os instrumentos, e posso me esgueirar até o camarote de proa e dormir ali, mais tarde, mas não aqui ao largo. Não em alto-mar.

***

No decorrer da manhã, levanta-se um leve vento primaveril de sudeste, iço velas, o vento pega, é assim que deve ser, exatamente assim, avanço a todo vapor num largo bordejo, ajusto o leme de vento. Estou tão feliz por ter um assim em vez de um piloto automático, eles enferrujam por tudo e por nada, mecânica barata, os fabricantes fazem propaganda de que duram para sempre, que não precisam de manutenção, mas no mar não há nada que seja livre de manutenção, mais cedo ou mais tarde, o sal e a água acabam com tudo, assim como a natureza mais cedo ou mais tarde destrói tudo que seja humano. Tiro umas almofadas do paiol de bombordo da cabine, coloco-as no banco e ajeito-me, viro o rosto para o sol, ele esquenta, faz a pele formigar. Não durmo há 36 horas, agora fecho os olhos e apago por alguns minutos, acordo de novo, olho depressa em volta, nenhum barco à vista, a terra já está há muito ultrapassada. Vislumbro apenas uma faixa a leste no horizonte, aqui estou apenas eu, posso descansar um pouco mais, porque tenho controle do barco, posso pilotá-lo sozinha, assim como tantos capitães solitários antes de mim, assim como Joshua Slocum, o primeiro a circum-navegar a Terra sozinho. Como conseguiu, sem leme de vento, sem GPS e batímetro, 74 mil quilômetros? Ele tinha 51 anos quando começou, em 1895, e a viagem durou quatro anos. Completou o trajeto, mas ainda assim morreu no mar mais tarde, naufragou, e ninguém o encontrou. Talvez o *Spray* ainda esteja navegando pelos mares do mundo, talvez eu o encontre aqui fora, talvez não seja outra coisa além da idade e do gênero que nos separam, pois a solidão do velejador solitário ofusca a maioria das diferenças.

O sono de capitão também é algo que temos em comum, no banco a sotavento da cabine, debaixo de uma manta, apago por cinco minutos, sono negro, entro direto num sonho, antes de acordar por conta própria, erguer-me de joelhos, olhar em volta por alguns segundos, ainda não há barcos, pedras nem obstáculos, os segundos de vigília mal existem, desmorono no banco outra vez e estou de volta no mesmo sonho.

O vento e o rumor do mar tornam-se o rugido do rio, estou perto do Breio, em pé sobre a ponte grosseira em madeira alvejada de sol, sou pequena e adulta de uma vez, sou apenas eu, a que sempre fui, quer esteja com 15, com 35 ou com 50 anos. Tenho pouco tempo, tenho um voo, para a Índia, pegarei um voo para a Índia, ficarei em Narmada durante meses, lutarei contra a represa que estão construindo, a represa que alagará vilarejos, que expulsará milhares de suas casas, lutarei contra a falta de direitos dos sem-casta, é para lá que vou, mas antes de ir, preciso conferir uma mala, ver se estou com tudo, ela está a meus pés, e tento abri-la, a tampa está presa, a mala mantém-se fechada com duas fivelas, mexo nelas, o couro das correias está duro entre os dedos, não consigo soltá-las, e sei que o avião sai logo, que só tem esse único avião, e agora vejo que estou sem sapatos, não posso caminhar todo percurso até o aeroporto sem sapatos, talvez tenha sapatos na mala que não consigo abrir, levanto-a, levo-a comigo, passando devagar sobre a ponte, continuo pela estrada de serviço, está cheia de pedras afiadas, pedras grandes e duras que cortam a pele da sola dos pés, avanço equilibrando-me, tentando encontrar lugares onde pisar, mas demora muito, estou caminhando devagar demais.

Acordo, olho em volta, o olhar de 360 graus, tudo está livre, mas não fecho os olhos para pegar no sono outra vez, me levanto para a posição sentada, estou aqui, mas ainda lá também, perto do rio.

***

Lembro-me de um passeio, eu teria nove ou dez anos, Papai e eu estávamos caminhando ao longo do Breio num domingo de manhã cedo. A princípio eu estava muito feliz, fazia tempo que não ficávamos a sós, ele já não tinha tempo, nem vontade. Estava muito ocupado brigando com a Mamãe, gritando com a Mamãe. O Papai havia me pedido que parasse de gritar porque poderia estragar a audição; agora quem não parava de gritar era ele.

Essa manhã, porém, ele me deixou acompanhá-lo. Acordei cedo e ele já estava de saída, disse que ia caminhar só, mas quando insisti, cedeu e me deixou ir junto. Éramos apenas ele e eu, acho que eu falava bastante, tentando perguntar sobre coisas que víamos, animais e plantas, mas ele respondia com frases monossilábicas, e só depois entendi que era porque na verdade não queria que eu fosse junto.

Seguimos pela estrada que beirava o fiorde até a bifurcação, não tivera bifurcação antes, fora apenas uma estrada simples, mas que agora se dividia em duas: uma, a parte velha, continuava ao longo do fiorde, enquanto a outra seguia o Breio em direção à montanha.

A estrada era esburacada e pedregosa, com marcas profundas de máquinas pesadas. Era a estrada de serviço, não a tinha visto antes, só ouvi que falavam dela, especialmente o Papai. "A estrada de serviço", ele costumava cuspir as palavras, como se tivessem um gosto ruim.

Era uma estrada feia, agora eu via, uma estrada feia e cheia de pedras, que estragava a paisagem onde passava, ladeada de pedras duras, suja e lamacenta, como que rasgando a paisagem ao meio.

Contudo, era nessa estrada que o Papai queria que andássemos. Ele caminhava sem hesitação, a passos largos e com sapatos pesados no chão, sapatos que logo ficaram cheios de lama e sujeira.

Em certa altura da encosta, ele de repente se virou para mim e enfim começou a falar, mas era como se não conversasse comigo.

— Alumínio — disse ele. Era uma palavra difícil, perguntei-me se a grafia era *ali* ou *alu* ou *alm*, como em *alma*, fiquei pensando nisso enquanto escutei o Papai, mas ele disse a palavra tão depressa que não consegui distinguir cada som.

— Na verdade, a energia hidrelétrica é uma questão de *alumínio*, de guerra, de guerra, porque são as fábricas de *alumínio* que exigem o aumento da geração de energia, e sem a produção de armas, oito em cada dez fábricas de *alumínio* iriam à falência. As pessoas acham que tem a ver com energia elétrica, para escolas, creches, hospitais, para as casas das pessoas, mas na verdade tem a ver com armas e guerra, a Noruega inteira está sendo construída em cima e em torno de *alumínio* e armas.

Eu não sabia o que era para responder.

Estávamos ali, de pescoços curvados olhando para o rio, e, perto de uma corredeira mais forte, brilhava um arco-íris.

— Vlavaav — falei.

— O quê?

— As cores do arco-íris: vermelho, laranja, amarelo, verde, azul, anil, violeta.

— É enorme — disse o Papai, e achei que quis dizer o arco-íris, mas ele apontou para o rio. — É a neve da montanha. Esse ano caiu muita neve. É o último ano que o vemos assim. No ano que vem já terá ido.

— E o arco-íris? — perguntei.

— Ele também, você sabe disso, não é?

Foi uma pergunta estúpida, e de repente senti vergonha, sabia que o arco-íris era criado pela luz que se refrata nas gotículas de água, ele tinha me explicado isso fazia muito tempo, e eu não era daquelas esquecidas, eu guardava tudo, especialmente as coisas que ele me contava.

— Mas ainda estará no céu — disse eu, na esperança de que pudesse consolá-lo. — Quando vem a chuva ensolarada podemos vê-lo, então ele aparece, como uma ponte sobre o fiorde.

A última coisa foi algo que o ouvi dizer uma vez e achei que soava bonito.

Ele não respondeu, por isso continuei, em voz mais alta.

— Você falou, lembra disso, Papai, que Deus pintou o arco-íris no céu como uma promessa a Noé de que nunca mais deixaria um dilúvio destruir o mundo.

Ele costumava gostar disso, que eu repetisse o que havia aprendido, que eu o impressionasse, mas nem agora respondeu.

— Você se lembra disso? E aí você me perguntou o que achava. E então respondi que era um conto de fadas. Porque se a história fosse verdade, o arco-íris teria que estar no céu o tempo todo. Você lembra que falei isso? Que era um conto de fadas?

Ele fez um leve gesto de cabeça.

— Noé não existiu — falei. — O dilúvio não existiu.

Ele continuou calado.

— O DILÚVIO NÃO EXISTIU!

— Muito bem, Signe — disse o Papai finalmente, mas a voz era distante.

Não adiantou gritar; gritar tinha costumado ajudar durante minha vida toda. Mas agora não fazia mais efeito nele, e não entendi por quê.

O rio se desdobrava diante de nós, um largo pedaço de tecido que alguém desenrolara, um tecido transparente, pensei, invisível, poderia render uma capa da invisibilidade, uma capa da invisibilidade glacial, e talvez eu estivesse vestindo-a agora, sem saber.

Logo o Papai começou a andar outra vez, depressa, corri atrás dele, nessa estrada horrível de serviço, só queria voltar para casa, mas não tive coragem de perguntar, não tive coragem de parar.

Em um ponto ainda mais alto da encosta, a estrada cruzou o rio sobre uma ponte recém-construída que cheirava a madeira fresca, e na ponte ele finalmente parou outra vez, e agora olhou para mim.

— Sinta isso, Signe, você sente a água que está escorrendo? — perguntou.

— Sinto — respondi.

— Você sente?

— SIM!

A água fez meus pés vibrarem, fez-me tremer inteira.

— Olhe em volta — disse ele. — Tudo à sua volta vai mudar. Aqui vão escavar um túnel, e a água será levada embora. Ali embaixo vai ficar a usina hidrelétrica — ele apontou — e dali vão puxar enormes cabos de energia. E o rio, ele vai desaparecer. Onde passa agora só terá pedra.

— E os mexilhões de água doce, então?

— Eles morrem.

— Todos?

— Todos.

— Quem vai purificar a água?

— Não terá água para purificar.

Então ele continuou a andar, e não tive coragem de fazer mais perguntas. Continuamos por ainda uma hora, talvez duas, numa subida íngreme. Eu estava com as costas suadas, quis pedir para o Papai andar mais devagar, mas não me atrevi, ele avançava a passos de gigante na minha frente, tudo que eu via eram suas costas, os ombros estreitos debaixo da mochila, e não consegui pensar em nada além de acompanhar o ritmo, para cima, para cima, o tempo todo para cima.

Finalmente, chegamos à montanha, eu estava tão ofegante que a garganta ardia, mas agora a paisagem se aplainou. A velha casa do sítio alpino de Sønstebø se inclinava para o chão, rodeada por uma cerca rústica prestes a desmoronar, acabaram de soltar as ovelhas para o pasto, os carneirinhos baliam suavemente, sons frágeis, enquanto seguiam a reboque os pais. No horizonte, avistei Blåfonna, uma língua branca acinzentada que abocanhava as moitas de urze, musgo e grama.

A estrada parou no meio do nada e no ponto onde parou, o Papai também parou por um momento.

— A represa vai ficar aqui — disse. — Tudo que você vê agora será represado, alagado.

— Tudo? — perguntei.

— Tudo mesmo.

Deu mais alguns passos, bem no meio do urzal, mas aí parecia não aguentar mais, porque de repente se sentou ali mesmo na ladeira, sem tirar a mochila, ela foi forçada para cima por causa do morro atrás dele, dando-lhe uma corcunda.

Não me perguntou se eu também queria sentar, era como se estivesse só, mas sentei-me de qualquer maneira. Então ele me notou, porque se apressou a tirar a mochila, abri-la e pegar a lancheira.

— Olha, você deve estar com fome.

Peguei a fatia de cima, a barriga roncava, eu estava com fome e sede, mas mesmo assim era difícil mastigar.

Estendi a lancheira para o Papai.

— Você não quer?

— Depois — disse ele, conferindo o relógio.

— Você sabe que precisa comer, o corpo precisa de comida para ficar forte — falei.

Ele não escutou, olhou em volta, como se estivesse esperando alguém.

Continuei a mastigar, desejando que a fatia de pão não tivesse sido tão grossa, que tivesse mais manteiga, e desejei que soubesse o que dizer e fazer.

— Preciso fazer xixi — falei enfim.

— Você pode ir ali — disse ele, apontando para alguns arbustos vergados, a única coisa que crescia lá em cima.

Corri até lá, agachei-me atrás dos arbustos, mas não achei que encobriam o suficiente, era só meu pai, eu não tinha vergonha, não tinha medo de ele me ver, desde que eu não precisasse *olhar para ele*. Fiquei agachada um bom tempo ali, o jato escorreu quente entre as pernas, algumas gotas atingiram uma das coxas, esfriaram quando vesti a calça outra vez, duas manchas na parte interna da perna da calça, se solidificariam como água salgada na pele, e eu as sentiria até me lavar.

Na hora que estava voltando para o Papai, avistei outra pessoa que também estava passeando nesse dia; ele veio de um caminhão estacionado no final da estrada de serviço, eu não tinha ouvido sua chegada, o silêncio da montanha engolira seu som, mas reconheci o homem e o caminhão. Era Sønstebø, e agora o Papai foi ao encontro dele, e de repente entendi que o Papai viera para cá para encontrá-lo, que Sønstebø era quem o Papai estivera aguardando.

Eles conversaram, os dois homens, e a montanha comeu as palavras. Ou talvez na verdade tentassem falar em voz baixa, talvez não quisessem que ninguém escutasse, nem eu, porque estavam com as cabeças bem perto um do outro, assim como namorados conversam, assim como a Mamãe e o Papai conversavam antes.

Aproximei-me depressa, aguçando os ouvidos, e agora distingui algumas poucas palavras.

— A ponte — disse Sønstebø. — A ponte é melhor.

Então o Papai levantou os olhos.

— Olá, Signe — disse em voz alta.

Sønstebø sorriu para mim, um sorriso largo demais, achei, pensando mais uma vez na boneca.

— Olá, Signe — disse ele.

— Olá — disse eu.

— Que legal que você e seu pai estão passeando — observou.

— É — respondi.

— Vamos para casa agora — avisou o Papai.

— Magnus ficou em casa hoje — disse Sønstebø para mim.

— Ah — falei.

De repente, queria que Magnus tivesse vindo, que ele também estivesse aqui, ao meu lado.

— Está estudando para uma prova de Matemática — explicou Sønstebø.

— Signe precisa ir para casa escrever uma redação — disse o Papai.

Eu tinha me esquecido totalmente da redação, embora Língua Norueguesa fosse minha matéria preferida.

— Vocês podem pegar uma carona até lá embaixo — ofereceu Sønstebø.

— Sim — concordei.

— Tem certeza? — perguntou o Papai.

Sønstebø olhou perplexo para o Papai.

— Certeza? Claro.

— Mas você acha... talvez não seja aconselhável.

— Estou cansada — falei. — Quero voltar de carro.

Lembro que não entendi o que queriam dizer, mas não consegui fazer a pergunta certa. O que não seria aconselhável, afinal, seria aconselhável pegar uma carona para casa, não? Porque eu estava tão cansada, a essa altura eu realmente estava sentindo o cansaço, o corpo estava todo doído, a caminhada até aqui em cima tinha sido demais, mais que demais, e não fazia sentido não pegar carona, ter de voltar *caminhando*, se houvesse um carro.

— Não… — disse Sønstebø, olhando para o Papai. — Talvez você esteja certo. Provavelmente não é aconselhável. Se a gente encontrar alguém…

— Mas estou muito cansada — insisti.

— Quero que voltemos a pé, Signe — falou o Papai. — Será bom.

— Não — retruquei. — NÃO acho que será bom.

Então Sønstebø deu risada.

— Que menina você tem aí!

E o Papai ficou vermelho, embora geralmente gostasse que eu falasse com franqueza.

— Não quero ir a pé — falei. — Por que não podemos ir de carro? Por que não é aconselhável?

— Deve ficar tudo bem, não? — disse Sønstebø. — Posso levar vocês uma parte do caminho.

— Não — declarou o Papai.

Agora havia algo nele que me fez entender que não me daria ouvidos, que eu teria de andar todo o longo caminho de volta. O Papai acenou para Sønstebø, e Sønstebø entrou no caminhão, ligou o motor e foi embora, e eu estava cansada e com frio, tinha começado a cair chuva com neve, as gotas de xixi grudavam na minha coxa, não adiantava mais gritar, eu só queria chegar em casa.

Talvez não seja aconselhável, as palavras estavam gravadas em mim, deixando-me mais pesada, lembro-me disso, talvez não fosse aconselhável que os dois homens fossem vistos juntos. As palavras pesavam em mim quando caminhamos de volta para casa, pesavam em mim quando revimos a Mamãe, e o Papai se comportou como se nada tivesse acontecido.

Eu estava gelada e exausta, ele parecia não reparar. Mas a Mamãe me levou lá em cima ao banheiro e encheu a banheira enquanto arranquei a roupa, que ficou largada no chão, suja e úmida, ela pôs sabão na água, fez espuma na hora, e o sabão assentou sobre a superfície como uma manta branca e macia, sob a qual eu poderia mergulhar e me esconder.

A água estava um pouco quente demais, ardia, e suspendi a respiração, senti que o sangue fluiu para o rosto, que fiquei vermelha e meio que estufada.

A Mamãe saiu do banheiro, achei que só ia buscar alguma coisa, um roupão para mim, talvez, ou uma toalha limpa, ou algo para beber ou comer, mas então ela simplesmente sumiu, porque ele estava ali fora, eu tinha me esquecido disso. Ele estava ali, aquilo que os dois tinham juntos estava ali fora, aquela coisa grande e feia, e eu não podia parar aquilo, as vozes crescentes, a gritaria. Eu não fazia parte daquilo, não havia nada que eu pudesse dizer, nada que ajudasse. Torcia para que parasse, mas se só fosse continuar, pelo menos desejava participar.

Lentamente, a água do banho ficou morna, depois, fria, meu corpo, engelhado, os dedos dos pés, vermelhos, logo se formariam membranas entre eles, tornei-me um ser aquático aqui na banheira enquanto eles gritavam um com o outro, eu era um ser aquático minúsculo, dentro de um globo de neve cheio de líquido viscoso e transparente com neve granular de plástico. De vez em quando eles me levantavam, me chacoalhavam, me olhavam, mas depois me abandonavam e iam embora, de volta um para o outro, para compartilhar o que tinham em comum, aquela coisa grande, ruim, feia, que apenas existia entre eles, os dois.

Alguns dias mais tarde, ficamos sabendo da explosão. Foi o Papai que nos contou, a Mamãe tinha acabado de chegar em casa, estivera fora por algum tempo, talvez em Bergen, ia para lá com frequência a fim de fazer compras para o hotel. Assim que ela abriu a porta e entrou, o Papai estava pronto com a notícia.

— Svein Bredesen passou aqui de manhã — anunciou. — O engenheiro-chefe.

— Oi, Mamãe — falei.

— Sei quem é Bredesen — disse a Mamãe.

Ela alisou meu cabelo rapidamente, sem olhar para mim.

— Ele queria falar com você — acrescentou o Papai.

— Posso ligar para ele já — disse ela.

— Mas como você não estava em casa, peguei o recado.

— E?

— Explodiram a ponte sobre a estrada de serviço essa noite. Foi totalmente detonada.

— O quê?

— Não sobrou nada. Vai levar várias semanas para consertar, meses talvez.

A Mamãe ficou parada. Primeiro não disse nada, e tentei abraçá-la, mas ela pediu que esperasse. Então falou que não entendeu como uma coisa dessas poderia acontecer, como alguém poderia fazer uma coisa dessas.

— A ponte e a estrada ficarão lá — afirmou. — A central hidrelétrica e os dutos virão. Isso vai acontecer de qualquer jeito.

Ele não disse nada.

Ela fitou os olhos nele por um bom tempo.

— Você sabe de alguma coisa?

Obviamente, ele respondeu que não, lembro como ele estava ali no hall de entrada, com as mãos no bolso dizendo não, não, claro que não sei.

— Mas você precisa entender a raiva que isso causa — disse ele. — A raiva que as pessoas sentem. Você precisa entender o que você desencadeou nas pessoas. É óbvio que estão furiosas. Tão furiosas que explodem pontes.

— Você defende isso? — perguntou ela em voz baixa.

— Vi um ninho ontem — disse ele. — Um ninho de melro-d'água. Quando o rio desaparecer, vamos perder o melro-d'água.

— Tem milhares deles, milhares...

— Não, Iris. Tem apenas alguns poucos.

— Tem milhares de rios na Noruega.

— Vários pequenos. Muito poucos do tamanho do Breio.

— Mas sabem quem fez aquilo? O que Svein disse?

— Svein? Você o trata pelo primeiro nome?

— Quero dizer Bredesen. O que ele falou? O que eles sabem?

— Quando o rio desaparecer, o melro-d'água ainda vai pôr os ovos ali, no antigo leito do rio seco — continuou o Papai, quase salmodiando. — Mas agora o rumor do rio não mais encobrirá os gritos dos filhotes por comida. Serão pegos por predadores. Serão mortos.

— Bjørn, se você souber de alguma coisa, você precisa falar.

— O Papai não sabe de nada — falei.

Talvez não seja aconselhável.

— O que você disse?

Ela de repente se virou para mim, como se só agora realmente percebesse minha presença.

— O Papai não sabe de nada.

— Signe, você não entende isso.

— Mas ele não sabe nada.

— É claro que não sei — disse o Papai. — O que eu saberia?

A Mamãe ficou quieta, olhou para o Papai, então se virou para mim, tentando sorrir.

— Você está com fome? Você jantou? Vocês já comeram?

— Só quero sobremesa — falei.

— Tudo bem — disse ela.

— Falei que não quero jantar. Só sobremesa.

— Sim — disse ela.

DAVID

Só quando nos aproximamos do acampamento Lou se acalmou. Fungadelas prolongadas, mas nada de lágrimas.

Me arrisquei outra vez. Queria desviar a atenção dela da farpa na mão.

— Os golfinhos são superinteligentes, sabia? — falei.

Ela não respondeu, mas percebi pelo seu olhar que estava interessada.

— Muitos acham que são tão inteligentes quanto os seres humanos — acrescentei.

— Mais espertos que o marinheiro, pelo menos — disse Lou, fungando uma última vez.

— O marinheiro?

— Você, Papai!

— Sim, mais esperto do que o marinheiro.

Ela caminhou calada por um tempo. Vi que estava matutando uma pergunta.

— Como os golfinhos nascem? — perguntou ela então. — Eles botam ovos que nem os pássaros? Ovos azuis gigantes?

— Não, eles dão à luz filhotes vivos — falei.

— Que nem os seres humanos?

— Sim.

— Ah.

Ela andou mais devagar, parecia decepcionada.

— Mas teria sido legal com ovos azuis gigantes — me apressei a dizer.

— Teria sido mais legal, sim. — Concordava também com a cabeça.

O sol desapareceu atrás das árvores. Logo estaria escuro. Apertei o passo.

— Por quanto tempo os golfinhos são crianças? — perguntou ela.

— Bem…

— Como eles nadam?

— Devem deslizar de alguma maneira.

— Mas como? Como se movem? Fazem que nem os pássaros quando agitam as asas?

— Não, eles só deslizam.

— Mas *como*?

— Balançam a cauda como os outros peixes.

— Tipo sacodir o bumbum?

— Isso.

Continuei a responder o melhor que pude. Não era muito bom.

Ela deveria ter um professor. Deveria ir na escola. Mas não tinha ensino no acampamento. Ela só tinha eu. Que não sabia nada.

De qualquer modo, decidimos tentar investigar o jeito de nadar dos golfinhos. Como eles realmente se deslocavam na água.

Golfinhos. Lembro que eu também tinha fascínio por eles quando era pequeno. Tem alguma coisa nos golfinhos, é difícil não gostar deles. Talvez por sorrirem.

— Um dia vou nadar com golfinhos de verdade — disse Lou.

— Ah, é? — falei.

Então me lembrei de uma coisa sobre os golfinhos, algo que tinha lido uma vez. Que não era bom nadar com eles. Que as pessoas que pulam na água para nadar com os golfinhos na verdade os atrapalham, os estressam. Os impedem de procurar comida para si mesmos e para suas crias. Mas não contei isso a Lou.

Estava quase escuro quando entramos no acampamento. Consegui uma pinça emprestada e tirei a farpa de Lou com facilidade. Ela não chorou. Depois, fomos comer. Francis estava do lado de fora do refeitório com a tigela de comida na mão boa. A tigela estava completamente vazia.

— É melhor você se apressar — disse ele. — Se quiser comida para a criança. Eles estão com pouca hoje.

Assim que entramos e senti o cheiro de comida, a barriga já roncava alto. Estava com tanta fome que minha cabeça começou a girar. Me apoderei de uma tigela de ensopado marrom e alguns nacos de pão. E um copo de leite. A gente ganhava um a cada refeição. Mas não era o suficiente, nunca era o suficiente. Não havia outro jeito senão ir para a cama imediatamente, a única coisa que ajudava para enganar a fome era tentar dormir até passar.

Transferi metade do leite para um copo vazio e coloquei os copos um ao lado do outro.

— Tem a mesma quantidade nos dois? — perguntei a Lou.

Ela se inclinou para ver.

— Talvez um pouquinho mais nesse. — Ela indicou o da esquerda.

Passei algumas gotas do copo à direita.

— Assim?

Ela fez que sim.

— Você pode escolher — falei.

— Mas tanto faz.

— Quem faz a divisão não pode escolher, essa é a regra.

— Tudo bem, então.

Ela pegou o copo da esquerda. Eu agarrei o outro.

— Vocês sabem por que ganhamos leite? — alguém de repente disse atrás de nós.

A gente se virou.

— Olá! — disse Lou.

— Olá — falou Marguerite, acenando para ela com a cabeça.

Ela também tinha acabado de ganhar comida. Segurava uma tigela com dois dedos de ensopado nas mãos.

— Você quer sentar com a gente? — perguntou Lou.

Cheguei um pouco mais para o lado no banco para dar espaço a ela. Mas Marguerite não se mexeu.

— Você sabe que o leite é para as crianças? — disse ela.

Olhei para o copo que estava na minha mão.

— Não, não sabia. Evidentemente.

— É por isso que só ganharam um copo. Nós não ganhamos nada.

— Ah, não?

Deixei meu copo na mesa, me apressando a empurrá-lo mais perto de Lou.

— Vou ganhar os dois? — perguntou ela.

Fiz que sim. Senti o sangue subir ao rosto.

— O leite é para as crianças — repeti baixinho.

— Mas posso dividir sem problema — disse Lou.

— Muito obrigado — falei. — Mas parece que é para você.

Fitei Marguerite enquanto falei isso.

Ela inclinou a cabeça para o lado, me estudou, como se eu fosse um fantoche pequeno e estúpido.

Está feliz agora? eu quis dizer, mas me controlei. Era melhor calar a boca.

— Não preciso de dois — disse Lou, empurrando o copo de volta para mim.

Eu estava com vontade de tomar leite, estava mesmo. Com certeza estava gelado, ia refrescar a garganta, a barriga. Era a única coisa gelada que a gente ganhava. Por isso tomei. Depressa.

— Você é legal, Lou — falei.

Marguerite emitiu um som leve. Não me importei. Minha filha sabia dividir, tinha aprendido a dividir. Já era alguma coisa.

Tomei um gole do leite. Esperei pela sensação gelada, mas naquele meio-tempo já tinha ficado morno.

Gastamos o gelado, pensei.

Era culpa de Marguerite. Ela se intrometeu sem saber nada sobre a gente.

August tinha apenas um aninho. Lou na verdade nunca teve a experiência de ter irmãos. Um bebê na casa não contava. Um bebê não brigava pelos doces, não queria o maior pedaço do bolo. Mesmo assim, ou talvez por causa disso, ela era boa em dividir.

— Vai, senta — disse Lou a Marguerite.

— Ela deve querer comer em paz — falei para Lou.

— Por quê? — perguntou Lou a Marguerite.

Que se sentou.

Ou melhor... se posicionou. No banco ao lado de Lou, na distância exata que fazia parecer que ela não estava de fato com a gente.

Silêncio. Eu não queria ser o primeiro a falar alguma coisa.

... Só que estava muito quieto.

Talvez devesse falar algo.

Ela não falava.

Mas nenhuma das perguntas que eu estava acostumado a usar, *como vai, o que está achando do tempo, seu dia foi bom*, pareciam funcionar direito.

Sobre o que se fala num acampamento de refugiados? Como começar conversa fiada quando a vida está ferrada? E conversa fiada… alguém como Marguerite não daria bola para isso.

Ela só iria rir de mim.

Não, ela ia sorrir, um sorriso meio oblíquo.

Melhor evitar.

Confiei em Lou. Ela seria capaz de amenizar o clima. Mas estava ocupada demais em matar a fome. Devorava a comida, até lambeu a tigela.

No fim, foi Marguerite que acabou quebrando o silêncio.

— Não receberam os suprimentos. É por isso que tem tão pouco.

— Como você sabe? — perguntei.

— Já estive num lugar como esse antes. Nas montanhas. Foi a primeira coisa que aconteceu: os suprimentos pararam de vir.

— A primeira coisa que aconteceu antes do quê?

— Antes de todo mundo ir embora.

— Vai dar tudo certo — falei sem convicção.

Não quis ter essa conversa na frente de Lou.

— Não vi um único carro chegar ao acampamento. Nem ontem, nem hoje — acrescentou Marguerite.

— Você ficou sentada à beira da estrada o dia inteiro vigiando — falei, ensaiando uma risada. — Não estava quente demais? Você ficou na sarjeta ou o quê?

Ela pegou mais um pouco de comida, sem responder, não se dignou sequer a olhar para mim.

— Você é bem otimista — observei.

Mordi a língua na mesma hora, me apressando a acrescentar:

— Estamos bem aqui. Você consegue perceber que este é um lugar decente, né?

Como se algum de nós soubesse se este *era* um lugar decente. Afinal, não era como se ela tivesse todas as respostas, como se conhecesse a situação de todos os campos de refugiados no sul da Europa.

Ficamos em silêncio por um tempo e finalmente Lou falou:

— Achamos um barco.

— Um barco? — perguntou Marguerite.

— Não exatamente — falei. — Não foi um barco, só uma brincadeira.

— Mas tinha um barco — insistiu Lou. — É um barco. Ele é grande e azul, ou preto. É azul ou preto, Papai?

— Azul-escuro — falei. — Mas é só uma brincadeira.

— Conte-me sobre o barco — disse Marguerite olhando para Lou. — Mesmo que seja apenas uma brincadeira.

Lou contou. Sobre o barco, sobre os piratas, os golfinhos e a capitã esperta.

Marguerite aproximou-se de Lou no banco, prestou atenção, perguntou mais, e Lou contou mais. Estavam tagarelando como velhas conhecidas.

Marguerite riu, ela realmente deu risada, quando Lou lhe contou sobre o marinheiro burro.

Estavam ali, as duas, no banco de frente para mim, rindo da minha cara. Eu não sabia se estava gostando.

Depois, quando íamos nos separar, Marguerite estendeu a mão para Lou, para a cabeça dela, como se fosse afagar o cabelo. Manteve a mão ali, rígida no ar, por um segundo, antes de recuar e optar apenas por passá-la de leve pelo ombro da criança.

Já era algo, pensei. Isso, e o fato de ela ter dado risada.

SIGNE

Acordo abruptamente. O frio tira-me do sono, estou batendo os dentes, o sol sumiu. O tempo está fechando e o vento já virou, intensificou-se, o barco aderna mais. Sento-me, isso deve ter acontecido em um piscar de olhos. Ou talvez tenha dormido mais do que deveria, eu, que sempre me virei sem despertador no mar, que confiei no meu relógio interno.

Ao meu redor é só mar, a única coisa em que posso fixar os olhos é uma plataforma de petróleo, uma plataforma de petróleo reluzente contra um céu que escurece. Todo dia extraem dois milhões de barris de petróleo, dois milhões de barris, um barril equivale a 159 litros, não aguento nem fazer a conta de quantos litros ao total, todo santo dia. Ali estão, todos aqueles que constroem o país da Noruega enquanto destroem o mundo. E se dissessem não, todos eles, se recusassem a trabalhar, instituíssem uma greve? Uma única semana teria ajudado, um único dia teria ajudado, dois milhões de barris a menos sendo extraídos e despejados na natureza.

As luzes da plataforma ficam cada vez mais fortes... não, é o mundo em volta que fica mais escuro, deve ser tarde, a noite está surpreendentemente escura para o mês claro de abril. Estou indo ao encontro da noite, um forte vento leste afasta-me da terra.

Pego o anemômetro, levanto-o, captando o vento, catorze metros por segundo.

Catorze, tanto já.

Está ventando cada vez mais. Preciso colher os rizes, deveria ter rizado faz tempo, mas tenho que fazer xixi. Faço rapidinho no chão da cabine, será removido num instante de qualquer jeito. Depois, ajusto o leme de vento e folgo devagar a escota da vela de proa. A vela agita-se como se estivesse possuída, agarro o cabo do enrolador de genoa, é fino e mastiga as mãos, puxo várias vezes, mas é muito pesado, pesado demais. Não tenho a mesma força que antes.

Enrolo o cabo na catraca, os dedos estão congelados e tudo dói, mas aos poucos a força da vela de proa diminui e posso capear. Então, arranco a escota da vela mestra do cunho, agora é a mestra que bate descontroladamente. Preciso chegar até o mastro para rizar.

O vento é uma parede e ando de quatro em direção à proa, deveria ter colocado o cinto de segurança, todavia consigo subir no teto da cabine, folgo a adriça na catraca do mastro, no mesmo instante uma onda atinge o barco, é como ser atropelada por um trem. Agarro o mastro com as duas mãos, a ponta da adriça escapa e é levada pelo vento na posição horizontal em relação ao mastro, estico-me, mas sei que não tenho a menor chance de alcançá-la, o vento a chicoteia de um lado para o outro, enfim enrolando-a num dos brandais logo debaixo da cruzeta, merda, merda.

Solto um croque que amarrei ao convés, erguendo-o para a cruzeta, mas não adianta, é claro que não adianta. Devo escalar? Não, agora, não, é melhor deixá-la pendurada ali, a vela mestra está quase na retranca. Com dedos congelados abro a manilha da escota, prendendo-a ao mastro, e ferro a vela. Em seguida, arrasto-me de volta para a cabine. Só agora consigo respirar.

Uma ida rápida lá dentro para vestir blusa, calça e jaqueta impermeáveis por cima do blusão e da calça que estava usando. Já estou encharcada, estou pingando, mas não tem jeito, não tenho tempo para me trocar.

Devo prender as caixas de gelo, estão empilhadas no salão, o peso ainda os mantém no lugar, mas uma onda grande é tudo que é preciso para elas deslizarem dos bancos e caírem no chão, criando o caos.

Pego cabos e algumas velhas tiras elásticas, procuro com os olhos pontos de fixação, no fim estendo as tiras e os cabos diversas vezes entre a barra à qual a mesa está afixada e alguns ganchos na parede.

No mesmo instante, a cafeteira cai com estrépito no chão, esqueci-a no fogareiro, a água está vazando do bico, apodero-me dela, despejo a água e jogo-a dentro de um armário, tampo a pia, fecho a válvula do botijão de gás.

Será que chegou ao ponto de eu ter de fechar as escotilhas, trancafiar-me aqui embaixo com o gelo, até o vento diminuir?

Não, não vou fazer isso, darei conta do recado, posso pôr o arnês, me amarrar, já fiz isso antes, aguentei mau tempo, vento de até 23 metros por segundo, vento duro, o *Blå* precisa de mim, não posso deixá-lo à deriva.

Endireito-me, no mesmo momento uma onda enorme rebenta-se sobre o barco, a água invade o salão, jorra sobre as caixas azuis, apresso-me a encaixar as tábuas que tapam a entrada, jogo as cartas náuticas na mesa, acendo a lâmpada de leitura das cartas sobre os instrumentos, assustando-me com a luz forte. Agora estou estragando minha visão noturna, mas não tem jeito, preciso chegar a um porto, encontrar abrigo atrás de umas ilhas, não posso continuar assim.

Em que latitude estou? Confiro o GPS. Já à altura de Stavanger, mas o vento sopra diretamente do leste, contra mim, não posso navegar contra o vento.

No entanto, posso velejar em ziguezague, preciso bordejar ainda que leve a noite inteira.

Lá em cima de novo, com o arnês. Solto algumas voltas ao enrolador de genoa, numa hora dessas sou grata por ter investido nele, imagine ser obrigada a ir até a proa para trocar de vela agora, tirar a buja de temporal do compartimento debaixo da cama no camarote de proa, arrastar a vela para cima, ter de ir até a proa para colocá-la. Agora, em vez disso, é só puxar um cabo e logo tenho o tanto de vela que preciso.

Tomo o rumo norte, o ritmo é lento, o velocímetro mostra entre dois e três nós. O mar contrário impede a velocidade, as ondas batem duras contra a proa, uma depois da outra, às vezes elas me param por completo, mas preciso manter o rumo por algumas milhas náuticas e depois dar um bordo para o sul, então continuar assim, antes de dar um bordo para o norte outra vez.

Estou feliz por ter dormido hoje cedo, a essa altura não tem como descansar. Seguro a cana de leme com força, mantendo os olhos cravados na bússola e os ouvidos ajustados ao vento, às ondas, ao som delas, elas batem, sugam, agarram o casco, dão solavancos no barco, em mim, na fibra de vidro, que de repente parece tão frágil.

Passam-se minutos, talvez horas, não olho para o relógio, só sinto o vento que está aumentando, sopra contra a vela de proa, forçando-me à frente. Cambei três vezes, mas não consigo manter o rumo, a quilha longa e rasa cria deriva, chego muito ao sul, sou levada ao longo da costa para o sul, mas não mais perto de terra.

A adriça da vela mestra bate contra o mastro, enrolou-se em torno dele diversas vezes, o ruído intenso de cabos de aço contra o alumínio não parece com mais nada, que merda que escapou, merda.

Eu poderia estar dentro de casa, na frente de uma lareira, quente, luz amarela, som algum além do crepitar do fogo na madeira, uma sala em silêncio noturno, um livro, uma manta, algo quente para beber, poderia estar submersa em uma banheira fumegante, espuma, o cheiro de sabonete, um espelho embaçado de vapor. Porém, estou aqui, o vento bate no rosto, a água escorre de mim, as forças da natureza me agarram, me espancam.

Pego o anemômetro, quero saber quão ruim está a situação, certamente não está tão ruim como penso, estico o braço para cima, o ponteiro sobe, dezesseis metros por segundo, dezessete, dezoito, dezenove.

Vento forte, vento muito forte, e o vento está aumentando.

Puta merda.

Preciso rizar, a vela de proa tem de ser totalmente colhida, o vento vai levantar ainda mais, não posso continuar.

Puxo o cabo de rizar, mas ele fica preso na roldana. Puxo várias vezes, mas não consigo soltá-lo, a buja tremula violentamente. Sou obrigada a ir até a proa. No convés o vento parece ainda mais forte, uma única rajada e vou ao mar. Confiro as travas do arnês por todo o caminho, não me desloco um metro sem verificar, não quero pensar em estar ao largo, não pensar nisso, de estar lá, nas ondas, quanto tempo se vive, quanto tempo se consegue manter a cabeça acima da água, quanto tempo será que sobreviverei?

O mundo inteiro está girando, não há nada que não se movimente, nada que esteja parado. Tenho de girar junto, não posso resistir, rastejo, o convés contra os joelhos, mas estão velhos demais para isso, como se fossem uma parte separada de mim, mais velhos que o resto do corpo, joelhos rangentes, os joelhos são a primeira coisa a arrebentar numa pessoa, é quase impossível fazê-los durar uma vida inteira, e nada adianta, já suportaram demais, muitos passos, todo o desgaste aloja-se neles, eles resmungam. Tento rastejar de um jeito diferente, mas nada ajuda, não posso pensar nisso, apenas avançar, metro a metro.

A buja bate com ferocidade, uma enorme ave branca fora de controle. Mexo no cabo com jeito, vamos, solte-se agora, me ajude, coopere comigo, maldito cabo, e aí ele cede e posso rizar.

Uma onda violenta me inunda no caminho de volta. Água por todo lado, chuva no ar, a água salgada escorre de mim, sinto seu sabor na língua.

As velas estão todas arriadas, o barco é lançado para a frente e para trás. Encolho-me no chão da cabine, a água já levou a urina embora faz tempo, vejo a cana de leme acima de mim, ela também é jogada para a frente e para trás, para a frente e para trás, encolho-me, mas não posso ficar assim. Não posso desistir.

Âncora flutuante, uma âncora flutuante! Ela diminuirá a velocidade, estabilizará o barco, sento-me e abro o paiol de boreste da cabine, procuro, remexo, em cabos enrolados, defensas, baldes com tinta velha anti-incrustante, é uma bagunça só, *meu Deus, por que não sou mais organizada?*, falo para mim mesma que o barco está em perfeito estado, porém, aqui nada está do jeito que deveria estar, essa é a verdade. Mas ali está, finalmente, tiro-a, e, ao mesmo tempo, acho um cabo comprido e grosso, duro de sal. Amarro a âncora flutuante a ele, depois vou engatinhando até a popa, prendo o cabo no guarda-mancebo e lanço a âncora ao mar. Ela não emite som algum ao atingir a superfície, é feita de pano, é um grande saco de pano, e demora para se encher de água, mas aí percebo que o cabo se estica e que o barco finalmente se estabiliza. Meu *Blå*, minha casa, o presente de dezoito anos da Mamãe para mim. Ela me deu o barco para estabilizar algo, acho eu, colocou esse barco na minha balança interna. Talvez pensasse que seria bonita, essa tentativa de se aproximar de mim, mas na verdade era só feia, uma tentativa de se redimir por todas as vezes que me traiu na infância.

— Um Arietta 31, novinho em folha — lembro que ela disse, um pouco orgulhosa, ao me entregar as chaves. — Construído na Suécia. Olle Enderlein o desenhou. Hoje em dia, ele é o melhor.

Só o melhor era bom o suficiente para mim.

Meu barco, meu *Blå*, o presente da Mamãe, as mãos estendidas da Mamãe, o presente que não pude recusar, o único presente que ela me deu que eu realmente queria. Ao contrário dela, ele nunca me traiu.

Entro de vez, fecho a escotilha, sento-me à mesa de navegação, de repente percebo como estou tremendo, será que estive assim o tempo todo ou começou agora? Não sei, mas estou estremecendo, sacudindo, como se o vento estivesse me agarrando, só que não são o gelo e o frio que me abalam, minhas costas estão suadas depois do esforço. É a angústia, estou com medo. É a primeira vez, penso, a primeira vez que sou derrubada desse jeito. Eu não estava preparada, não tinha conferido a previsão do tempo, idiota, não tinha mesmo, nunca se sai ao mar sem conferir o tempo, eu poderia estar ciente de que viria, poderia estar em outro lugar agora, um porto de refúgio, atracada, terra firme sob os pés, uma luz quente e amarela, uma banheira.

No entanto, dei conta do recado, as velas estão arriadas, o barco e a âncora flutuante estão trabalhando em sintonia, estou aqui, me virei, não preciso de porto de refúgio, porque sou meu próprio porto e o barco também é meu, foi o que ela me deu quando fiz dezoito anos. O barco era mãos estendidas dela, e eu aceitei, não consegui resistir, e ela esperava algo em troca, afinal, eu sabia disso, ela esperava muito em troca, uma vida inteira, mas isso nunca lhe dei.

Pessoas como ela, pessoas como Magnus, acham que tudo é simples, que se você só comprar um band-aid grande o suficiente, a ferida vai cicatrizar. Mas não adianta se não estiver limpa, se ainda tiver sujeira, pedrinhas e poeira incrustadas na carne.

A tempestade puxa o barco violentamente, um barulho ensurdecedor, a mastreação treme. Estou tão cansada, ponho os braços na mesa de navegação, encostando a cabeça, um instante só, descansar por um instante, mas não posso porque ouço como a água está invadindo o barco, cercando-o, não apenas por baixo, mas varrendo o convés, jorrando do céu, e ela se infiltra, por todo lado há o som de água pingando.

Levanto-me outra vez, escuto, vem do camarote de proa, vou até lá na frente, a escotilha de vante não está bem vedada, a água está gotejando, tento atarraxar a escotilha ainda melhor. Mas não adianta, a água só continua, gotículas minúsculas entram, insinuando-se e encontram caminhos por rachaduras invisíveis.

Também está escorrendo das janelas do camarote de proa, já as vedei com silicone, mas não é o suficiente. Deveria ter desparafusado todas e aplicado um selante de Sikaflex, porque agora está pingando no beliche, água fria no colchão e cobertor.

Mas vai ficar assim, não vou dormir de qualquer jeito. Logo preciso subir, preciso dar uma conferida a cada quinze minutos, ficar atenta a outros barcos, plataformas de petróleo, ficar de vigia para ver se há outras lanternas solitárias lá fora na tempestade.

Torno a me sentar à mesa de navegação, o tempo para, o tempo dispara. Não, é a tempestade que dispara, o mar, o vento, um ruído diferente de tudo o mais, o cabo que bate contra o mastro, não é mais um ritmo, agora o som é tão intenso e rápido que se tornou uma vibração. Será que deveria pedir ajuda, *mayday, mayday*, tenho energia suficiente na bateria para usar o VHF, ainda sou capaz de alcançar a plataforma, talvez possam ajudar?

Não. Não pedirei ajuda, vencerei a tempestade, não preciso deles, não preciso da ajuda de uma maldita plataforma de petróleo, de petroleiros sem consciência, metade do tempo em casa, salários milionários. Não preciso da ajuda deles nem da de ninguém.

Tenho de subir outra vez, abro a escotilha, espreito para fora, uma onda me atinge. Merda, estou sem o capuz, a água gelada do mar escorre pelas costas. Não enxergo nada, lá fora é só mar.

Bato a escotilha.

Sento-me.

Estremeço, tremo.

Continuo.

DAVID

— Quero ver o barco de novo — disse Lou quando acordou. Estava deitada na cama, sorrindo para mim.

— Chiu! — sussurrei. — Você não pode acordar os outros.

Devia ser cedo. O dormitório ainda estava silencioso. Só ouvi os sons de pessoas dormindo. Respiração pesada. Alguém roncando alto. Alguém se virando na cama. A luz da manhã era filtrada pelas janelas.

— Mas quero ir para o barco — disse Lou, um pouco mais baixo.

— Pensei que você achava que era um barco de merda — sussurrei.

— Você não pode falar merda — retrucou ela.

— Não.

— Tanto faz, vou ver o barco.

Ela pôs os pés descalços no chão de concreto, vestiu o short que estava pendurado sobre a grade.

— Talvez mais tarde — falei.

— Mas é nosso barco agora. — Ela foi até mim. — Vai, levanta.

— Não é nosso.

— Mas foi a gente que achou.

Ela se inclinou sobre mim, o rosto chegou bem pertinho do meu. Os olhos eram duas frestas luminosas no rosto. Meu Deus, como se parecia com Anna. Ela também era assim de manhã. Os mesmos olhos. O sol brilhava lá dentro, não importando o tempo.

Anna.

— Talvez a gente possa ir depois do café da manhã — falei, tentando disfarçar a voz entaramelada.

Ela deu alguns pulinhos pelo chão.

— Podemos, sim!

— Afinal, precisamos colocar a lona de volta.

— Sim, sim.

— Mas primeiro a gente tem que passar na Cruz Vermelha.

— Ah, a Cruz Vermelha.

Ela parou de pular.

— Pode ser que os tenham encontrado — falei.

— Pode ser.

Me levantei. Pus a roupa. Demorei com a camiseta. Escondi o rosto um pouquinho ali dentro até sentir que tinha afastado o choro.

Estendi o frasquinho de gel antisséptico. Ela esticou as mãos para o frasquinho, pegou-o com a habilidade de quem está acostumado. Limpamos nossas mãos.

Aí passamos pelo silencioso dormitório dominado pelo sono e saímos para uma manhã igualmente silenciosa.

— Papai?

— Fala.

Ela pegou minha mão na hora que a gente se aproximou da caserna da Cruz Vermelha.

— Preciso entrar com você?

— Por que não quer entrar comigo?

— Quero esperar do lado de fora.

— É legal se você for junto.

— Quero esperar aqui fora.

— Mas por quê?

— Quero brincar.

— Brincar? De quê?

— Só brincar.

Ela se acomodou na grama perto da entrada. Enquanto o sol ardia, ela se sentou calmamente nas hastes secas que uma vez tinham sido grama. Não fez som nenhum.

Jeanette me cumprimentou com um gesto de cabeça assim que entrei. Antes mesmo de dar tempo de eu me sentar, ela disse:

— Não tenho nenhuma notícia para você hoje, David.

— Ah — respondi, tentando sorrir. — Está rápida no gatilho.

— Sinto muito, mas você não precisa comparecer aqui todo dia. Essas coisas demoram.

— Percebi — falei. — Mas queria dar uma passada de qualquer jeito. Imagine se alguma coisa realmente *tivesse* acontecido?

— Você não é o único que ouve isso. Falo a mesma coisa para todo mundo, não adianta vir todo dia.

— Mas imagine se alguma coisa tivesse acontecido essa noite, se eles tivessem aparecido em algum lugar, até mesmo aqui. Imagine se estivessem doentes? — Minha voz se elevou. — Que estivessem doentes e sozinhos. Mas que estivessem aqui, e aí eu não estava sabendo.

Me controlei, tentei falar mais baixo.

— Ou imagine se vocês ficassem sabendo que eles estavam em algum outro lugar — falei. — Num campo aqui perto, que a gente pudesse ir até eles imediatamente.

— Você está com pressa — disse Jeanette. — Não tenha pressa.

— Mas se passou quase um mês!

Tomei fôlego, ia falar mais, mas um gesto que ela fez com a boca me parou. Não que fizesse cara feia, só afastou os lábios, como que num sorriso, mas sem alegria. Um sorriso amarelo.

Ela poderia ter suspirado, sem dúvida era o que devia ter feito. Estava sentada ali o dia inteiro com gente como eu, que achavam que eram os únicos.

— Desculpa — falei.

— Tudo bem — disse ela.

No entanto, eu não tinha muita certeza de sua sinceridade. Porque na verdade *nada* estava bem. Com ninguém. Nem com ela. Nem com Lou e eu. E eu devia sair daqui, não devia encher a paciência dela, insistir, estressar.

— Mas não consigo — falei depressa.

— Como?

— Não consigo deixar de insistir. Desculpa.

— Pode voltar amanhã — disse Jeanette.

— Todos querem entrar — disse Lou.

Estávamos indo para o barco e éramos os únicos que iam naquela direção, que saíam. Na frente da entrada do acampamento tinha no mínimo vinte pessoas aguardando para serem registradas. Queriam *entrar*. Tantos assim eu não tinha visto antes. Tantos, tão sujos, tão cansados. E alguns com manchas de fuligem. Talvez tivessem fugido de incêndios, igual a gente.

Onde será que todos seriam hospedados?

Queria sair depressa do acampamento e arrastar Lou comigo. Mas não pude deixar de notar três jovens, que eram os primeiros da fila. Tinham um ar bruto, um ar desconfiado.

Estavam na estrada fazia muito tempo, acostumados ao sono leve, a sempre ficarem de olho nas suas coisas, cuidarem de si mesmos, ficarem à escuta de passos, estarem de vigia. Falavam depressa. Riam um pouco alto demais, do jeito que você ri quando quer que todos escutem o quanto você está se divertindo. Como numa fila para entrar numa boate. Como Edouard e eu fazíamos antigamente.

De repente, um dos três se virou bruscamente encarando o homem atrás deles na fila, dizendo algo para ele em voz alta, em espanhol. O homem era um quarentão. Pescoço de touro, corpulento, pele castigada pelo sol. Deu um passo hostil em direção ao jovem. E disse alguma coisa, também em espanhol, e em voz ainda mais alta. Os dois comparsas chegaram mais perto. Um apontou para a mochila do amigo, gesticulou, pareciam alegar que o Pescoço de Touro tentara afanar dali.

As palavras voavam rapidamente entre eles. As vozes ficaram mais fortes. Aproximavam-se de gritos. Eles se encaravam de perto. Os três jovens de um lado, o adulto e alguém que pelo visto tomou seu partido, do outro.

Distingui algumas palavras que entendi, *idiota*, *canalha*.

O Pescoço de Touro bateu na própria testa.

Ao mesmo tempo deu mais um passo na direção deles.

Todos na fila olhavam para eles, tinham parado de conversar. A mulher da mesa de registro ficou calada. Lou grudou em mim.

— O que estão fazendo? — sussurrou ela.

O jovem passou os olhos do Pescoço de Touro para a entrada do acampamento. Um de seus amigos pôs uma mão nele, segurando-o. S*ossega, rapaz.*

Finalmente, o jovem respirou fundo, assentindo com um breve gesto.

— Tudo bem, tudo bem.

Ele se voltou para a mulher da mesa de registro, ensaiando um sorriso, enquanto falou em inglês com sotaque carregado:

— Podemos entrar agora?

Ela não respondeu. Podia talvez ter dito alguma coisa, sobre arruaceiros não sendo bem-vindos no acampamento, mas provavelmente não iria adiantar. Os que querem criar confusão o fazem de qualquer jeito, não importando se puderem entrar ou não. Às vezes é melhor ser legal com eles.

Me apressei a levar Lou embora, seguindo pela estrada. Já vi esse tipo de coisa antes, brigas em filas de comida, no bar à noite.

Sabia do que se tratava e que não passaria tão cedo. Iam continuar por muito tempo, esses homens, pois eram sempre homens. Iam continuar até os punhos ficarem duros. Até acertarem tudo que era mole com ruídos surdos. Músculos, ossos, carne e entranhas. Gemidos estranhos por uma fração de segundo depois da pancada, enquanto o corpo assimilava o que tinha acontecido, enquanto o sistema nervoso fazia o trabalho.

A frustração era amplificada pelo calor, pelo calor que nunca desistia, nem de noite. Não há nada que faça as pessoas ficarem mais agressivas do que um calor que não as deixa dormir.

O calor fazia alguma coisa com o ar. Igual um gás, a gente o inspirava sem perceber. Ou igual esporos fúngicos. A gente os absorve pelas vias respiratórias. Crescem dentro da gente. O fungo ficava grande e cinza. Liso na superfície, fatias de borracha debaixo do chapéu. Venenoso. Ele se propaga dentro de nós, alterando os sinais nervosos, tomando controle do cérebro.

Porém, essa não era minha briga, não era meu conflito. Espanha não era meu país.

Eu tinha Lou. A única coisa que eu podia fazer era ir embora.

Ainda assim, eu arrastava os pés, pois o Pescoço de Touro não tinha enfiado a mão na mochila do jovem? Eu não tinha visto isso mesmo? Não devia ter apoiado eles? Ter participado?

Eu devia e eu queria. Estar com eles. Tomar partido significava estar dentro.

— Você está andando muito devagar — Lou me puxou.

Apertei o passo. Andei mais rápido, mesmo que eu me sentisse encolhendo. Estava convencido de que ficaram olhando para nós, todas as pessoas da fila, viram como éramos pequenos, como éramos excluídos.

Quem não toma partido fica sozinho pra caramba.

Lou pegou o caminho certo, a terceira estradinha à esquerda, hoje não tinha pessoas nos jardins, as venezianas estavam fechadas, todas as casas pareciam vazias.

Conforme a gente caminhava, os passos de Lou ficaram mais leves. Ela estava animada. Logo soltou a língua, falando mais que há tempos falava, sobre o barco, sobre os golfinhos. Eu só prestava atenção mais ou menos. Mas aí ela começou a fazer perguntas.

— Papai, onde tem mais água?

Não respondi de imediato, não estava a fim de conversar.

— Papai, onde tem mais água? No mundo ou nos oceanos?

— Os oceanos também fazem parte do mundo — respondi.

— E é água se for salgada?

— Sim, é água de qualquer jeito.

— Existem oceanos que não são salgados?

— Você lembra quando fomos para a serra? — perguntei.

— A serra?

— Você lembra que nadou num lago lá em cima?

— Usando aquele maiô amarelo?

— É, pode ser.

— Nadei de maiô amarelo, mesmo que estivesse pequeno para mim.

— Foi daquela vez, sim.

— Mas ele não estava pequeno, era eu que tinha ficado grande.

— Pois é... A água onde você nadou aquela vez, ela não era salgada.

— Não.

— Você podia beber aquela água, lembra?

— A gente bebeu?

— Não, mas podíamos ter bebido.

— Por que a gente não bebeu?

— Sei lá. Imagino que tínhamos levado água de garrafa.

— Por quê?

— Bem...

— Papai, a gente pode ir lá? Para aquela água?

— Não dá mais.

— Por que não?

— Você já sabe.

— A seca?

— Isso.

— E aqui não tem nenhuma água assim sem sal? Água doce?

— Não, talvez tenha tido. Mas já secou.

— Que pena.

— É.

— Quantas águas doces tem?

— Muitas.

— Mais de dez?

— Mais de dez.

— Mais de cem?

— Mais de um milhão. Tem até água embaixo do chão.

— Embaixo do chão? Onde a gente pisa?

— Sim.

— Não dá, não dá para andar em cima das águas.

— Dá, sim, se chama lençol freático.

— E a gente anda em cima dele?

— Em alguns lugares tem muito. Na América do Sul, por exemplo, do outro lado do Oceano Atlântico, debaixo da terra tem o Aquífero Guarani.

— A gente anda em cima dele. Igual Jesus.

— A gente anda no solo, mas a água está embaixo de nós, no meio de camadas de terra e pedra, então não é exatamente como Jesus.

— Mas quase.

— Em todo lugar tem lençol freático, debaixo da gente agora também.

— Agora?

— Sim.

— Aqui?

— Sim.

— Mas por que a gente não pode simplesmente cavar?

— Fica numa profundidade grande demais, e a água está misturada com terra e pedra.

— Podemos tentar, não?

— As pessoas já tentaram faz tempo.

— Mas e aquele lá na América?

— Na América do Sul. É possível chegar lá cavando. E é enorme, se estende debaixo do Brasil, Argentina, Paraguai, Uruguai.

— Paraguai, Uruguai?

— É muito maior que a França toda... lá tem água suficiente para o mundo inteiro.

— Uau.

— Durante duzentos anos.

— Uau!

— Uau, sim.
— Quem são os donos?
— Não sei... devem ser os donos da terra em cima.
— Mas alguém é o dono dela?
— Acho que sim.
— Como se pode ser dono da água?

Chegamos. Ela soltou minha mão, correu saltitante, entrou na sombra das árvores. *Iupi!*, diziam seus ombros. E as tranças batiam na camiseta.

Atravessamos o jardim, passamos o tanque de água. Eu gostaria de tentar abri-lo, talvez tivesse uma chave na casa, mas Lou já tinha escapado na direção do barco e eu fui atrás.

— Vamos só colocar a lona — falei. — E amarrar as cordas. Fique ciente. O barco não é nosso.

Porém, ela não respondeu nada. Quando estávamos sentados na cabine outra vez, ficou claro que não íamos tornar a cobrir o barco tão cedo.

Porque a sombra entre as árvores era fresca. O vento tinha vez aqui em cima. E quase imediatamente, Lou estava de volta na brincadeira. Ela gritava, ela berrava e dava bronca, atirava e esgrimia, ria e chorava. Içava velas, lutava contra piratas e ganhou um filhote de golfinho que era só dela. Ele nadava atrás do barco e se chamava Nelly. Não faço ideia de onde tirou aquele nome.

Eu era o figurante. O marinheiro burro. Fazia o que ela mandava, fazia parte do seu faz-de-conta. *E aí vamos fazer de conta que você disse isso e aí vamos fazer de conta que eu fiz isso, mas então vamos fazer de conta que você de repente pulou para o lado, e aí vamos fazer de conta que era de noite, e então vamos fazer de conta que você ficou com medo.*

Na brincadeira dela, nunca havia fogo. Mesmo que enfrentássemos perigos, nunca era assustador de verdade. E havia água por todo lado, o tempo todo.

Eu seguia as ordens, respirando com leveza.

Porém, no final, foi Lou quem não quis mais.

— Estou com sede.

Tínhamos levado uma garrafa de meio litro de água, enchida hoje de manhã na hora da distribuição das rações, mas já estava vazia faz tempo. Senti o pó de terra seca na língua.

— Temos que voltar — falei.

— Não — disse Lou.

Ela estava imunda. Uma fina camada de poeira cobria a pele. O suor tinha deixado marcas encardidas no seu rosto. Uma das tranças tinha se desprendido do elástico e o cabelo estava emaranhado. A gente precisava de água para outras coisas além de beber.

— Pelo jeito, a gente vai ter que preencher os formulários outra vez e ficar na fila, a julgar pela sua aparência — falei.

— Temos que ficar na fila? A gente não vai poder entrar outra vez?

— Estou brincando, Lou.

— Não vamos conseguir entrar no acampamento?

— Vamos, sim, relaxe.

De repente ela se retesou. O pequeno corpo em alerta. E eu me arrependi da brincadeira.

— Tudo bem — falei. — Podemos ficar mais tempo aqui se acharmos água.

— Aonde?

Fiz um gesto em direção ao tanque de água no jardim.

— Ali.

***

Experimentei todas as chaves da casa. Uma por uma.

— Nenhuma cabe — constatei.

— Por que não? — perguntou Lou.

— Então temos que ir para casa — falei.

— Mas a gente não pode abrir de outro jeito?

Fiz que sim com um gesto lento de cabeça. Estava sentindo a sede. Pensei na água lá embaixo, água cristalina, negra, fria.

Bati no cadeado repetidas vezes. Primeiro, com uma pedra, depois com uma pá enferrujada que achei na edícula. A fechadura era sólida demais. Coisas sólidas assim só eram feitas antigamente.

Enquanto bati, tentei sorrir para Lou, olha, está tudo bem, o sorriso diria, está vendo, estou dando um jeito. Mas não dei jeito nenhum, só fiquei cada vez mais suado.

No final larguei a pá e me deixei cair na tampa do tanque.

Lou me olhou com insatisfação. Então pôs a mão no cabelo, tirou algo e me deu. Um grampo.

— Os ladrões fazem assim.

Nossa.

— Onde você aprendeu isso?

Ela encolheu os ombros.

— Sei lá.

— Você viu isso num filme?

— Talvez, não me lembro.

Fiquei mexendo um pouco com o grampo, tentando com jeito. Finalmente, o cadeado se abriu. Tirei a tampa. Esticamos as cabeças sobre a abertura e olhamos para a escuridão lá embaixo.

— Oh-oh! — chamou Lou.

Sua voz fez eco.

Um velho balde de ferro estava pendurado dentro do tanque, eu o joguei para baixo. Sons cavernosos ressoavam nas paredes.

Então soou um respingo lá no fundo.

— Água! — disse Lou.

O som de água, era água mesmo.

Senti o balde flutuar, se virar e ficar mais pesado conforme se enchia.

O puxei para cima, Lou se inclinou ansiosa para a frente.

Aí consegui passá-lo sobre a borda. Olhamos lá dentro, os dois.

O conteúdo só enchia um quarto do balde, e o que tinha dentro não poderia ser chamado exatamente de água. O líquido tinha um cheiro azedo, a cor era castanho-clara, flocos de ferrugem rodopiavam.

Lou franziu o nariz.

— A gente pode tomar isso daí?

Sacudi a cabeça, sentindo a decepção.

— Mas estou com tanta sede — disse Lou.

— Eu sei.

— Estou morrendo de sede.

— Não podemos beber isso.

Ela baixou a cabeça. Murmurou entre ombros altos:

— A Mamãe sempre tinha água.

— O que você disse?

Agora ela olhou para mim.

— A Mamãe sempre tinha água.

— Não tinha, tinha?

— Tinha, sim.

— Mas era da torneira.

Eu estava prestes a dizer mais, mas me contive. Porque Anna *sempre* tinha água. Ela sempre lembrava de levar uma garrafa a mais. Para as crianças. Para nós. Mas agora estávamos aqui, sem Anna, sem água, só Lou e eu.

O mundo tinha sido esvaziado de pessoas, de animais, de insetos, de plantas. Logo, até as maiores árvores iriam morrer, apesar de suas raízes profundas. Nada podia sobreviver a isso.

Estávamos aqui, sozinhos, e tudo que a gente tinha era um quarto de balde de lodo impotável.

— Papai?

Eu me virei, não queria que ela visse meus olhos embaçados. Me levantei, respirei fundo umas duas vezes. *Se controle, David.*

— Não podemos beber isso — reforcei. — Mas pelo menos vamos conseguir te dar um banho de gato.

Na edícula encontrei um pano velho. Molhei-o na água enferrujada e o torci. A água era fresca na pele. *Parecia* água. Pelo menos era alguma coisa.

— Feche os olhos — falei para Lou.

Então passei o pano nas faces e testa dela. Ela estava com o rosto virado para mim, totalmente parada, só curtindo a sensação do pano frio e úmido sobre a pele.

— E estique os braços — mandei.

Ela os esticou para mim. O lado de cima, o lado de baixo. O pano ficou marrom enquanto a lavava. Ela ainda mantinha os olhos fechados. Sorria.

— Faz cócegas.

Ela esticou a língua em direção ao pano.

— Não, Lou.

— Só um pouquinho.

— Não.

— Tudo bem, então.

Porém, quando terminei de fechar o tanque, descobri que ela tinha pegado o pano. Que estava com ele na boca chupando a água.

— Lou!

Ela o soltou no mesmo instante.

— Engoliu alguma coisa?

— Não.

— Tem certeza?

— Tenho.

— Certeza?

— Sim, senhor.

SIGNE

Subir e descer nas ondas, entrar e sair do sono. Estou sentada à mesa de navegação, com a cabeça nos braços, dormindo, acordando, à deriva enquanto a tempestade arrebata o *Blå*. Estou aqui, estou ali.

Era de noite quando o Papai explodiu a ponte. Ele e Sønstebø encontraram-se lá em cima no escuro, Sønstebø com seu caminhão, o Papai no nosso carro, ou talvez tivesse ido a pé, ladeira acima, talvez fosse tão escuro que precisasse usar lanterna, e talvez os fachos de luz dos faróis do caminhão fossem a primeira coisa que viu, dois tubos no ar, rupturas abruptas na escuridão... Será que o Papai pensava em mim, será que pensava na Mamãe? Será que Sønstebø pensava em Magnus?

O tempo é elástico, o tempo e as memórias que o unem são duas faces da mesma moeda. Magnus e eu, a Mamãe e o Papai, a geleira e o rio, Søsterfossene, e há tanta coisa de que não me lembro.

Só estou aqui, na noite. E estou em uma outra noite, a última em que a Mamãe e o Papai dormiram juntos, em que *estavam* juntos. Não me lembro do tempo exato que se passara desde a caminhada, mas não deveria ter sido mais que algumas semanas. Acordei, senti uma coceira na garganta, tossi de leve no travesseiro, mas não adiantou.

Eu me revirei, com calor; estava só com uma camisolinha, mas sentindo calor mesmo assim. Virei o travesseiro, virei o cobertor, deitei-me de bruços com um dos ouvidos sobre o tecido floral, que cheirava a limpeza, e o outro virado para a escuridão. Então ouvi algo.

Um som fraco, uivante, algo inidentificável, um animal, será que era um animal, algo do lado de fora, no jardim?

Primeiro, só fiquei assim, escutando o som com um ouvido, o outro sem ouvir nada, do jeito que estava espremido contra o tecido macio da fronha. Mas os uivos continuaram, sentei-me e agora o som estava mais nítido.

Não vinha do jardim, vinha da casa, estava aqui dentro, dentro da minha casa, meu lar, um animal selvagem, um animal noturno, talvez ferido, uivava como se estivesse ferido e ninguém o escutava além de mim.

Levantei-me da cama, a camisola cobrindo até o começo das coxas, tinha ficado frio de repente, minha pele arrepiou-se. Quis ir para a Mamãe e o Papai, embora tivesse parado de dormir no quarto deles.

Abri a porta do meu quarto e o som aumentou no mesmo instante. Passei para o corredor, ali estava ainda mais alto, aumentava não só porque eu chegava mais perto, mas também porque aquilo, ou aquele, que fazia o som usava cada vez mais força.

Eu estava com medo, porque o que será que era isso, estava com medo, mas ao mesmo tempo não, será que deveria ter medo, pensei, será que deveria ter cuidado, deveria levar algo, uma arma, a pá do aquecedor à lenha do meu quarto, será que deveria buscá-la? Porém, não o fiz, porque de alguma maneira eu sabia que não deveria ou precisava ter medo. Que o som não era perigoso, não assim.

Vinha do quarto da Mamãe e do Papai, agora ouvi, e não era o som apenas de um, mas de dois, porque uivos mais baixos e mais graves haviam se misturado aos primeiros, e não eram animais, eram pessoas. Pessoas que eram animais, uivos estranhos, como se alguém estivesse com muita dor.

Não pense, só veja o que é. Corri em direção à porta, *querendo* olhar. Então pus a mão na maçaneta e a girei sem fazer barulho.

Não me notaram, os dois lá dentro, não viram que a porta estava entreaberta, não perceberam que eu estava ali, só de camisolinha, que estava vendo tudo.

Aquilo preenchia a cama toda, o quarto todo.

A Mamãe estava sentada, inclinando-se sobre os cotovelos, com os joelhos dobrados para o teto e as pernas escancaradas ao máximo, os seios dividiam-se, deitavam-se um para cada lado do corpo, quase tombando, e a região entre eles estava coberta de suor, aquela região que nos homens se chama de tórax, mas que nas mulheres não tinha nome, pensei. Só que o pensamento desapareceu no mesmo instante, pois agora simplesmente tive de olhar para ele, para o Papai. Ele estava no chão, de joelhos, com a cabeça entre as pernas da Mamãe, quase desaparecia. Ele a engolia, e os sons da Mamãe, os uivos, ela se espremia contra ele, queria que a devorasse por completo.

Não entendi o que via, e ao mesmo tempo sabia, porque certa vez ouvi duas das meninas grandes conversarem na escola. Sabia que algo acontecia entre os homens e as mulheres de noite na cama, algo que tinha a ver com filhos, mas nunca imaginei que pudesse ser assim. As meninas grandes tinham cochichado que tudo girava em torno do homem, que ele se deitava em cima da mulher e derramava algo dentro dela. Mas isto daqui só girava em torno da Mamãe, tudo, o quarto inteiro, a casa, giravam em torno da Mamãe, que subia em seus sons, que levantavam e afundavam.

Não mexi um músculo sequer nem pisquei, enquanto a boca se enchia de água, tanta água que nem consegui engolir.

Porque a Mamãe estava deitada ali, com ele, e tudo girava em torno dela, em torno deles, e eu odiava a cama onde ela estava deitada, eu odiava o quarto, odiava a casa, *te odeio*, pensei, enquanto as ondas negras enchiam a boca.

Talvez ouvissem a porta do banheiro ou talvez ouvissem os vômitos, porque depois de eu ter limpado os últimos fios de muco e dado descarga pela segunda vez, a casa estava em silêncio, um silêncio de escuta.

Contudo, ninguém veio até a porta, ninguém perguntou como eu estava. Talvez estivessem com vergonha, deveriam estar com vergonha, pensei, imagine que pudessem fazer uma coisa assim, ser assim, ter uma coisa assim entre si.

Eu estava no chão do banheiro, tremendo, suando frio, de porta trancada, tão pequena como só se pode ser depois de ter vomitado. E estava sozinha nisso, a Mamãe e o Papai não viriam com balde e pano frio na testa. Eu era capaz de limpar meu vômito sozinha, pensei, eu conseguia, porque eles tinham tudo aquilo juntos, aquela coisa grande e feia que os separava violentamente, e ainda aquela outra coisa, que eu tinha visto essa noite. Não entendi como poderiam ficar assim, como ele poderia devorá-la, se ao mesmo tempo abominava tão claramente tudo que ela representava.

Na manhã seguinte, no café da manhã, eles não brigavam, comiam como sempre, tomavam seu café, o Papai fazia um pouco de barulho enquanto bebia, era seu costume, só ficava ali sorvendo o café, como se nada tivesse acontecido, e tudo era incompreensível.

— Os filhotes do melro-d'água vão morrer — disse eu de repente.

Olhei para a Mamãe, era para ela.

— O quê? — disse ela.

— Os mexilhões de água doce também. Alguns deles têm mais de cem anos.

— Signe?

— E Sønstebø, você tem noção de como ele está agora, se suas pastagens de verão serão alagadas, onde as ovelhas vão pastar agora? Seu sítio tem 150 anos. Por 150 anos ele teve gado lá em cima. Onde vão ficar agora?

Ninguém respondeu, por isso gritei:

— ONDE VÃO FICAR AGORA?

Eles ficaram boquiabertos, tanto a Mamãe quanto o Papai.

Enfim, a Mamãe começou a falar. Eram as mesmas desculpas. Escola melhor, uma nova casa de idosos, piscina coberta.

— Piscina coberta — falei. — Prefiro nadar no lago de Eidesvannet.

Ela fez outra tentativa, falou sobre o hotel, o Hotel Hauger, que mal equilibrava o orçamento, como seria bom para nós, para o hotel e a família. Mas então a interrompi, e dessa vez não parei, as palavras saíam às golfadas, como se eu ainda não tivesse terminado de vomitar. O rio, disse eu, as pessoas vêm para cá para ver o rio, ver o arco-íris que sempre está lá, pescar salmão, ver o degelo da neve na primavera. E o peixe do rio, para onde vai, e a água que será escoada para o fiorde, ela será gelada, você está ciente disso, e o melro-d'água, o que vai acontecer com o melro-d'água quando não tem mais cachoeira, o ninho dele, onde vai construí-lo, e todas as pedras que vocês estão desenterrando, os grandes penedos estão tomando conta de tudo. Antes era verde, agora é um monte de pedras, todos os bichos aqui e todas as plantas, eles vivem em torno do rio, em torno do Breio, e vocês acham que simplesmente podem se apoderar dele, fazer o que quiserem, é um rio, é a natureza, são pássaros, insetos, plantas, agora só restarão pedregulhos e dutos e túneis, pedra e aço, pedra e aço!

— Tudo desaparece — afirmei. — Tudo de que gostamos desaparece. E é sua culpa. — Agora mal estava conseguindo falar, inclinava-me para a frente, não tinha mais coragem de olhar para a Mamãe. — Você está estragando tudo.

Eu era o Papai, falava como ele, e suas palavras soltavam-se na boca com tanta facilidade, mas mesmo assim com tanto equívoco, pois ele não dizia nada, apenas olhava para mim por cima da mesa do café da manhã, por cima dos ovos recém-cozidos e o salmão defumado, e agora ele logo teria de dizer algo, pensei, teria de continuar o que tinha iniciado, não?

Entretanto, ficou calado, e eu era um minúsculo ser aquático dentro de um globo de neve, eu dava murros no vidro e gritava e tentava sair. E por isso disse também a última coisa de todas, aquilo que eu sabia, que ela não sabia, que poderia ter um significado, que poderia quebrar o vidro.

— O Papai falou com Sønstebø.

— Sønstebø?

— Ele falou com Sønstebø na montanha, na estrada, a nova estrada, a gente estava passeando, eles se encontraram, e não era para ninguém saber.

A Mamãe só me olhou fixamente.

— Não queriam que ninguém os visse — continuei. — Disseram que não era aconselhável que alguém os visse juntos.

— Bjørn? — disse a Mamãe.

— Não era aconselhável — falei. — Eles não queriam ser vistos.

***

Era de noite quando o Papai explodiu a ponte, ele e Sønstebø encontraram-se lá em cima no escuro, deve ter sido assim. Talvez os faróis do caminhão fossem a primeira coisa que ele visse, antes de Sønstebø aparecer, sua silhueta escura apartando a luz, Sønstebø, que antes fora dinamitador, deveria ter sido ele quem tomou a iniciativa para isso, ou talvez de fato fosse o Papai, pode ser, que o Papai na sua fúria entrou em contato com Sønstebø, que foi ele quem planejou tudo.

Porém, fui eu quem lhe entregou para a Mamãe, e depois daquela manhã o Papai estava sozinho. Mudou-se para a casa perto do cais. Suas coisas, os livros, os gráficos de parede, os artigos e as litografias com motivos naturais, abarrotavam-na, seu cheiro enchia os pequenos cômodos, transformando-os em algo familiar, apesar das paredes estranhas.

As janelas eram finas, os sons dos barcos penetravam--nas, cordas batendo contra os mastros ao vento, o ronco dos motores, estalos de caixas de peixe contra o convés, capitães gritando. A máquina datilográfica dele não era capaz de abafar tudo isso.

Estou indo para a Mamãe, eu dizia quando saía da casa do Papai, vou para o Papai, eu dizia para a Mamãe. Meu lugar era o trecho de estrada de cascalho que atravessava o vilarejo, da casa apertada no cais ao hotel com os quase cem quartos, e de volta. Lembro-me de mim mesma como infinitamente pequena, solitária, mortificada pela culpa e suscetível. Talvez eu só estivesse esperando por Magnus, sem eu mesma saber.

DAVID

— Agora é cama — falei enquanto caminhávamos para o Dormitório 4.

Lou respondeu com um bocejo alto.

Ficou até tarde hoje também. Até muito mais tarde do que eu tinha pensado, ainda não consegui acertar o horário dela de dormir. Na entrada do dormitório estavam os jovens da fila. Num círculo em torno de um bule, como se fosse uma fogueira. Cada um com sua caneca.

— Chá? — perguntou um deles para mim em inglês na hora que passamos.

Os outros dois riram.

Talvez não tivesse chá no bule, talvez estivessem bebendo algo totalmente diferente. Estava escuro demais para eu ver seus olhos, se estavam bêbados.

— Vocês estão alojados aqui? — perguntei.

— Deram lugar pra gente aqui, sim — disse o primeiro.

— Aquele ali vai ter que dormir no chão — disse o segundo, apontando para o terceiro.

O dormitório tinha ficado apinhado nos últimos dias.

— Vamos nos revezar. Uma noite a cada três — disse ele.

— Pode crer! — retrucou o primeiro.

Eles caíram na gargalhada. Um pouco frouxamente. Uma risada arrastada.

Tinham a minha idade, mas mesmo assim eram mais jovens. Estavam simplesmente sentados ali, concentrados em si mesmos.

Será que estavam bebendo alguma coisa? Calor na barriga, língua lerda, pensamentos leves, borrados. O gosto de álcool na língua, no corpo. Fazia tanto tempo.

Entretanto, Lou estava do meu lado. Lou, que piscava os olhos de sono, que não falava nada, mas que mesmo assim estava tão fortemente presente.

Queria empurrar ela comigo para dentro do dormitório, mas o primeiro cara agarrou minha canela.

— Vem sentar, vai — disse ele.

— Tome um pouco de chá — disse o segundo.

— Hortelã — falou o terceiro. — A gente achou num jardim no caminho. Ficou pendurada na mochila para secar.

Chá de hortelã? Será que era apenas chá de hortelã?

— Só vou pôr a criança para dormir primeiro — falei.

Eles se chamavam Christian, Caleb e Martin. Falavam rápido comigo em inglês macarrônico, tão ruim quanto o meu. Christian e Caleb se conheceram em um campo nas montanhas mais ao sul, de onde todos tiveram de fugir. Encontraram Martin no caminho.

Todos os três eram do sul da Espanha, do deserto. Ninguém estava a fim de falar grande coisa sobre o passado. Mas tinham muitas histórias da estrada, e do campo anterior. Todas terminavam em risadas, como se o que tinham feito não passasse de um longo mochilão. Apenas quando falaram sobre o sujeito da fila ficaram diferentes, a dureza os invadiu outra vez. Xingaram ele de filho da mãe do norte, filho da mãe da terra da água.

— Eles têm o Ebro, e por isso acham que têm tudo — comentou Caleb.

— Um cantinho da Espanha que quer se isolar do resto — disse Martin.

— Criticam os países da água, mas fazem a mesma coisa na sua própria terra — criticou Christian.

— Se nós no sul nem conseguimos nos unir — disse Caleb —, compartilhar o que de fato temos, como vai… como… — Ele não concluiu.

— Estou pouco me lixando — opinou Martin. — Estou pouco me lixando para a Espanha. Não é mais meu país. Não quero morar lá. Nem aqui. Só vai piorar. Logo vai ter deserto por todo lado. Vou salvar minha própria pele. Dar um jeito de chegar onde tem chuva.

Todos concordaram, sentindo a mesma coisa.

Aí Martin riu, falou à toa, e os outros o acompanharam, parcialmente em espanhol, parcialmente em inglês, para serem gentis comigo.

E *era* apenas chá de hortelã. Deram risada quando contei que tinha achado que era outra coisa, dizendo que adorariam que fosse. Caleb murmurou algo sobre ter ouvido que era possível conseguir alguma coisa, que tinha um cara no Dormitório 3 que vendia. Respondi que não era para mim, que queria me manter firme, por causa de Lou.

— Afinal, tenho uma criança pra cuidar — falei.

No mesmo instante me dei conta de que tinha esquecido de verificar se ela já estava dormindo. Ela havia se acostumado a ter a mim por perto, a deitar ao mesmo tempo que eu. Mas ela não tinha saído, então devia estar tudo bem. Com certeza estava dormindo a sono solto.

Tomei mais um gole, mas não consegui me acalmar. Uma sensação de que algo estava errado.

— Com licença — falei e me levantei.

O dormitório estava semiescuro. Muitos já dormiam, mas Lou estava acordada. Seu rostinho brilhava pálido, e os olhos estavam arregalados.

— E aí? — falei e me sentei perto dela.

Ela só olhou para o nada.

— Tem algum problema?

— Está doendo — respondeu.

Então percebi como estava rígida, deitada com os joelhos contra a barriga. O corpo todo retesado.

— Onde está doendo? — perguntei, mesmo sabendo a resposta.

— Na barriga.

— Está enjoada?

— Está doendo.

Eu estava prestes a dizer algo. Sobre a água. Sobre o pano. *O que eu disse*, eu diria. Por que ela tinha de chupar aquele maldito pano? Afinal, eu tinha avisado claramente. Era perigoso. Intoxicação por água, as pessoas tinham morrido em peso nos últimos anos.

Porém, ela se encolheu ainda mais, gemendo fracamente, e eu não consegui dar bronca.

— Deve passar logo — falei, alisando sua bochecha.

Estava fria e grudenta, olhava para dentro de si mesma.

— Você quer um pouco de água?

Peguei uma garrafa e segurei para ela. Tomou um pequeno gole. Pelejou para engolir.

— Lou?

Afaguei sua cabeça. Não reagiu.

— Durma um pouco, filhinha — falei. — Faz bem.

Sentei na minha própria cama. Olhei para ela, mas ela não se mexeu.

Deitei de lado, com o rosto virado para ela. Olhei fixamente para ela o tempo todo. Parecia ser importante que eu não tirasse os olhos dela.

Respirava calmamente.

Será que estava dormindo?

O dormitório estava quieto. Só ouvi as vozes baixas dos espanhóis do lado de fora. Um deles riu outra vez. Nesse exato momento eu só queria que ficassem calados. A risada encobriu a respiração de Lou.

Fiquei com o rosto virado para ela até que meus próprios olhos também se fecharam.

— Papai!

— O que foi?

Recuperei os sentidos. Estava escuro. Silêncio total.

— Estou enjoada.

E aí, antes de eu conseguir fazer algo, veio o som que não parece com mais nada. O som de uma criança vomitando. Coaxos abafadiços, com choro no fundo. O pior som que existe.

Ela vomitou na cama. Saiu por todo lado. Na roupa de cama, no cabelo, na roupa.

— Levanta — falei. — Depressa.

Ela se pôs de pé, soluçando fraquinho. Ficou tremendo ali entre nossas camas, sem conseguir falar nada. Vomitou outra vez, mas só pela metade, era mais como um regurgito. Nada mais saiu. Mas ainda ia sair.

Um balde, merda, a gente precisa de um balde. Olhei em volta. A garrafa de água, minha mochila no armário, um copo de água vazio. Nada aqui servia.

— Depressa, para fora — falei, agarrando-a.

Porém, era tarde demais. Ela levantou as mãos, segurando-as na frente do rosto. Pegou o que saiu. A segunda porção de vômito cobriu seus dedos, os braços.

— Se incline para a frente — aconselhei. — Vomite no chão. Podemos limpar depois.

Obediente, ela curvou a nuca e o tronco. Voltou-se para o chão de concreto. Uma nova onda de vômito estava a caminho. Vi como agarrava o corpo violentamente, crescendo por meio de pequenos espasmos.

Então mais um esguicho saiu da boca dela, uma coisa que já foi comestível. Reconheci a cor amarela de umas bolachas secas que ela comeu à tarde.

Cheiro intenso de ácido.

Ela vomitou repetidas vezes.

No fim, não saiu mais nada. Só uns longos fios de muco penduravam da sua boca.

Achei um rolo de papel higiênico e enxuguei.

Assoei seu nariz, tinha vômito ali também.

Ela chorou. Um choro magoado, aflito. Enquanto o corpinho todo tremia.

— É por causa do pano — soluçou ela. — Chupei ele.

— Não, não — falei. — Não, não, certamente não é por causa disso.

Ela chorou, rompendo em altos soluços.

— Calma, está tudo bem, Lou. Está tudo bem.

Afaguei sua cabeça, suas faces, tentando evitar ficar com muito vômito nas mãos. Tudo tinha um cheiro azedo.

Então tirei a camiseta fedorenta dela. Usei o avesso para limpar o cabelo. Consegui tirar o grosso.

Pus ela na minha cama, onde os lençóis estavam limpos. Tirei os dela. Pus eles e a camiseta de Lou debaixo do braço.

— Para onde você vai? — perguntou Lou assustada.

— Buscar um balde — respondi. — Volto já.

— Você é bonzinho, Papai.

Ela pôs a cabeça no travesseiro e fechou os olhos.

Pensei que fosse dormir. Que tivesse passado. De qualquer maneira, peguei um balde por precaução. O dormitório tinha um depósito de limpeza próprio. Era pouco usado. Difícil fazer faxina sem água.

Porém, quando voltei, ela estava acordada. Estava encolhida outra vez. O corpo estava rígido outra vez.

— Estou com mais dor de barriga.

— Vai passar.

— Dói tanto!

— Tente deitar de barriga para cima — sugeri.

Ela não reagiu.

Peguei nela com cuidado.

— Olhe aqui, tente ficar estendida.

Desdobrei ela. Pus as mãos na sua barriga. Fiz uma leve massagem.

Mas ela só chorou.

SIGNE

Talvez tenha começado com um boneco de neve, sim, acho que começou com o boneco de neve e não precisava ter se tornado nada mais, pois embora eu te visse de vez em quando, olhasse para você quando você vinha para o fiorde com seu pai para comprar peixe no cais ou fazer o supermercado na cooperativa, você ainda não ocupava espaço dentro de mim.

Só depois da festa, a festa da Mamãe, não lembro se era uma festa só ou muitas, talvez fossem muitas, mas me lembro de uma em especial.

A essa altura, o hotel era só dela, assim como sempre tinha sido na verdade, pois o velho Hauger o deixara como herança para sua filha. Papai, o genro, não ganhou nada. Os quase cem quartos, a cozinha industrial, o grande jardim que se estendia até o beira-mar e a espaçosa ala residencial eram só dela.

Nessa noite a Mamãe encheu a ala de convidados, e me lembro de ter contado os dias. A Mamãe cercava-se de tanta gente, o tempo todo, e agora todo mundo veio, enchendo o hall de entrada com cheiro de perfume e sacos com sapatos e vozes altas, o diretor da escola com esposa e filhos, o chefe do Centro de Processamento de Peixe com esposa e bebê, o editor do jornal com esposa grávida, a jornalista, que além de mulher não era casada, e todos os engenheiros e chefes de obra forasteiros que tinham vindo nos últimos anos para trabalhar na usina, deixando *suas* esposas e *seus* filhos em outras partes do país, e, portanto, sentiam um prazer especial em visitar alguém *em casa* e comer comida caseira. Ficaram falando em voz alta sobre isso enquanto tiravam os sobretudos, trocavam de sapatos e acendiam os cigarros e os cachimbos.

Logo passaram a ocupar as salas da casa, com calor, risadas e fumo, seus sons me enchiam, palavras que subiam e desciam no ar, jazz na vitrola, saltos altos no assoalho da sala de jantar, onde os móveis haviam sido retirados. Os filhos deles corriam pelas salas, brincaram até os mais novos adormecerem feito bonecas de pano abandonadas em poltronas e chaises-longues.

Com meus doze ou treze anos, eu era maior que as outras crianças, olhava por cima de suas cabeças, ainda assim não era tão alta quanto as mulheres e carecia de tudo que elas tinham. Eu me tornara magra, quase pele e osso, uma tábua plana onde elas tinham seios, os braços eram compridos e as pernas, descontroladas. Mas de qualquer maneira eu ficava perto dos adultos, achava que pertencia mais ali. Tentava falar, participar da conversa deles, mas ninguém ouvia minha voz alta, e talvez eu estivesse muito longe, já que estava sentada em uma poltrona perto da parede, fora do círculo que os adultos formavam em torno da mesa de centro, ou talvez ela não fosse tão forte como de costume.

Era um homem que estava falando, não me lembro de tê-lo cumprimentado, não o notara até aquele momento, só ouvira o nome dele. Era Svein Bredesen, o engenheiro--chefe, discursava alta e longamente sobre a obra da usina hidrelétrica, falava com tanto gosto sobre a represa, que logo estaria pronta. E que não era um lago como eu e muitos dos convidados inicialmente tínhamos pensado, mas uma construção que represaria a água do degelo, de modo que fosse coletada lá em cima e pudesse ser conduzida por dutos através da montanha o caminho todo até a usina e para a turbina, que se chamava Pelton, a que ele se referia como se fosse um amigo íntimo.

Eu gostava dele, me lembro disso, que gostava dele.

Então, sem entender direito de que maneira aconteceu, como se houvesse algum sinal de adulto que não captei, como num jogo de cartas em que você tem um gesto secreto e toca o nariz ou a orelha para mostrar ao parceiro que trunfos tem na mão, muitos se levantaram ao mesmo tempo. A Mamãe foi até a vitrola, trocou a música e eles começaram a dançar.

Svein estendeu a mão para a Mamãe, eu tinha ouvido falar que era casado, usava uma aliança dourada no dedo, mas evidentemente quis dançar com a Mamãe mesmo assim. Ela pegou a mão dele, tinha algo nela, o jeito que erguia a cabeça, os olhos talvez, que me fez pensar que poderia vir a rir, não dele, mas para ele, dar risadinhas, meio que borbulhando. Eu esperava que a risada viesse, receava isso, não queria ouvi-la rir assim, mas felizmente ela continuou quieta, e só dançava, com ele.

A essa altura, todos estavam na pista, eu era a única sentada. Não sabia onde enfiar os longos braços, as pernas, cruzei-as, pus-me inteira em forma de cruz, retorcendo-me de volta outra vez, mas ninguém viu – de qualquer maneira não importava, pois eu era invisível. Eu era o oposto da Mamãe.

De repente comecei a pensar nos sons dela, nos uivos. Svein Bredesen segurou as mãos no quadril dela, ele a girava, e os uivos dela ressoavam em meus ouvidos.

Os adultos dançavam, com olhos brilhantes e saltos duros sobre o piso. As saias rodadas passavam vibrações minúsculas para o ar em direção a meu rosto. Senti o cheiro de corpos adultos esquentando, de tudo que escondiam sob a roupa, nas axilas, ao longo das costas, entre as pernas.

Eu poderia ter experimentado algo de um dos copos, eles não notariam. Poderia ter experimentado a bebida, mas não precisava, pois já estava tonta, e, assim como a Mamãe, eu sorria sem saber por que e logo também daria risadinhas borbulhantes, sem querer.

Poderia ter continuado assim por muito tempo, poderia ter ficado sentada olhando para a festa durante horas e quem sabe estivesse, afinal, tentado beber também. Planejei qual copo pegaria, um que ninguém tinha tocado faz tempo. Poderia ter continuado assim, a noite ainda poderia ter acabado bem diferente para mim, mas de repente vi sombras na varanda, dois vultos lá fora. Eles se debatiam, pisoteavam para lá e para cá, espiavam pelas janelas, e só eu os via. Meu coração batia forte e eu estava prestes a apontar, contar a todos sobre eles, mas no mesmo instante a porta da varanda se abriu e eles entraram, junto ao ar frio da noite lá fora.

As pessoas se viraram, a Mamãe por último, o disco continuou dando voltas na vitrola, Svein a girou mais uma vez, mas aí parou.

Era o Papai e Sønstebø. Sønstebø balançava levemente, mas o Papai estava firme, olhou para Svein, para a Mamãe.

Levantei-me. Olhe para mim, pensei, não olhe para eles, olhe para mim. Queria falar, usar a voz poderosa de que o Papai tanto gostava, encher a sala com ela, dizer algo bem alto, talvez algo que os fizesse rir, algo que fizesse o Papai rir, ou, ainda melhor, algo que o impressionasse. Mas não saiu som algum.

O Papai atravessou a sala lentamente, indo em direção a Svein, à Mamãe, ela ainda estava com a mão na mão dele, mas agora a puxou abruptamente.

Talvez dissessem algo um para o outro, não me lembro, talvez a voz da Mamãe fosse baixa e mal contida, a do Papai, nítida e fria, ou talvez ficassem apenas assim, encarando-se, antes de ele estender a mão, assim como Svein acabara de fazer, e agarrar a mão da Mamãe, que estava pendurada ao longo da lateral do corpo, não querendo ser agarrada, ao menos não pela mão dele. Papai a agarrou, a arrastou, puxando-a para si, pertinho, e começou a dançar.

Sønstebø também dançou, só que sozinho, principalmente com o quadril, enquanto fazia caretas e emitia sons. Entendi o que ele pretendia imitar: os uivos da Mamãe.

Passou tão rápido, no mesmo instante Svein estava ali, ele disse algo para o Papai, tentou ajudar a Mamãe a se desvencilhar do aperto, mas a Mamãe não quis ajuda, disse algo em uma voz baixinha para Svein, todos os outros estavam calados, só havia o som da música.

Svein ficou olhando a Mamãe dançar com o Papai. Ele a segurava com força, parecia doer, eu quis chorar, mas nem isso consegui. O Papai puxava e empurrava a Mamãe, mas aí Svein se aproximou de novo, pegou o Papai, gritou algo para ele, a Mamãe não fez som algum e o Papai recusou-se a soltar. Então Sønstebø se aproximou pelo lado. Ergueu um punho fechado para Svein.

Svein caiu para trás, mas não tombou. Conseguiu manter o equilíbrio, era um homem grande e forte, vi isso agora, alguém gritou, não fui eu, nem a Mamãe, o Papai ainda a segurava, mas não dançavam mais. Ele tinha parado e a segurava perto de si, ela não oferecia resistência, Sønstebø foi de encontro a Svein de novo, Svein só ficou ali. Saia, pensei, corra, mas ele ficou ali, como que perplexo, como se não tivesse esperado um golpe ou pelo menos não imaginasse que mais um viria. Mas foi o que aconteceu, veio mais um, e o Papai segurou a Mamãe, ele a segurou de frente para si, como se estivessem em uma dança lenta e ela não oferecia resistência.

Mais uma vez, mais uma vez, Sønstebø daria um soco em Svein, mas àquela altura alguém entrou na sala. Mais um intruso, cheguei a pensar. Num primeiro momento não o reconheci, ele já estava no colegial, eu não o via há algum tempo, mas agora estava ali, tinha ficado tão alto quanto o pai. Os olhos de esquilo, porém, eram os mesmos.

Ele disse o nome do pai. Não "Papai" ou "pai", mas o nome completo do pai, então Sønstebø finalmente parou de bater, e o Papai soltou a Mamãe, como se tivesse se queimado.

— Agora vamos para casa — disse Magnus ao pai. — Agora precisamos ir para casa.

Ele tinha apenas treze anos, mas se portava como um adulto, só se via ele na sala, todos eram obrigados a olhar para ele, todos os adultos tinham os rostos voltados para ele, esperando, como se não tivessem escolha.

Magnus virou-se para a porta, sequer conferindo se Sønstebø o seguia, não verificou o que acontecia com o Papai, se ele ia junto. Mas os dois, tanto Sønstebø quanto o Papai, seguiram-no, como se Magnus fosse o adulto e eles fossem as crianças.

Entretanto, antes de Magnus chegar à porta que dava para o corredor, ele se virou mesmo assim, não para eles, mas para mim.

— Olá, Signe.

Foi a primeira vez que alguém dissera meu nome naquela noite.

DAVID

Não dormimos, nem Lou nem eu. Éramos só nós dois no pequeno cubículo de tecido.

Eu tinha pendurado um lençol na abertura. Dava certa privacidade. Mesmo que todos pudessem nos ouvir.

Limpei o vômito do chão com um pano seco que achei no quartinho de limpeza. Esperava conseguir alguma água para fazer a limpeza amanhã. Meus dedos fediam, tudo fedia. Mas me acostumei. Fiquei imune.

Só que então vieram outros cheiros; começou a sair pelo outro lado também.

— Preciso ir no banheiro — gritou Lou de repente. — Já!

Ela quis sair correndo, mas parei ela.

— Use o balde — falei.

— Não, não quero usar o balde.

— Não dá tempo de chegar no banheiro.

Ela ficou parada. Hesitou. Fez uma careta, depois se encolheu. Pelo visto, não estava mais conseguindo segurar. Arrancou a calcinha. Dobrou os joelhos. Estava totalmente nua. Desamparada, tentou acertar o balde vermelho de plástico. Eu a segurei, ajudando a acertar.

Saiu no mesmo instante. Explodiu contra o fundo do balde de plástico com um barulho intenso.

Ouvi as pessoas se mexerem nos cubículos à nossa volta. Elas escutavam isso. Com certeza, achavam nojento.

Senti vergonha, mas pensei melhor. Não era minha culpa! E muito menos era a culpa de Lou essa situação.

Ela se sentou no balde. O traseiro era tão pequeno que quase caiu ali dentro. Expeliu ainda mais.

Quando finalmente terminou, tinha marcas do balde no alto da parte traseira de suas coxas.

Limpei-a sem pensar, não importando que tivesse parado de fazer isso há dois anos. Ela gostara de aprender a se limpar sozinha. Mas agora tremia muito.

O rolo de papel higiênico estava quase vazio. Eu precisava arranjar mais. Só que na última vez que fui ao banheiro, não achei novos rolos.

Coloquei a calcinha nela. Estava solta no quadril. Levantei-a. O corpo dela desapareceu nos meus braços.

Eu a deitei na cama, cobrindo-a com o lençol. Ocupava apenas uma pequena parte do colchão.

O balde ficou fedendo ao lado.

— Papai?

— O que foi?

— E se sair mais?

— Vou esvaziar o balde agora.

— Mas e se eu não conseguir chegar no balde? E se cair na cama?

— Tudo bem.

— Mas e se acontecer?

Peguei minha única blusa. Amarrei-a em torno da cintura dela e sob a virilha, como uma fralda.

Em um momento da noite arrisquei ir até o pronto-socorro. Sabia que tinham plantão 24 horas.

Porém, a caserna estava trancada e as janelas, escuras. Do lado de fora havia dois sacos de lixo. Um estava aberto e revirado, agulhas de seringas e velhas gazes se espalhavam pela grama.

Ela gemia.

Não parava de vomitar. Só saíam fios amarelos de muco.

— Beba — disse eu, estendendo o copo para ela.

Entretanto, nem a água ela segurava.

— Não quero — soluçou entre espasmos.

— É melhor — falei. — É melhor vomitar água do que não vomitar nada.

O que não saía por um lado, saía pelo outro.

Os cheiros se misturavam. Logo eu nem os sentia mais.

Ela adormecia, acordava, adormecia outra vez.

Toda vez que pegava no sono, eu pensava que agora finalmente passaria.

Mas então voltava outra vez. Como se alguém se apoderasse de seu estômago. O puxasse. O torcesse. Um instrumento de tortura que fosse aparafusado cada vez mais fundo nela.

Ela já tivera virose antes. Mas nada como isso.

Tentei lembrar o que Anna costumava fazer. Coisas que tinha no armário de primeiros socorros. Comprimidos de carvão. Cloridrato de loperamida. Agora eu não tinha nada. E Lou se recusava a beber água.

Eu não tinha nada. Ela só tinha eu.

Anna. Onde você está? Como raios pode me deixar tão sozinho?

As horas se passaram. Eu estava muito cansado. Muito grogue. Muito apavorado. Muito acordado. Perdi a noção do tempo.

Não percebi quanto havia se passado, até entender que estava amanhecendo.

Então escutei um som do lado de fora. Passos fracos que pararam na frente do nosso cubículo.

Anna, pensei. Agora ela vem. Ela está aqui. Ouviu Lou. Sua filha está doente. Não pode ficar longe quando sua filha está doente. É Anna.

— Com licença? — disse uma voz. — Precisam de ajuda?

A voz pertencia a um homem.

Na hora fiquei decepcionado. Depois senti um alívio. Só porque veio alguém. Qualquer pessoa.

Puxei o lençol para o lado.

Era Francis.

Ele olhou para Lou. Os olhos ficaram embaçados.

— Escutei ela a noite inteira — disse ele.

— Todos devem ter escutado — observei.

— Não se preocupe com isso — afirmou.

— Ela não quer beber nada.

— Você foi no pronto-socorro?

— Fechado.

— Você dormiu?

— Não.

— Pegue a minha cama, eu fico com ela.

— Não.

— Sim.

— Não posso deixá-la.

— Você vai escutar tudo de qualquer maneira.

A cama dele estava muito bem arrumada. Como se não tivesse sido usada.

Deitei-me com cuidado sobre o lençol. Não queria amassá-lo. Fiquei paradinho e me deixei levar pelo sono.

Os gemidos de Lou deram lugar a sonhos estranhos.

Eu estava na água outra vez. Afundando. A escuridão sobre mim crescia cada vez mais. Mas não fiz nada para chegar à superfície.

Ouvi os choramingos dela bem lá do fundo e pensei que precisava ir até lá. Que era bom afundar.

Que eu queria afundar.

A voz de Francis me puxou lentamente para cima. Estava cantando para ela.

Já estava claro. O dormitório tinha despertado em torno da gente, mas não ouvi Lou.

Corri até os dois, parei na abertura. Ela estava dormindo calmamente.

— Pode descansar mais — disse Francis.

— Está tudo bem — falei e sentei-me do lado dele.

Ele olhou para mim.

— Você precisa dormir.

— Não, não.

Me virei para Lou. Estava deitada de barriga para cima. Os braços sobre a cabeça. O cabelo espalhado sobre o travesseiro. Respirando tranquilamente.

— Linda menina — disse Francis.

— É linda, sim — falei.

— Você é sortudo.

— Sou.

Lembrei-me do curativo que ele havia tirado da lixeira do pronto-socorro. Será que era uma lembrança? A única coisa que lhe restava?

— Você mesmo tem uma filha, né? — perguntei. — Uma filha adulta?

Ele desviou o olhar.

— Tenho uma filha... não, eu tinha uma filha.

— Ah — falei. — Ah, quero dizer... meus pêsames.

As palavras pesavam na minha boca. Não consegui me lembrar de tê-las usado antes. Antiquadas, pertenciam ao museu. Mas era o que se dizia, não era?

— Água suja — disse ele. — Intoxicação. Tudo aconteceu muito rápido.

Intoxicação. Muito rápido. Muito rápido. Uma filha morta. Duas filhas mortas.

— Acho que é a mesma coisa — me forcei a dizer.

Ele se virou para mim outra vez.

— O que você disse?

Tomei fôlego, tentei falar normalmente.

— Lou engoliu água ontem, de um tanque de água pluvial num jardim.

Primeiro, ele não respondeu. Aí disse lentamente:

— Em geral, dá tudo certo. O que aconteceu com minha filha foi má sorte.

— Má sorte?

— Já não tinha muita força para lutar.

— Mas Lou... Ela é tão magra.

Pus uma mão na testa dela.

— Você não acha que ela está muito quente? — perguntei.

— Não senti — respondeu. — Só fiquei sentado aqui.

— Sinta, por favor.

Ele passou a mão sadia sobre o rosto dela.

— Está quente.

— E?

— Mas já senti pior.

— É?

— Acho que não chega a 39 graus.

— Não?

— 38,5 no máximo.

— Mas ela não está bebendo nada.

— Nada?

— Quase nada.

— Vai ficar tudo bem.

Ele olhou para mim e sorriu como para um menino. Isso me fez sentir pequeno. Eu era um menino. Ele tinha a idade de meu pai. Poderia ter sido meu pai. Quase gostaria que fosse meu pai.

— Você disse que veio de Perpignan? — falei.

— Isso...

— Mas para onde está indo? — perguntei.

— Eu ia vir para cá.

— A gente também — falei. — A gente ia vir para cá.

— E depois? — perguntou.

— Não sei. Estamos esperando por alguém. Por minha esposa e meu filho. Ele é só um bebê, se chama August e tem um ano.

— Você é sortudo — disse ele. — Por ter alguém por quem esperar.

O dia inteiro passou. Ele ficou por perto. A gente se revezou para ficar com Lou. Ela não melhorou. Algumas poucas vezes consegui dar alguns goles de água para ela. Sempre voltavam imediatamente.

Ela falava pouco. A cada hora que passava, ficava mais difícil ter contato com ela.

Fui até o pronto-socorro várias vezes, mas ainda estava fechado. Perguntei para um guarda. Ele não sabia de nada. Não via os médicos há dias.

E ainda estávamos sem papel higiênico.

À tarde, Francis sumiu por um tempão. Comecei a me perguntar se tinha desistido da gente. Cheguei a ficar nervoso antes de ele voltar. Mas o nervosismo passou quando vi o que tinha arranjado.

Um refrigerante. Uma lata de refrigerante com açúcar. Não consegui me lembrar da última vez que Lou ganhou uma coisa assim.

— De onde vem isso? — perguntei.

— Ela precisa de açúcar e líquido — disse ele. — E de sal. — Estendeu um saquinho de sal de cozinha. — Antes de lhe dar o refrigerante, você adiciona isso.

Ele me deu o sal e a lata de refrigerante. Fiquei parado com a lata na mão. Senti o metal liso nos dedos.

A lista de ingredientes revelava aditivos, adoçante artificial e nada de frutas.

Mas no final das contas o mais importante era o açúcar. E o sal.

Ela dormiu ainda mais algumas horas. Só que mais calmamente. As interrupções ficaram cada vez mais raras.

Aí, por volta da meia-noite, algo finalmente aconteceu.

Eu mesmo tinha adormecido. Estava deitado na cama logo na frente dela, mas acordei assim que escutei ela falar.

— Sede — disse ela. — Papai?

Sentei-me depressa.

— Sim.

Abri a lata com pressa. O som era o mais bonito que eu ouvia em um tempão, o suspiro do gás borbulhante na hora que apertei o lacre de alumínio.

— Refrigerante? — disse Lou. — Refrigerante!

— Espere — falei.

Coloquei parte do sal. Fez um som borbulhante ao encontrar o gás.

Com uma mão apoiei a cabeça dela por baixo e com a outra levei a lata aos seus lábios.

Ela engoliu.

Ela bebeu. Grandes goles.

Finalmente estava bebendo. Minha filha estava bebendo.

SIGNE

Acordo abruptamente. O rumor da tempestade se instalara em mim, ressoando em meus ouvidos, mas logo vai embora, pois agora é o silêncio que brada em meu interior. Estou deitada no chão, não posso me lembrar de ter chegado aqui, devo ter caído de exaustão. Estou parcialmente encolhida sob a mesa do salão, com as caixas de gelo erguendo-se sobre mim, meu corpo está duro e quebrado. Forço-me a sentar com dificuldade e sinto como tudo dói.

Magnus, você estava ali na festa, olhando diretamente para mim, firme e calmo. Depois disso, éramos nós dois.

Não de forma intensa e arrebatadora, mas lentamente. Levou anos até fazermos mais que olhar um para o outro, até conversarmos de verdade, até darmos as mãos e andarmos pela estrada de terra do povoado, até nos sentarmos na ponta do píer, escondidos de todo mundo, e nos beijarmos hesitantemente a primeira vez. Até eu soltar suas mãos para alcançar outros lugares, debaixo da blusa de lã e da segunda pele que cheiravam a garoto, sobre a pele lisa de suas costas. Até nos agarrarmos cheios de um desejo com o qual ainda não sabíamos o que fazer, até caminharmos pela rua e conversarmos, conversarmos, conversarmos, sobre tudo; especialmente sobre como não havia mais ninguém com quem conversar exatamente assim.

Afastamo-nos do fiorde, da água e do vale, e subimos para a montanha, pois ali poderíamos ficar a sós. Naqueles anos, a montanha e a geleira eram nossa paisagem.

Então nos mudamos do povoado; lembro-me de que estávamos no barco a vapor, vendo Ringfjorden ali no fim da linha que era a margem, vendo o vilarejo que ficava cada vez menor. Senti um grande alívio dentro de mim.

Escolhemos Bergen, era ele quem queria ir para lá.

— A viagem até em casa é curta — disse.

— Você ainda chama de casa — falei.

— Sempre será casa.

— Não para mim.

— Vou falar com você sobre isso em alguns anos.

— Se você estiver tão seguro de que isso continuará a ser *sua casa*, podemos mudar para mais longe, não?

— Bergen é bom.

— Bergen é molhado.

— Molhado é bom.

— Casa é onde mora o coração.

— O quê?

— Segundo o ditado, *casa é onde mora o coração*. Mas é um clichê, e, além do mais, linguisticamente fraco. O coração não mora. As pessoas moram.

— Tudo bem. Vou parar de chamar Eidesdalen e Ringfjorden de casa.

— Por mim, pode chamá-los do que quiser.

— Porque para mim, você é minha casa.

— Que meigo.

— Não é?

— E isso *também* é linguisticamente meio insosso.

— Imaginei que você diria isso.

No entanto, continuamos morando em Bergen. Eu aceitei isso, aceitei muito da parte dele naquela época. Frequentamos a mesma faculdade, ele cursando engenharia e eu, jornalismo, mas o tempo livre era nosso. Cursávamos o mínimo de disciplinas, pois havia tantas outras coisas acontecendo. Era como se a cidade, o país da Noruega, acabasse de despertar, voltamo-nos para o mundo, fizemos parte de uma grande onda, lutamos com pessoas do mundo inteiro contra a Guerra do Vietnã, a energia nuclear, os testes nucleares no Pacífico. Mas também travamos nossas próprias batalhas: contra a Comunidade Europeia, a favor do direito ao aborto, contra a exploração da natureza na Noruega.

Lembro-me do pescoço dele na minha frente no desfile de 1º de Maio. Sempre andava um pouco mais rápido que eu, mas era sem querer, e às vezes parava, emendava-se, sorria como quem pede desculpa, pegava minha mão, então andávamos alguns metros juntos – até que alguma coisa o distraía e o puxava para a frente outra vez, e eu caminhava olhando para sua nuca, pensando que ele não era totalmente meu, mas sabendo que ainda assim ele era. Lembro-me de ter pensado que seu ritmo se devia ao fervor, à militância. Só mais tarde pude entender que talvez ele só quisesse acabar logo.

Cada um tinha sua quitinete, mas sempre dormíamos juntos, geralmente na cama dele, que era mais larga do que a minha, e sua quitinete era maior, ele tinha uma área separada para a cama, quase um quarto. Esse tipo de separação dos espaços por função proporcionava um ar doméstico, pensei, um ar adulto, e além disso ele dedicava mais tempo a seu apartamento, se esforçado para criar um lar. O meu era só um quarto vazio onde eu ficava quando precisava de um lugar para dormir e ele não estava lá.

A cama era onde dormíamos, mas também onde vivíamos, depois de fazer amor, nus e entrelaçados, papeando enquanto sonolentamente acariciávamos o peito, o cabelo, os braços, as costas um do outro, e também antes de fazermos amor, empolgados, às vezes preguiçosos, não sabendo se tínhamos forças, às vezes apenas conversávamos, poderia ser o suficiente, mas em geral ainda queríamos possuir um ao outro. Na cama, comíamos, tomávamos vinho tinto, não aguentávamos escovar os dentes, acordávamos com dentes azuis e zombando disso, mas até tolerávamos o hálito matinal do outro, inclusive o inalávamos também, até os pulmões, pois queríamos nos preencher completamente um com o outro.

E conversávamos. Sua cama se tornou a cena de todas as nossas conversas e todos os seus planos. Pois ele planejava, cada vez mais, com frequência cada vez maior, ele me perguntava sobre o futuro, sobre as expectativas, sobre os desejos, e em todas as minhas respostas ele procurava, como que por acaso, por uma convergência com os próprios desejos e expectativas.

— O que você pensa? Como vamos viver? — perguntou.

— Não sei... um jardim, talvez?

— Também pensei. Um casarão antigo de madeira e um jardim. E macieiras, quero muitas macieiras, você concorda?

— Sim, senhor, desde que você colha as maçãs.

— E na encosta, talvez até lá no topo da montanha, vamos ter um banco, onde vamos sentar e contemplar a vista quando ficarmos velhos.

— Um banco?

— Isso, eu mesmo vou fazê-lo.

Ele imaginava nós dois juntos em um banco quando ficássemos velhos, que clichê, pensei. E gostei.

— Vamos morar à beira do fiorde — disse ele —, assim você pode ter o *Blå* ali. Você pode ir ao mar enquanto eu cuido do jardim. E colho as maçãs.

— Que bom que lembrou das maçãs.

Ele riu e continuou a falar sobre nós, que desejava uma divisão progressista das tarefas, em que ele ficasse de avental na cozinha e eu voltasse com o peixe, em que ele fizesse a geleia de maçã. Não ficaria bravo se eu acabasse ganhando mais que ele, disse isso com evidente orgulho da própria generosidade, será um prazer deixar você ganhar mais.

Ele não parava de falar, tinha tanta coisa que precisava sair. Há tanta coisa que não entendo, disse ele, só depois de começarmos a namorar tive coragem de pensar em tudo da minha infância que não entendi. O quê, perguntei, tem tanta coisa, respondeu ele, o óbvio, que eu tive de levar tantas cintadas. Que isso era comum em outras famílias que a gente conhecia não é uma desculpa, e que ele, o Papai, batia enquanto chorava, meu Deus, tinha tanta choradeira, porque a Mamãe também chorava, ela ficava no quarto ao lado soluçando, podíamos escutar os soluços pela parede de tão altos que eram, como se quisesse que ouvíssemos que ela não podia fazer nada, embora fosse sua escolha, ela o incitava, ele só fazia o que achava que tinha de fazer, o que os pais deveriam fazer. Era assim o tempo todo, era ela quem tomava as grandes decisões, sabe, por ele, por mim, por todos nós, ela nos dirigia, com as mãos, as mãos que passava sobre o avental de dona de casa, com seus suspiros de desgosto e seus sorrisos instigantes... ou quem sabe tampouco foi ela, talvez fossem as expectativas que eles sentiam vindas do mundo, mas que na verdade eram criadas por eles mesmos. Elas ainda os regem, eles dizem desejar que eu me torne engenheiro, que faça algo mais com minha vida do que eles fizeram, porque acreditam que seja a coisa certa, a única possibilidade. Minha mãe e meu pai, eles são tão tradicionais que isso me queima por dentro, me derruba, mas ainda assim é o que *os* sustenta, acho. Conhecem as regras, dominam esse jogo, sabem o que é permitido e o que é proibido, e Deus os livre se inventassem de sair do tabuleiro.

— Sinto pena deles — disse ele certa vez. — E ao mesmo tempo tenho raiva.

— Não tenha.

— Mas será que fica melhor se eu der risada deles?

— Não sei.

— Teria sido melhor se eu pudesse rir. Talvez o objetivo seja rir, se eu pudesse aprender a rir deles. Não acha que assim evitaria me tornar como eles? Então eu seria diferente?

— Você já é diferente.

— Tem certeza?

— Você tem sido diferente desde a primeira vez que te vi.

— Ou será que foi você que me fez diferente?

—... Acho que devemos praticar a risada.

Talvez seja sua risada que ainda me habita. Não consigo tirá-la, ela balança em mim ao compasso das ondas.

O barco ainda está se movimentando, mas bem diferente agora, em suaves ondulações remanescentes da tempestade que passara. Lentamente, de um lado para o outro, ondas exaustas, prestes a se esvaírem.

Meu barco, o *Blå*, caí no sono nele. Não consigo sequer dormir com um olho aberto, o corpo falha-me toda hora, talvez porque eu ainda sinta a dor, a dor porque ele falhou comigo.

Porque quando a hora da verdade chegava, ele não era tão bom em ler as minhas necessidades, em enxergar as necessidades alheias, como eu tinha pensado. Afinal de contas, ainda era apenas um produto da geração dele e as cintadas estavam arraigadas, as origens de Magnus estavam arraigadas nele e ele queria voltar para elas. Queria mudar-se de volta para Ringfjorden, estava cansado de Bergen, disse, cansado de lhe exigirem uma opinião em cada esquina, cansado de precisar ter uma atitude em relação a tudo, e de precisar ser a atitude "correta". Queria mudar de volta para casa, queria ter um jardim, uma cozinha, mas na verdade era eu quem ficaria ali, na cozinha, porque o tempo todo ele procurava aquilo em mim que nos havia unido, aquilo que ele poderia salvar.

Todo o resto era da boca para fora.

Ele ousou *menos* que nossos pais, nunca se arriscou, pois na verdade simplesmente se comportou como todos os outros jovens naquela época, com barbas desgrenhadas e sorrisos meigos, passando pelo mundo com solas acolchoadas e falando sobre como tudo seria diferente, sem sinceridade.

O movimento de que participamos, os protestos a que nos juntamos, os folhetos que escrevemos juntos, aquilo não passava de uma brincadeira para ele. Não vejo a hora de olhar nos olhos dele quando estiver ali com o gelo, quando eu o jogar em seu pátio, a expressão de seu rosto acolchoado de *bon vivant* de meia-idade, com vestígios de vinho tinto da noite anterior nos lábios, e sua mulherzinha docinha, com uma testa um pouco lisa demais e um sorriso um pouco esticado demais, e os netos que sem dúvida estão visitando. Talvez sejam eles quem vão poder pisotear o gelo na poeira, sujá-lo, pois é o futuro deles que ele está roubando. É o futuro deles que sua geração inteira está roubando... que toda minha geração já roubou.

Nós, que só vivenciamos o crescimento, nunca a adversidade.

Sim, talvez devesse deixar as crianças fazerem isso, pois são elas que estão sofrendo. Mas certamente não vão querer, porque também não se importam, as crianças de hoje são empurradas pelas gerações mais velhas. Conhecem apenas a ausência de adversidade, não se importam desde que ganhem um iPhone 7 ao fazerem sete anos e sua própria tela grande no carro e um apartamento para o aniversário de vinte anos, não vão ligar nem olhar para o gelo que está ali fora derretendo, muito menos pisoteá--lo, pois algo está chamando sua atenção, uns apitos de uma tela, um jingle sintético. E além do mais podem correr o risco de sentir frio nos pés.

Estou me sentindo tonta.

Preciso de comida, preciso de água.

Finalmente consigo me colocar em pé. Encontro uma xícara, o armário está um caos e todo o jogo de louça inquebrável espalhou-se por todo lado. No fundo, há umidade, a água deve ter se infiltrado ali também, o armário fica onde o convés encontra o casco, a vedação nesse ponto não deve estar perfeita.

Piso com cuidado na bomba de pé para obter água. A xícara enche-se de gotas turvas, a água tem um leve cheiro de diesel, como quase tudo a bordo, mas estou acostumada e bebo rapidamente.

Abro a despensa de secos, que também está um caos. A tampa caiu da lata de farinha, tudo está branco e úmido. A farinha aderiu a saquinhos de sopa instantânea, latas de conserva e embalagens de macarrão. Desenterro um pacote de espaguete e arranco o plástico, não aguento esperar a água ferver, não aguento pegar uma panela, e mastigo alguns dos fios crus do jeito que estão e também um pão sueco que amoleceu com a umidade.

Como metade do pacote e encontro um chocolate também, óleo de palma, sei que contém óleo de palma, mas comprei mesmo assim. Não consigo ficar sem aqui no mar, e ninguém está me vendo, penso depressa. Mas me corrijo: Signe, chega, pelo amor de Deus.

Abro a escotilha sem saber o que me aguarda: caos, a mastreação destruída, o bote levado ao mar pelo vento? Mas tudo está do jeito que deveria: os mastros, o cordame, tudo pendurado no lugar certo, firme como antes, o barco aguentou essa, resistiu sem que eu fizesse nada. E já sei, veleiros de quilha longa como este aguentam muito, podem ser derrubados, mas se erguem outra vez, não são como os barcos modernos de quilha curta, que podem perder a quilha, ser derrubados e ficar de borco. O *Blå* foi feito para isso, para se reerguer.

Permaneço na cabine. Um vento suave afaga o meu rosto, o mar está acalmando, o sol rasga as nuvens, a água do convés evapora e sua superfície está escorregadia. Quando o mar está quieto e espelha o céu assim, eu poderia estar em qualquer lugar do planeta. Nada neste mar, neste céu, me diz que estou no Mar do Norte, a superfície é igual, tanto aqui como no Pacífico, um mar é um mar, até você ir *abaixo* da superfície. É só ali que você vê as espécies, o assoalho, as profundezas e as alturas que conferem a cada mar seu caráter peculiar, assim como as formações rochosas e a fauna em terra firme criam as variações e características das diversas áreas terrestres. Sobre altas montanhas e vales profundos, a superfície do mar é o céu do mundo para milhares de seres que nunca vimos.

Forço-me a me mexer e vou para o convés, para o mastro, coloco os pés nos degraus, começo a escalar, dois terços para cima. É fácil soltar a adriça da cruzeta, olho para baixo, o convés é pequeno sob mim, só água por todo lado, o horizonte, o céu, e a única coisa que tenho é esse barco.

O *Blå*, meu *Blå*, penso de repente, você me salvou quando não pude salvar a mim mesma, você assumiu o controle quando não aguentei mais. Depois sacudo os ombros, resmungo para mim mesma, quanta sentimentalidade, é apenas um barco, alumínio, plástico e fibra de vidro, madeira e cabos, sou a capitã, é um ofício isso daqui, nunca teria sobrevivido se não fosse por uma vida inteira de experiência.

Desço outra vez e entro. Está uma bagunça só, os armários e as gavetas que achei que tinha travado abriram-se, facas e garfos desabaram no chão, preciso arrumar, mas primeiro preciso conferir minha posição. Estou sem energia, o quadro de disjuntores pode ter dado um curto-circuito, eu deveria detectar o defeito, mas não aguento, detesto os pequenos choques que sou capaz de levar. Quem sabe não seca sozinho, vou apostar nisso, já vi acontecer antes, só preciso esperar até o sol e o ar se fizerem sentir de novo, vencendo a água outra vez.

Carta náutica, caneta, papel e sextante, levo tudo isso para a cabine lá em cima, olho o relógio (exatamente 13h06) confiro as tabelas, determino a posição do sol, encontro a longitude, sei fazer isso também, sou boa, penso, sou boa, deve ser proibido dizer para si mesma que você é boa.

Porém, demora, meu Deus, que trabalho meticuloso, faz tempo que não uso esses métodos antiquíssimos, mas finalmente tenho também a latitude e uma posição.

Fico sentada olhando para a cruz que marquei na carta náutica, ali está o barco, ali estou eu.

E agora entendo para onde o vento me levou, no decorrer da tempestade virou, veio do norte, me ajudou, impulsionando-me ao sul, já estou à altura de Flekkefjord. Obrigada, vento, obrigada, mar, obrigada, tempo. Posso içar vela outra vez, posso continuar, rumar para o Canal da Mancha.

DAVID

Lou mastigava e engolia. Era a coisa mais linda que já vi. Mastigava depressa e engolia ainda mais depressa. Não se saciava nunca. Estávamos no refeitório. Pela primeira vez, ela estava forte o suficiente para vir aqui. Tinha acordado cedinho porque estava com fome, então conseguimos chegar antes do pico. As mesas e os bancos ainda estavam vazios à nossa volta, e a temperatura era suportável.

— Tem mais? — perguntou ela assim que o prato ficou vazio.

Ela tinha ganhado a maior parte do meu pão também.

— Vou ver — falei.

Mesmo sabendo que isso era tudo que a gente ia ganhar.

No mesmo instante, Francis apareceu. Ele devia ter escutado nossa conversa, pois lhe estendeu ainda um pedaço de pão e se sentou conosco.

— Obrigado — disse eu, pois Lou estava ocupada demais com a comida.

— Vamos — falei quando ela finalmente estava pronta.

— Para onde?

— Para a Cruz Vermelha.

Ela esticou os pés para frente, olhando para eles, não para mim.

— Não preciso.

— Precisa, sim. Faz quatro dias que a gente não vai lá.

— Só tem fila.

— Ela pode ficar comigo — ofereceu Francis.

— Posso, sim — disse Lou. — Posso ficar com Francis.

— Não — falei. — Você tem que ir comigo. Imagine se eles tiverem chegado.

— Não chegaram — afirmou Lou. — Você ouviu o que a mulher falou. Eles vão nos avisar se a Mamãe chegar.

— Vamos agora — insisti.

— Não — disse ela, empertigando o pescoço. Encarando-me com olhos radiantes.

Ela realmente tinha se recuperado. Contra um "não" assim, eu estava sem chance.

Por isso fui. Sozinho. Bravo e contente ao mesmo tempo.

Não consegui lembrar a última vez que estive sozinho. Só andar sozinho, sem a mão de Lou na minha. Abri e fechei os dedos.

Pude respirar outra vez. Ela estava bem. Eu tinha dado conta do recado, cuidei dela, tirei-a da crise. Sem Anna.

Sem Anna. Meu coração acelerou.

Hoje, hoje ficaram sabendo de alguma coisa, hoje fizeram contato. Os encontraram. Hoje Jeanette tem boas notícias.

Porém, quando entrei na caserna, não era Jeanette que estava atrás da mesa. Era um homem que eu nunca tinha visto.

Ele nem levantou os olhos.

— Não tem nada de novo aqui — disse ele para a tela.

— Mas você não sabe quem estou procurando.

— Não tive contato com ninguém desde ontem, e nenhum recém-chegado se registrou. Você deve esperar alguns dias.

— Mas faz vários dias que não passo aqui. Onde está a mulher que costuma ficar aqui, Jeanette? Ela conhece meu caso.

— Ela foi embora — disse ele. — Substituída.

— Por quê?

Ele não respondeu. Mas pegou uma bolacha de uma lata debaixo da mesa.

— Peço desculpas — disse ele enquanto mastigava ruidosamente. — Temos que ter algum combustível. Também estamos recebendo meia ração.

Saí. Na entrada, tinha uma lixeira abarrotada. Fedia no calor. Me virei. Logo à minha frente, o estirante de uma barraca tinha se soltado, a lona pendia torta. E um pouco mais adiante na fileira, alguém tinha pintado slogans na parede de uma caserna. Em português? Espanhol? Não entendi a língua, mas as letras comunicavam mesmo assim, na maneira como foram pintadas, pontiagudas, duras, agressivas.

O papel higiênico. O pronto-socorro fechado. Jeanette que tinha sumido. Já tinha visto tudo isso, mas sem realmente notar até agora. Continuei a andar sem destino entre as casernas, precisava voltar para Lou, mas não conseguia. Só fiquei vendo quanta coisa não estava do jeito que devia. As pessoas estavam mais sujas, mais magras, o lixo tinha começado a transbordar.

Enquanto caminhava, meu coração acelerou cada vez mais.

Lou tinha se recuperado, isso eu tinha conseguido, mas ainda éramos metade de uma família. Eu ainda estava tão desgraçadamente sozinho como antes. E agora o acampamento estava em processo de desintegração.

Não importa o que eu fizer, pensei de repente.

Nada importa.

Posso lutar pela vida. Posso lutar por ela. Mas não adianta se não tiver lugar nenhum para viver.

Subitamente ouvi vozes altas, bravas.

Mudei de direção, elas me atraíram.

Dobrei a esquina do Dormitório 2.

Ali, no sol opressivo, estava o homem da fila, o Pescoço de Touro. Ele estava perto demais de outro homem. Era Martin. Os dois gritavam, berravam, os rostos vermelhos como personagens de uma história em quadrinhos. Como se estivessem prestes a explodir. Mas ali não havia nada para dar risada.

Naquele instante, Caleb e Christian apareceram. Pararam por um momento assim que viram o Pescoço de Touro, antes de voarem em cima dele.

Depois, tudo aconteceu muito rapidamente. Uma onda passou pelo acampamento e todos que tinham ficado tão quietinhos, se movimentando tão devagar, sendo acometidos por essa moleza quente por tanto tempo, de repente estavam em movimento furioso, pulando na garganta dos outros.

Fiquei à margem. Vi como Caleb e Christian davam socos no Pescoço de Touro. Como os homens vinham de todos os cantos, entrando na luta dos dois lados. Como que a um toque de reunir.

Como se estivessem esperando por isso.

E eu também estava esperando. Estive tão lento, há tanto tempo, tão lento e cauteloso. Sempre com Lou ali, segurando minha mão.

Agora não tinha ninguém para cuidar. E nada importava.

Dei um passo à frente.

Senti o coração bater. Forte. Forte.

Dei mais um passo.

Agora você precisa escolher. Vai participar ou se isolar?

Porém, me livrei da escolha. Alguém chegou correndo por trás. Me empurrou. Levaram-me para dentro, e não resisti.

Corri em direção a Caleb, Martin e Christian, me tornando parte do que eles eram.

Um ritmo me preencheu. Explodi repetidas vezes. Alguma coisa dentro de mim que tinha ficado escondida veio à tona. Alguma coisa que estivera ali o tempo todo.

Os braços, as pernas, tudo era tão acelerado. As vozes igualmente aceleradas. Minha própria, as deles, muito altas.

Passos correndo, cada vez mais gente se juntava, todos com um objetivo claro, todas as forças concentradas nisso.

Era muito simples, levantar o braço.

Bater.

Mover as pernas.

Bater de novo.

Nós éramos a maioria, mas eles eram mais rápidos, maiores, mais loucos. Tinha algo neles que me lembrava dos piores meninos da escola, algo selvagem. Com gente como eles, você nunca sabia o que ia receber.

E eu era desajeitado. O ritmo desaparecia a cada golpe que eu tentava.

Eu não acertava.

Eles me acertavam.

Porém, ela não parou. Espalhou-se, calor no corpo inteiro. Formigamento em toda parte. Não desapareceu, mas ficou mais intensa. Sobrepôs-se às outras dores.

Não conseguia respirar. Era difícil respirar. O peito estava apertado. Em volta de mim tinha gente brigando por todo lado. A luta se resumia a um som, um único som. Um som que engolia tudo.

Eu estava sentado no chão, tremendo. Com os joelhos dobrados contra o peito, segurava as mãos abertas na minha frente. Elas se tingiam de vermelho, o sangue que pingava da minha cabeça.

Christian estava encolhido. Caleb estava sentado com Martin, falando baixinho, grogue.

Estava muito quente, a dor e o calor ao mesmo tempo. Suor nas costas, na testa. Sal no rosto. Dor. Uma dor do cacete. Doía em todo lugar.

Aí alguém se agachou ao meu lado. Eu quase tinha me esquecido dela. Mas ela estava aqui ainda, com suas clavículas acentuadas e seus dedos esguios.

— Vamos — disse ela.

Ela morava em um dormitório menor do que o nosso. Uma placa do lado de fora informava que era exclusivo para mulheres. Ela me levou para dentro de um cubículo igual ao meu e de Lou.

— Sente-se.

Marguerite indicou uma cama.

Fiz o que ela mandou. Ela me deixou ali, sem dizer uma palavra.

Fiquei sentado. Senti a cama dela embaixo das minhas coxas. Ela dormia aqui. Aqui seu corpo ficava deitado todas as noites. Em que posição? De barriga para cima, segura no meio da cama? Encolhida como um bebê recém-nascido? Ou de bruços, dando as costas para tudo?

Eu podia jurar que dormia de bruços.

Ela voltou logo. Tinha uma maleta de primeiros socorros na mão. Colocou-a sobre a cama, do meu lado, e abriu.

— Sirva-se.

— O quê?

— Aqui você tem tudo de que precisa.

— Você não poderia...?

— Você que se meteu nessa encrenca. Agora vai ter que resolver sozinho.

— Mas é difícil enxergar.

— Problema seu.

— Você não poderia…

— Quer que Lou te veja assim?

— Não.

— Então pode começar.

Lou. Ela estava com Francis. Ele mantivera Lou longe da briga. Certamente tinha feito isso.

Agora, no entanto, ela queria saber onde eu estava. Sem dúvida. Talvez se arrependesse de ter se recusado a me acompanhar para a Cruz Vermelha. Estava lá com Francis, desesperada. Talvez se responsabilizasse pela briga toda, pensando que era culpa dela, mesmo que nada no mundo fosse culpa dela.

Apressei-me em abrir um lenço umedecido com antisséptico.

Tinha que ser rápido.

Limpei a bochecha em que sentia estar sangrando.

Sem dúvida, ela estava com Francis, os dois estavam muito bem, provavelmente não tinham escutado nada, nem a gritaria, nem percebido quanto tempo tinha passado. E ela era muito pequena para se culpar.

Peguei mais um lenço, limpei depressa os nós dos dedos da mão direita. Já estavam ficando roxos.

— Você tem um espelho?

— Não — respondeu Marguerite.

w— Você se incomodaria? — estendi o lenço de antisséptico para ela.

— Você já tirou o grosso — respondeu ela, sem pegar o lenço.

— Obrigado.

Tirei uma faixa de esparadrapo de uma caixinha. Cortei um pedaço com uma tesoura que estava ali. Mais ou menos cinco centímetros. Deveria ser o suficiente.

Removi a proteção e o colei na bochecha.

Marguerite deu um aceno de cabeça. Pelo visto, eu tinha acertado.

Levantei a camiseta, passei a mão para baixo ao longo das costelas do lado esquerdo. Apertei os dedos contra os ossos. Primeiro, com cuidado. Depois, com um pouco mais de força.

Tentei evitar gemer.

Levantei e a perna direita quase falhou. Tinha levado um soco tão forte na coxa que os músculos pareciam ter rasgado.

Dei uns passos cautelosos.

Uma dor do cacete.

Estiquei os braços para a frente, para cima.

Abaixei-me.

Porra, que dolorido!

Mas tudo funcionava. Nada fraturado. Tive mais sorte do que merecia.

Me virei para a maleta de prontos socorros. Arrumei tudo e fechei.

— Onde quer que a coloque?

— Eu pego.

Deixei a maleta no chão ao lado da cama dela.

— Obrigado — disse eu novamente.

Estava prestes a sair, mas aí ela também se levantou.

— David?

— Sim?

Ficamos de frente um para o outro.

— Procurei por vocês — disse ela.

— Ah, é?

— Queria saber como estavam indo, você e Lou.

— Lou esteve doente. Mal saímos do dormitório.

— Doente?

Vi que ficou com medo, que se importava.

— Ela está bem agora — me apressei a dizer.

— Que bom.

— Também acho, quero dizer, obviamente, acho que...

David, cale a boca. Agora você só está se atrapalhando.

Ela não respondeu, mas continuou olhando para mim. E de repente surgiu um pequeno sorriso.

— Sua aparência está medonha.

E aí senti como estava tremendo, como estava abalado. Tonto. Surrado, tudo estava solto e mole. Eu não estava bem encaixado. Não estava engrenado.

Eu tinha me metido numa briga. Totalmente à toa.

E com uma criança para cuidar e tudo.

Idiota. Fraco. Frouxo. Com a força de espírito de um peixe de aquário.

Engoli. Engoli outra vez. Não ia chorar. Não agora, não depois.

Eu era a porra de um moleque, agora e sempre. Era um milagre eu estar em pé, de tão fraco que era.

Marguerite viu como eu estava tremendo.

O sorriso desapareceu. Ela deu um passo à frente e pôs uma mão no meu braço. A mão direita dela no alto do meu braço esquerdo.

A mão dela estava fria e mesmo assim queimava contra minha pele.

Gemi outra vez.

Tudo doía, todos os movimentos, até uma brisa fraca de verão, até o atrito do ar.

E sua mão, assim em meu braço, era quase insuportável.

— Não tire — falei.

E ela a deixou ali.

SIGNE

Estou a todo o pano, o vento puxa-me para a frente, cinco nós pelo terceiro dia consecutivo, logo seis nós a essa altura. O barco está mantendo a velocidade máxima, o vento norte virou levemente para o leste outra vez, mas não a ponto de impedir que eu esteja num bom través rumando ao sul. E a energia voltou, tudo a bordo está funcionando como deveria.

Estou sempre em movimento, uma inquietação no corpo, de repente bocejo, abrupta e involuntariamente, a mandíbula chia, encho os pulmões. Estou tão cansada, realmente tão cansada, e agora só vai piorar, já perdi a conta das noites sem sono ininterrupto, estou me aproximando do Canal da Mancha, o tráfego de navios aumenta, aqui não adianta se deitar e confiar que basta conferir as águas a cada meia hora, a essa altura, preciso morar na cabine.

Tomei banho; ainda tem muita água no tanque. Sinto o cheiro do meu cabelo, xampu no ar salgado do mar, sinto o corpo, a pele, seca e lisa, não mais grudenta de suor, 23 graus no ar, um calor adiantado, estou apenas de short e camiseta, mas o cabelo, o cabelo recém-lavado, não se mantém no lugar pela oleosidade e água salgada, pica e coça o rosto conforme o vento o solta do rabo de cavalo. Deveria cortar meu cabelo, a maioria das mulheres de minha idade tem cabelo curto, poderia pegar uma tesoura e me livrar dele, agora mesmo... não, porque então ele talvez não me reconheça. Talvez Magnus não me reconheça.

Reconhecer-me? Signe, por que está pensando assim? Como se importasse. O mais importante é que reconheça o gelo, o gelo que jogarei na cara dele, ele terá sua traição e falta de caráter bem na cara.

Eu deveria ter entendido desde o começo o quanto éramos diferentes.

Minha vida era em Bergen, mas Magnus me puxava o tempo todo para Ringfjorden e Eidesdalen, falava sobre nossos povoados, sobre amigos que compraram casa ali e formaram família, falava calorosa e longamente sobre o espírito de comunhão, a tranquilidade e a natureza, sua beleza incrível. Usava palavras assim, como um turista qualquer.

Ele deixou a entender que às vezes encontrava a Mamãe, eu não sabia se por acaso ou intencionalmente, nem quis perguntar, mais tarde pensei que deveria ter estado mais informada do contato entre os dois, do que significava para ele, mas o tempo todo tentei me convencer de que ela não era importante na minha vida, que eu não estava interessada em saber o que ela estava fazendo, por isso ela também não poderia ser importante na vida dele.

Era com o Papai que eu falava, telefonava para ele no mínimo uma vez por semana, era sempre eu quem entrava em contato com ele do telefone do corredor do alojamento.

Porém, um dia o proprietário bateu à porta e disse que havia uma ligação para mim. Dessa vez foi o Papai que ligou para mim.

— Signe? Alô?

— Oi, papai.

Ele foi direto ao ponto:

— A Ringfallene quer explorar a Søsterfossene.

— O quê?

Sentei no banquinho duro ao lado do telefone. O sol de verão atravessava a janela, iluminando os grãos de poeira no ar.

— Na época do início das obras no Breio, a Ringfallene também comprou os direitos de explorar as quedas-d'água a preço de banana. E agora querem se aproveitar disso.

Não consegui responder na hora, senti que não descansava no banquinho, que estava prestes a saltar.

— Signe?

— Estou aqui.

— Você entende o que isso significa?

Minha boca estava seca, senti a poeira na língua.

— A Søsterfossene vai desaparecer — falei.

— Isso. Søsterfossene desaparecerá, setecentos e onze metros de queda livre serão apagados por um retoque, como se nunca estivessem ali. A Noruega não possui nada igual às cachoeiras gêmeas, e agora serão canalizadas.

Inspirei.

— E a água? — perguntei.

— Estão construindo mais uma represa na montanha, a alguns quilômetros de distância da anterior. E dali também vão conduzir a água por um túnel até lá embaixo.

— Mas... para onde? Para onde será conduzida?

— Para a usina hidrelétrica, obviamente — disse ele, dando uma risada curta e dura. — Em direção a Ringfjorden.

— Para longe de Eide?

— Eidesdalen ficará seco, Signe. E Ringfjorden ficará com o grosso da renda.

Eu não estava entendendo, fiz perguntas confusas que o fizeram falar ainda mais alto, ainda mais rápido.

— É sua mãe — disse ele — e Svein. São eles que ganham com isso, Signe, com todas as suas ações na Ringfallene. Søsterfossene vai torná-los podres de ricos.

— Mamãe. Svein.

— Signe?

— Estou aqui.

— Você entende o que estou te dizendo?

— E Sønstebø? — perguntei. — Os pais de Magnus?

— Da outra vez Sønstebø perdeu o sítio alpino. Dessa vez vai perder toda sua base de subsistência.

Voltamos para casa já no fim de semana seguinte. Eu estava dirigindo. Magnus queria isso, que não fôssemos aquele tipo de casal tradicional no qual o homem sempre dirigia. Eu estava dirigindo, embora estivesse muito inquieta, muito nervosa, muito agitada. Enquanto ele estava evidentemente equilibrado, falando sobre a vista, sobre o tempo, sobre nada. Não entendi como podia estar tão calmo.

O sol abriu caminho entre as nuvens quando nos aproximamos de Ringfjorden, a estrada agarrava-se às encostas, estreita e sinuosa, ficava quase ao nível do mar, molhada de chuva, uma serpente lisa no terreno. Tentei concentrar-me em chegar, mas à altura do cruzamento onde saía a estrada para Eidesdalen, um súbito impulso fez-me virar e pegar o caminho em direção à montanha.

— A gente não estava indo para Ringfjorden? — perguntou Magnus. — Seu pai não está nos aguardando?

— Quero ver Søsterfossene — falei. — Preciso vê-las.

Atravessamos Eidesdalen, onde o grande lago jazia, silencioso e azul nesse dia de verão, onde as searas se estendiam verdejantes e as árvores frutíferas estavam carregadas de frutos ainda verdes. Passamos a fazenda de Magnus, de Sønstebø, sem revelar nossa presença, e fomos até as cachoeiras, as duas correntes de prata paralelas na montanha escarpadíssima.

Saí do carro e imediatamente senti a saturação do ar, gotas formaram-se no rosto, o som golpeou-me, milhares de litros de água a cada segundo, uma pressão, um grito. As cachoeiras assustavam-me. Toda vez que eu vinha aqui, passavam na minha cabeça em alta velocidade imagens de pessoas sob as massas de água, de crianças que tropeçavam e caíam nas pedras escorregadias e ficavam estateladas no chão onde a água batia. A água tinha um poder, uma força, eu havia pensado nela como invencível. Não mais. Não diante da mão humana, de escavadeiras, dutos de aço, túneis, não diante das receitas de concessões, da industrialização e do Estado de bem-estar social.

Magnus veio atrás de mim, levantou os braços, insinuando-os em volta da minha cintura.

— São imponentes — disse ele.

— Esse é o único adjetivo que tem no repertório?

— O que você quer dizer?

— É claro que são imponentes. Também são belas. Magníficas. Formidáveis. Dramáticas.

— Aonde você quer chegar agora?

— Você viu o último folheto turístico? "Véus de noiva" está escrito ali. Isso você poderia dizer... poderia dizer que são lindas como noivas gêmeas posando para uma fotografia. Não soa bem?

— Signe...

— E tem que dizer que são úteis. Já esqueceu?

— Não foi o adjetivo que me ocorreu, mas é claro que as cachoeiras são úteis.

— Não tanto as cachoeiras em si. A água que sai delas.

— A água que sai delas é útil.

— As cachoeiras são únicas.

— Também.

Sentei no carro outra vez, ele me seguiu.

— Vamos para a represa — falei, sem perguntar se estaria tudo bem para ele. — Quero mergulhar.

Ele não disse nada até chegarmos à montanha. Tivemos de estacionar o carro e fazer o último trecho a pé, pois a estrada até a represa estava ruim.

Subimos seguindo o leito do rio, que agora era uma fenda seca na rocha, e paramos no topo. Tive a velha sensação de algo se elevar, de ser mais fácil de respirar quando não era mais preciso dobrar o pescoço para enxergar o céu.

Ele ficou olhando para os cabos de energia que cortavam a região serrana.

— Então, posso dizer algo sobre isso? — perguntou, apontando para as grandes construções.

Sorri.

— Tudo bem.

— O adjetivo que gostaria de usar é...

— Estou aguardando ansiosamente.

— Hediondo.

— Boa escolha.

— Não é verdade?

— Mas... — Ele ficou quieto, lançou um olhar em minha direção. — Posso dizer que também é belo?

— Belo? De onde tirou isso?

— De alguma forma é belo. A grandeza humana. Como conquistamos o mundo. Talvez seja o engenheiro em mim falando agora, mas afinal é isso tudo que nos tirou da pobreza. Que nos levou adiante.

Não respondi logo. Aonde ele queria chegar com isso?

— A grandeza humana — falei enfim. — Um oximoro.

— Como?

— Uma contradição. Os termos *grandeza* e *humana* não pertencem à mesma frase.

— Deve ser possível ter duas ideias na cabeça ao mesmo tempo.

— Você já disse algo assim para seu pai? Que acha que os cabos de energia são… imponentes?

— Meu pai e minha mãe… eles realmente se viraram bem sem aquele sítio. Acabou não se tornando o desastre que temiam, receberam a compensação, tudo foi conduzido de maneira decente, até *ele* teve de admitir isso.

Magnus seguiu os cabos de alta-tensão com os olhos através da região serrana e apontou:

— Isso daqui é o resultado da capacidade humana de planejamento… conseguimos imaginar um futuro, cuidar de nós mesmos, nossos filhos, nossa velhice. E daqueles que virão depois de nós.

— E por isso somos superiores a todas as outras espécies, porque sabemos planejar?

— Como todas as espécies, cuidamos de nós mesmos. Faz parte de nosso instinto — disse.

— Então, o que nos impulsiona? O instinto ou o intelecto?

Ele hesitou.

— Os dois.

— Mas o empreendimento hidrelétrico é um resultado do intelecto?

—… É.

— Acho que é antes resultado do instinto.

Comecei a caminhar outra vez, evitando olhar para ele.

— Não se planeja uma enorme usina hidrelétrica por instinto — disse ele me seguindo rapidamente.

— Mas se concordarmos que faz parte do instinto humano cuidar de si mesmo e dos seus… e dos seus filhos — falei.

— Sim?

— Então esses empreendimentos são resultado do instinto… um instinto que falhou.

Olhei fixamente para a estrada à minha frente. Continuava tão feia como antes.

—... Que falhou? — repetiu.

— Você diz que é inerente a nós cuidar de nossos descendentes — falei. — Mas na verdade estamos só cuidando de nós mesmos. Nós mesmos e nossos filhos. No máximo, nossos netos. Esquecemos os que vêm depois. Ao mesmo tempo, somos capazes de fazer mudanças que afetam centenas de gerações futuras, que prejudicam todos que vêm depois de nós, ou seja, o instinto de proteção fracassou.

— Você é pessimista, está sabendo disso?

Andei mais depressa agora. Quis fugir, mas não consegui deixar de responder.

— Não, sou determinista. Nada indica que vai dar tudo certo. Com os seres humanos. Com o mundo.

— Nada? — questionou ele. — Pense na Segunda Guerra...

— Temos que voltar à Segunda Guerra, né? — Tentei dar risada, mas soou oca.

— Pense nos anos que se seguiram, em tudo que conquistamos — insistiu. — Tudo que a Europa conseguiu num tempo incrivelmente curto. O esforço coletivo das pessoas.

— Foi uma maravilha, mesmo.

— E como você pode ser determinista se quer participar de manifestações de protesto todo fim de semana e gasta todo o tempo livre distribuindo panfletos?

— Eu disse que era determinista. Não disse que era lógica.

— E eu digo que é possível ter duas ideias na cabeça ao mesmo tempo.

Ele parou, agarrou-me, puxou-me para perto de si, mas não retribuí o abraço, pois de repente senti o quanto estava furiosa.

— Signe?

Ele me segurou.

— Eles vão drenar toda a água de Eide — falei. — Não posso acreditar que estamos aqui discutindo se linhas de transmissão elétrica são bonitas.

— Pois é... Eu sei... eu sei. Desculpa.

— Determinismo ou não. Não somos donos da natureza — disse eu, desvencilhando-me do abraço. — Da mesma maneira que ela não é dona de nós. Não somos donos da água. Ninguém é dono da água. E mesmo assim avançamos implacavelmente. E ainda que acredite que não adiante a longo prazo, continuarei a participar de passeatas e distribuir panfletos enquanto tiver pés para andar e mãos para fazer a distribuição.

Estávamos nos encarando na estrada e de repente desejei ser mais alta, porque ele olhava para mim, para minha veemência, como se de uma hora para outra achasse que havia algo estranho nela. Como se eu fosse um bicho esquisito e não particularmente atraente.

— Mas afinal podemos — disse ele calmamente — podemos fazer o que quisermos, Signe. É isso que nos torna humanos, que nos distingue dos animais. Tem que ser possível pensar as duas coisas ao mesmo tempo, que é brutal, mas também maravilhoso, que essas construções tornam a vida melhor para milhares de nós, agora e por muitas décadas. Que estamos criando a civilização.

Não aguentei dizer nada, senti um aperto no peito.

— Você ficou muito tempo longe daqui — falei enfim, tentando sorrir. — Acho que precisamos voltar antes que você se torne um menino da cidade por completo.

— Talvez seja eu que fale como um menino da cidade... ou talvez *você* tenha se tornado uma menina urbana? — sugeriu. — Sempre pensei que gente da cidade tem uma relação mais romântica com a natureza, que nós que somos daqui também vemos o valor utilitário.

— Você está falando sério?

Dei meia-volta e comecei a andar, enquanto ele continuou parado.

— Signe?

Ele não foi atrás, só ficou parado me chamando, em voz baixa e controlada, como que falando com uma criança.

— Signe, sem essa! Você tem que aceitar que não concordamos sobre tudo.

Eu era capaz de aceitar que não concordávamos sobre tudo, claro que era, mas não podia aceitar que não concordávamos sobre aquilo. Portanto continuei a andar, e, por fim, ele felizmente me seguiu. Minhas costas devem ter tido efeito nele, pois agora tentou fazer alguns comentários de brincadeira, bobinhas, leves, tentou mostrar que a conversa não o remordia, e eu me controlei, respondi à altura, quis mostrar a mesma coisa, mas o tempo todo suas palavras giravam dentro de mim, eu queria gritar, meter argumentos na sua cabeça à força, porque era uma traição da parte dele falar assim, falar como todo mundo e ao mesmo tempo tornar as próprias palavras inócuas ao me fazer de difícil, de imatura, me transformar em intolerante de discordância, em intransigente, em alguém incapaz de ver que toda questão tinha vários lados.

Chegamos à represa. A construção da barragem, o concreto, o lago estranho e artificial no meio da montanha, eu estava molhada de suor e arranquei a roupa sem olhar para ele.

— Você realmente vai dar um mergulho? — perguntou.

Não respondi e dei um passo para dentro da água, equilibrando-me sobre uma pedra. A água chegava até a metade da canela, água geladíssima de degelo, atingia o nível máximo agora em junho.

A represa jazia grande e silenciosa, profunda e transparente. A visibilidade era particularmente boa e agora achei que poderia vislumbrar o velho sítio lá embaixo.

Inclinei-me para a frente, tomei impulso e pulei.

O choque na hora que a água me envolveu, o frio intenso na pele... saí nadando, afastando-me da borda, sem olhar mais para ele. Nadei até estar logo em cima do lugar onde achei que ficava o sítio.

Então afundei o rosto e fiquei flutuando de barriga para baixo e olhos abertos, e ainda que a água deixasse tudo embaçado e nebuloso, tinha certeza que o via.

Tirei a cabeça da água de novo, esquecendo-me de estar brava.

— É aqui.

— O quê? — gritou ele.

— O sítio. A água está límpida. É fácil de enxergar.

Logo, ele também arrancou a roupa e se jogou na água, arfou ao frio, mas mesmo assim nadou rapidamente em minha direção.

— Aqui — falei, nadando sobre o local.

Ele imergiu na água, ficou alguns segundos na superfície boiando, antes de subir outra vez.

— Também o vejo — disse.

Ele sorriu, já tinha esquecido tudo.

— Você vai mergulhar?

Não respondi, mas afundei.

Com braçadas calmas, fui indo para o fundo.

Vislumbrei cada vez mais detalhes: o sítio estava coberto de plantas, como se a grama ainda crescesse no telhado; uma cerca de madeira na frente, o portão fechado. Rumei para ele.

As braçadas tinham força, eu ia conseguir, mas ao mesmo tempo senti a pressão do canal adutor. Uma grade o cobria, protegendo o sistema contra folhagem e detritos, e logo senti a correnteza da água, que queria me levar até lá. Quanta água, pensei, quanta água desaparece no túnel a cada segundo, a cada minuto, passando pelos dutos, sempre descendo, descendo, enquanto a pressão aumenta, metro a metro, até finalmente chegar à estação geradora em Ringfjorden? E a água à minha volta agora, ela está indo para lá, fará parte da pressão, da energia, e desaparecerá dentro da turbina, ajudará a impulsionar suas rotações, será parte do momento em que a energia da queda de cada gotinha será convertida em energia cinética, passará pelo gerador, continuará sua trajetória como sinais elétricos, e ela quer me arrastar até lá também.

Mas não me deixei levar. Resisti, seguindo em direção ao sítio; soltei um pouco de ar, as bolhas foram embora para a superfície, senti uma pressão incipiente no peito, a falta de oxigênio, mas o portão já estava logo à minha frente e ia dar certo.

Estiquei a mão e o segurei, a madeira era escorregadia sob os dedos, não como madeira, mas como uma víbora. Agarrei e o puxei, as bolhas saindo descontroladamente da boca, o portão era liso e pesado de arrastar, mas eu queria conseguir.

E agora estava aberto, as ovelhas, não... os peixes poderiam entrar.

Soltei o portão e comecei a subir rapidamente. Tentei não soltar mais ar, quanto mais conseguisse segurar nos pulmões, mais depressa subiria para a superfície, mas a pressão no peito aumentou, não deu tempo de equalizar, os ouvidos estavam querendo estourar.

Vi Magnus de longe, lá em cima, estava me procurando.

Para cima, para cima, eu ia conseguir.

E finalmente.

Arfei, inspirei. A água ardia nos pulmões, no nariz, os ouvidos vibravam e o frio invadiu todas as minhas células.

— Você viu? — finalmente consegui dizer.

— Meu Deus — ele riu assustado. — Já estava aqui em cima tentando lembrar tudo que sei sobre primeiros socorros.

Nadamos para terra firme, conseguimos subir na margem, os dois tremendo, gelados até o osso.

Por fim recuperei o fôlego e virei-me para a represa, para a construção.

— Admita que é feia — falei.

— Feia? Nesse momento penso que é perigosa — disse Magnus.

Levantei a mão, deitei-a em suas costas, sentindo o calor sob os dedos.

Ele não se mexeu, não reagiu até eu estar colada nele.

— Admita, então. É feia.

A essa altura, ele finalmente me abraçou.

— Tudo bem, tudo bem. É uma represa do cão.

— A usina inteira?

— A usina inteira.

— Na verdade, você está no meu time.

— Tem time?

— Você sabe que tem time.

— Então estou no seu time.

Acreditei nele, apesar de tudo que ele tinha dito, apesar de me mostrar tão nitidamente que estava se afastando. Eu talvez fosse ingênua. Mas possivelmente quis acreditar nele, ou ele me impossibilitou de não acreditar, porque me abraçou tão forte... Fiquei mais quente, por causa do sol, da pele dele. Estávamos sozinhos lá em cima, havia só nós dois, o céu, a montanha e milhares de litros de água, e talvez nossa briga tivesse tornado o dia diferente do que eu imaginara, mas eu ainda o amava e pensei que suas palavras não importavam, até tentei esquecê-las, porque afinal deveríamos sobreviver a uma briga. Não havia motivo para eu me conter, lembro que pensei, não havia motivo para tomar cuidado.

Depois, quando estávamos deitados bem pertinho um do outro, ofegantes e nus, em cima das roupas que tiramos e agora formavam uma colcha de retalhos sobre a urze que picava, lembro-me de pensar que estava feliz.

Estava feliz quando fizemos nosso filho.

DAVID

— Você já foi dormir?

Fiquei perplexo na hora que vi Lou. Nos últimos dias, ela teve mais energia, se recusando a deitar cedo. Mas agora estava encolhida na cama, de lado, com o corpo na forma de um "C", debaixo do lençol e com o rosto virado para a entrada.

O dormitório estava quase vazio. A maioria ainda continuava lá fora no ar quente da noite. Precisavam sair depois de se esconderem do sol o dia inteiro. Só se escutava o som de um casal de idosos que conversava em vozes baixas e a respiração de alguns que já estavam dormindo.

Sentei na borda da cama de Lou, mas aí ela deu um sobressalto. Enrolou-se feito uma bola sob o lençol que usava como cobertor.

— Algum problema?

Tentei sussurrar. Não quis incomodar o casal de velhos.

— Não, não — respondeu ela.

Ela respondeu rápido demais.

O dia de hoje, repassei rapidamente o que tinha acontecido. Eu fui na Cruz Vermelha. Ela não quis ir junto, disse que preferia ficar com Francis.

Na Cruz Vermelha, tudo estava como antes. Não tinham nada para contar. A resposta era a mesma de sempre. A cada vez estava ficando mais pesado ir para lá, mas eu continuava indo mesmo assim. O que mais poderia fazer?

Quando fui buscar Lou depois, ela estava feliz. Ela e Francis estavam rindo de alguma coisa. Não perguntei do quê. Não pensei em perguntar.

Aí fomos para o barco. Íamos lá todo dia agora. O único lugar onde conseguia fugir dos meus pensamentos. O único lugar em que sentia alívio. Era bom escapar do campo. Nos últimos dias, os dormitórios tinham ficado mais cheios. Havia camas por todo lado. Muitos foram forçados a dividir o cubículo com estranhos. Felizmente, ainda estavam deixando Lou e eu em paz.

As rações de comida diminuíram. Eu estava quase acostumado a estar com fome, à barriga roncando. A uma sensação de vazio no corpo inteiro. Ao pensamento constante em chocolate, gordura de bacon, chocolate quente com chantilly, batata frita, óleo de fritura, peito de pato, lasanha, patê, pão fresco, só pão fresco com manteiga.

Circulavam rumores de que os suprimentos não chegavam há uma semana. De que o acampamento estava gastando os estoques.

E o moral. O lixo se acumulava e fedia no calor. Os slogans escritos nas paredes se multiplicavam.

Com uma frequência cada vez maior vi grupinhos de pessoas se juntando nos cantos. Falando em vozes baixas, só com os seus.

Até o som do acampamento tinha mudado. Havia um tom que estava fazendo pressão. Que o tempo todo ameaçava ficar mais alto.

Porém, o pior era a água. Eles a racionaram ainda mais radicalmente. Não podíamos mais tomar banho, nem lavar roupa. Só ganhávamos o suficiente para beber.

Eu acordava pensando em água. Bebia algumas gotas mornas, economizando para Lou. Adormecia pensando em água. A língua seca. Tentava respirar com o nariz para não usar mais saliva do que o necessário.

Tinha visto pouco a Marguerite. Estive evitando-a. Ou ela me evitava.

Depois da briga, depois da mão de Marguerite no meu braço, eu me pegava procurando por ela no acampamento. Toda hora achava que eram as costas dela na minha frente na fila, a voz dela virando a esquina.

Queria ver ela de novo. E não queria.

Fantasiava sobre o que podia ter acontecido, o que teria acontecido se ela tivesse continuado. Se movesse sua mão mais para cima no meu braço. Passasse-a sobre minha nuca, o pescoço. Me puxasse para perto...

Mas hoje também não tinha falado com ela. Ficamos no barco até a hora da janta.

À noitinha, Lou tinha desaparecido com Francis outra vez. Eles tinham uma brincadeira, disse ela, um combinado de brincar. Estava tão feliz e animada, era bom ver ela assim.

Enquanto ela passeava, fiquei sentado com Caleb e Martin do lado de fora do dormitório. Consegui pensar em outra coisa além da fome que ainda estava sentindo. A gente falava sobre nada, sobre tudo, jogava conversa fora.

Não notei que Lou tinha voltado, mas de repente ela apareceu do meu lado. Estava sorrindo. Um sorriso sabido? Sim, ela tinha dado um sorriso sabido. E ido diretamente para o dormitório. Aí, ela tinha dito que quis deitar. E agora estava aqui escondendo alguma coisa.

Tentei chegar mais perto, mas ela não quis me dar espaço.

— Lou?

Ela não respondeu.

— Lou, o que você está fazendo?

— Nada.

Ela não teve coragem de me olhar nos olhos.

— Levante.

— Não.

O casal de velhos estava falando mais baixo, percebiam que alguma coisa estava acontecendo.

— Lou.

— Não!

Ela sacudiu a cabeça intensamente.

— Agora você vai se levantar.

Ela se encolheu feito um porco-espinho na cama.

Ameacei, mas não adiantou. A essa altura, o casal de velhos tinha ficado calado.

— Lou!

— Não!

No fim tive de levantar a menina inteira da cama.

Esperneou nos meus braços. Brigou. Mas sem uma palavra, sem um som. Só respiração baixa, forçada.

— O que está acontecendo com você? — cochichei.

Pus ela sobre minha própria cama com um movimento brusco. Virei-me para ela. Tirei o lençol.

Mas não tinha nada ali.

Pelo visto, Lou tinha desistido de resistir. Só ficou sentada ali, feito um saco mole. Com uma expressão tão consciente de culpa que quase tive de dar risada.

E aí vi o que estava escondendo. Uma protuberância no colchão. Ela tinha escondido alguma coisa embaixo dele.

Levantei o colchão.

Era uma lata de conserva. Grãos amarelos de milho brilhavam para mim na foto. Pesava na mão.

No mesmo instante, o casal de velhos passou no corredor.

Apressei-me a esconder a lata atrás das costas.

— Nada — falei em voz alta. — Que bom.

Então soltei o colchão, peguei Lou e a levei pela mão para fora.

Arrastei-a comigo para longe do dormitório, entre as fileiras de barracas e casernas, os grupos de pessoas. Finalmente, atrás das casernas sanitárias, tinha sossego. Sentamos ali. Pus a lata entre nós dois.

— Onde você conseguiu isso?

Lou olhou para o chão.

Apertou o lábio inferior sob o lábio superior, quase o comendo, mas não disse nada.

— Alguém lhe deu?

Ainda nada de resposta.

— Lou? Você ganhou isso de Francis?

Ela sacudiu a cabeça.

— Alguma outra pessoa? Alguém que queria te agradar?

Ouvi que minha voz estava tremendo. Tinha tantos homens solteiros aqui, especialmente entre os mais recém-chegados. Homens danificados. O Pescoço de Touro, pensei de repente. Homens como ele. E a pequena Lou. A falta de timidez, a calcinha que ela simplesmente tirava sem pensar se alguém estava olhando.

— Quem te deu?

— Não me lembro.

— Faz tempo que está com você? Faz quanto tempo está com você?

— Não lembro, pai.

— Já falei que não pode aceitar coisas de desconhecidos. Você nunca sabe o que querem, já te falei isso. Não pode acreditar no que as pessoas dizem.

Estava com a língua coçando para falar mais. Queria dar uma bronca nela. Por ser tão ingênua, confiar em qualquer um. Queria dar uma chacoalhada nela até ela me contar quem lhe deu comida. Quem queria algo com ela, queria algo dela. Porque ninguém dava nada sem querer alguma coisa em troca. E muito menos aqui. Muito menos agora. Só que ela me interrompeu.

— Mas não *ganhei*.

E de repente caiu a ficha.

—... Você... você pegou?

— Não, não.

— Você pegou de alguém.

Não consegui falar *roubou*.

— Papai...

E não precisei ouvi-la dizer isso, porque o corpinho inteiro falava.

Seu rosto estava escarlate. As lágrimas saltavam debaixo dos cílios, escorrendo pelas faces. Grandes lágrimas culpadas de criança, difíceis de resistir.

Tentei me fazer de duro.

— De quem você pegou? Quem não vai jantar hoje por sua causa?

— Mas tem um monte — balbuciou ela. — Num lugar enorme. Tem muitas latas lá. Você precisava ver, pai. Muitas, muitas. E eu peguei uma só.

Um depósito. O depósito do acampamento, agora que os suprimentos não chegavam mais, era tudo que tinha. E ela havia roubado coisas de lá. Poderíamos ser expulsos por causa disso.

Gelei.

— Não tinha guardas?

Ela respondeu logo, sem tentar esconder mais nada:

— Entrei nos fundos. Debaixo da lona. Tinha o tamanho certinho.

O corpo franzino. Ela conseguia se espremer e entrar em qualquer lugar.

— Alguém te viu?

Ela fez que não.

— Ninguém. Certeza absoluta.

Minha filha roubava. Como aprendeu isso? Por quê?

Tudo que eu ia dizer. Devia ter dito. Devia ter dito algo que garantisse que isso não acontecesse, e não ia acontecer de novo. Mas eu estava faminto demais.

— Não faça mais isso — foi tudo que consegui dizer.

Aí peguei um abridor de latas da mochila.

Ele raspava contra o metal.

Usamos os dedos como pinças, o indicador e o médio, escolhendo os grãos de milho um por um da lata, nos revezando.

O sabor amarelo, crocante, doce. Cada grão de milho estalava, eu os conduzia com a língua, deixando-os entre os incisivos, tentando dividi-los ao meio, antes de empurrá-los mais para trás na boca e mastigar direito.

Esvaziamos a lata lentamente, em silêncio.

Peguei no sono mais rápido que de costume. O milho estava bem assentado na barriga. Os sons de todos que compartilhavam o dormitório com a gente desapareceram, as conversas abafadas, a respiração, as camas rangendo, as mochilas e as malas sendo remexidas, os roncos. Adormeci no meio de tudo. Afundei na água. Parecia que ia ficar lá por um bom tempo.

Porém, algo me arrancou do sono subitamente. Ruídos me puxaram para a superfície. Resisti. Quis ficar lá embaixo, mas eles aumentaram, transformando-se em gritos.

Sentei na cama. Lou ainda estava respirando calmamente. Crianças conseguem continuar dormindo apesar de tudo.

Eu a cobri com o lençol. Levantei e saí.

Ali estava Caleb. Alerta feito uma ave. Os braços cruzados sobre o peito.

— É ele de novo — disse. — Aquele desgraçado do norte. Christian e Martin não conseguiram ficar longe.

Um alto estalo e alguém gritando. Urros carregados. Agora Caleb também saiu correndo.

— Espere — falei.

Mas ele correu para se juntar ao grupo.

Fiquei parado na entrada do dormitório. Queria correr atrás dele, mas Lou estava lá dentro, sozinha. Não podia largar ela outra vez. Não podia explicar outras manchas roxas, sangue e curativos.

E se ela acordasse, e se ela saísse?

O volume da barulheira aumentou, os gritos ficaram mais altos. Mais pessoas chegaram. Tentei não escutar.

Tentei não ouvir os xingamentos. As provocações. Barracas sendo derrubadas. Tecidos se rasgando, estalos altos de coisas quebrando.

Mas era minha gente que estava sob ameaça.

Caleb, Martin, Christian.

Os músculos se tensionaram. O coração acelerou.

Precisava protegê-los. Estar entre eles. Eu devia isso a eles.

Já tínhamos brigado juntos, era meu dever participar.

Preparei-me para sair.

De repente Marguerite estava ali. Ela chegou depressa, ofegante. Apareceu do meu lado.

Colocou a mão no meu braço, mais uma vez colocou a mão dela no meu braço.

Primeiro, achei que queria me segurar, mas logo percebi que estava com medo.

— Estão no meu dormitório — disse. — Não posso… tive que fugir dali.

Peguei a mão dela e a arrastei comigo.

Fazia tanto tempo que não segurava a mão de alguém que não fosse Lou. Como a mão dela era grande. Apesar de ser magra, preenchia totalmente a minha.

Ficamos logo atrás da porta do dormitório. Ela respirava com mais calma, mas não me soltou.

Sem pensar, continuei a arrastá-la comigo. Para dentro do nosso cubículo. Onde Lou estava em sono solto.

A gente se sentou na minha cama.

Ela se deitou para trás.

Eu me deitei com ela.

Ela tinha um quê de magreza, inclusive quando deitei meu corpo contra o dela.

Eu estava tão perto dela.

Tem algo de errado, pensei.

Tem algo de errado comigo, se sou capaz de fazer isso.

Se consigo deitar aqui e senti-la, sentir as diferenças entre ela e Anna.

Tudo que as diferencia, tudo que as torna iguais. Tem algo de errado comigo.

Preciso parar agora.

Continuei.

Era como brigar.

Parar de pensar.

Pensar tudo.

Pele sob minhas mãos. Outro corpo contra meu.

Eu não queria que parasse.

Não queria nada além que parasse.

Que alguém parasse isso para mim.

Não produzíamos nenhum som. Lou dormia. Lá fora, eles continuavam, mas era longe, o barulho aumentava e diminuía.

Eles criavam o som para nós. O som deles se tornava nosso.

O corpo dela era firme e magro, só a barriga era diferente, marcada. Estrias que iam do umbigo até o púbis, a pele tinha sido esticada.

Alguém estivera ali dentro, alguém que não estava mais com ela.

Passei os dedos sobre as estrias. Quis perguntar, mas não consegui.

Torci para que ela falasse alguma coisa.

Acariciei as estrias. E foi a única vez que ela afastou a minha mão.

SIGNE

Você se lembra, Magnus, de quando soube que eu estava grávida?

Estávamos de volta em Bergen, vivendo como de costume, algumas semanas se passaram. Era verão, estávamos trabalhando, levantávamos cedo na rotina de trabalho das nove às quatro, falando que não víamos a hora de chegar o outono e a vida de estudante. Ao mesmo tempo, os planos desenvolviam-se lá em nossa terra, em Ringfjorden, eu conversava com o Papai quase todo dia, estava quase lá, dizia ele, estava crescendo, duas ONGS nacionais se envolveram, dessa vez íamos nos mobilizar. De Bergen, de Oslo, as pessoas estavam a caminho, no país inteiro os ambientalistas estavam falando sobre Ringfjorden.

Eu estava voltando do meu trabalho temporário em um refeitório quando percebi pela primeira vez. Estava subindo a escada e de repente senti um peso nos seios, a cada passo que dava o sentia, o movimento neles, a sensibilidade de quando estava prestes a menstruar, mas mais forte, e quanto tempo fazia, quatro semanas, não, cinco, eu deveria ter menstruado na semana passada.

Fui entrando, o pequeno apartamento estava silencioso e semiescuro, não liguei a luz, mas fui direto ao banheiro sem tirar os sapatos.

Só ali acendi uma lâmpada. Posicionei-me na frente do espelho, levantei a blusa, a segunda pele.

Esse peso, o incômodo, nunca tinha sido assim antes, como se os seios precisassem de suporte, será que teria de começar a usar sutiã? Não, não podia fazer isso. Ninguém usava sutiã a menos que precisasse, só velhinhas e donas de casa.

Eu tinha a aparência de sempre e mesmo assim algo estava diferente. Enquanto eu ficava ali, na luz fria da lâmpada do banheiro, com a blusa levantada até as axilas, senti os outros sintomas também, os que eu sabia que viriam, já sofrendo deles há alguns dias sem realmente notá-los: a fadiga, a água na boca, um enjoo incipiente.

Fiquei na frente do espelho com a blusa, uma blusa de lã verde-maçã debaixo dos braços. Eu a levantava, meus braços eram dois ângulos agudos no espelho, como asas, e de repente eu sabia que estava grávida, e havia uma leveza em mim, os braços eram asas, eu podia alçar voo, mas não sabia se tinha coragem.

Naquela noite, nos encontramos na minha casa, pedi que ele viesse. Queria estar ali, em minha quitinete impessoal, não no apartamento dele.

Ele notou que eu estava quieta e contei-lhe a novidade quase imediatamente.

— Acho que estou grávida.

Primeiro, ele ficou tão feliz que nem conseguiu falar. Então perguntou se eu tinha certeza.

— Certeza? — falei. — Como você define certeza?

Ele riu, precisou levantar, pulou para cima e para baixo na minha frente, então me puxou da cama, abraçou-me com tanta intensidade que tirou meus pés do chão, carregou-me. Então se interrompeu.

— Desculpa, não pensei em quem está aí dentro.

— Se tiver algo ali dentro.

— Se? Mas você não sabe?

— Sim, acho que sim. Sempre fui um relógio.

— Tem alguém aí dentro.

Então pôs a mão na minha barriga.

— Só um aglomerado de células — falei.

— Não. Uma criança. Nosso filho. Você acha que é menino ou menina?

— Não acho muita coisa ainda.

— Signe!

Ele riu de novo, uma risada alta, estranha e muito feliz. Então se inclinou para a frente, me beijou e me puxou para a cama.

Depois, ficamos quietos um do lado do outro. Ele acariciava minha testa e minha bochecha.

— Signe, acho que você deveria ligar para ela.

Virei-me para ele.

— Para quem?

— Você sabe para quem.

— Agora?

— Filhas precisam de mães. Especialmente quando elas mesmas vão se tornar mães.

— Ainda não penso em que tipo de mãe eu serei.

— Mas será, sim.

— É muito cedo para pensar assim.

— Ligue para ela.

— Tudo de que preciso é me livrar de minha infância.

Apertei o nariz em seu braço.

— Fingir que não existe — disse ele — não é a mesma coisa que se livrar dela.

Desvencilhou seu braço delicadamente, tentando fazer contato visual comigo.

— Não vou ligar — declarei.

— Você cresceu no meio de um conflito, mas isso não significa que é seu — disse ele.

— Desde quando você é psicólogo?

—... Sou seu namorado.

— Mas você acha que preciso de terapia.

— Não sei... talvez. O que você acha?

— Não tenho tempo para a psicanálise.

— Signe, eu não disse que você deveria fazer terapia, só que deveria ligar para casa.

—... duas vezes três horas por semana, monólogo num divã... não tenho essas horas. Nem o dinheiro. Além do mais, ponho mais fé numa abordagem behaviorista. Sou uma rata. Aprendi que contato com minha mãe cria frustração. Resumindo: fico longe.

— Você não é uma rata.

— Ela é uma alavanca e quando a pressiono, levo choque. E quero que você pare de ser Skinner.

— Não sou Skinner.

— Você quer me colocar no laboratório de novo.

Virei o rosto para o outro lado, deitando-me de barriga para cima, com os olhos voltados para o teto, que era desbotado, amarelo de cigarro e da passagem do tempo.

— Eu deveria pintar — falei.

— O quê?

— O teto.

— Por quê?

— Por que alguém pinta o teto?

— Você está fugindo do assunto.

— Já coloquei o ponto final nesse assunto. Faz anos que virei a página.

—... Você vai gastar dinheiro nesse apartamentozinho desolador?

— O proprietário certamente cobrirá a despesa.

— Mas a gente não vai morar aqui, vai?

— Por que não? É barato.

Ele riu.

— E daqui a pouco vai ficar apertado demais.

— Ainda é só um aglomerado de células.

Virei-me para ele outra vez, pensei melhor… Pare, Signe, você sabe o que ele quer, e ele te ama, por que você insiste tanto, por que continua?

Dei uma risada baixinha para frisar que era uma piada e abracei-o.

Ele não retribuiu o abraço.

— Quero que você o chame de outra coisa — disse apenas.

— Tudo bem.

— Tudo bem.

— Desculpa.

— E você pode ligar para Iris.

Iris, não *sua mãe*.

— Prefiro ficar num divã seis horas por semana.

— É mais barato telefonar para casa.

— Não quero que ninguém saiba ainda. Nem ela, nem o Papai, nem seus pais.

— Mas eu tenho vontade de contar.

— Ainda não. Por favor. Nem sabemos se vai dar tudo certo.

— Ok. Vamos esperar. Mas você poderia ligar para ela mesmo assim.

— Talvez.

— Pense nisso. Só quero que tudo esteja bem quando o bebê chegar.

— Vou pensar.

Mas não deu tempo para eu ligar, porque logo depois fomos chamados de volta para Ringfjorden pelo Papai. Agora estava acontecendo.

***

Antes, os cômodos da pequena casa perto do cais davam a sensação de serem muito apertados; agora era como se tivessem se expandido. Por todo lado havia gente, conversas altas, uma mulher fazia um cozido de legumes em duas enormes panelas, e o chão fora liberado para a confecção de cartazes e faixas:

Preserve a natureza

Pare as obras

Sem Søsterfossene, Eidesdalen morre

O Papai tinha deixado a barba crescer, o que o deixava mais jovem, parecido com muitos dos rapazes que o rodeavam. Apresentou-me a todos, gastando mais tempo com Lars, que era da idade do Papai mas com uma barba mais longa e um papel de evidente liderança na ação. Não paravam de falar, todos eles, sobretudo Lars, sobretudo o Papai, depressa como só gente de Oslo consegue falar. O Papai brilhava de entusiasmo, pois a luta mal havia começado e nós tínhamos o instrumento mais forte de todos, ele falava de Gandhi, de métodos pacíficos, da força deles, o modelo indiano, a resistência passiva, a desobediência civil ancorada no conceito religioso de *Ahimsa*.

— Evitar danos, não violência... só assim poderemos ser ouvidos — disse o Papai. — E agora, logo, os olhos da Europa estarão voltados para a Noruega. Para Søsterfossene, para Eidesdalen.

Ele empurrou os óculos nariz acima, eram redondos, não tão diferentes dos de Gandhi, nem tão diferentes dos de Lars. Sentia o calor irradiar dele e queria me lançar ao trabalho, peguei um pincel e pus-me de joelhos e com mão firme comecei a preencher os traços de lápis da palavra *Eidesdalen*. O cheiro acre da tinta a óleo vermelho-viva encheu o quarto e me deixou levemente tonta, talvez não fosse bom para o bebê, mas eu não tinha tempo para pensar nisso.

À noite veio Sønstebø, ele e Magnus abraçaram-se cerimoniosamente, como de costume, como se não se conhecessem muito bem, e pelo menos não como pai e filho, antes de Papai os separar com sua torrente de palavras. Mais gente estava a caminho de Oslo, informou ele, de Bergen, amanhã o acampamento seria montado.

— Esta luta vamos ganhar! Por Søsterfossene, por Eidesdalen.

— Isso — disse Sønstebø. — Muito bem.

— E o povo de Eidesdalen — disse o Papai — está pronto?

— Está — respondeu Sønstebø. — Está, sim.

— Excelente — disse o Papai. — Quantos vão participar?

— Alguns — disse Sønstebø. — Não sei... Afinal, todos têm fazendas.

Ele não disse muito mais que isso, não vi que horas saiu, fiquei sentada ao lado de uma universitária de Oslo. Ela tinha a minha idade e, assim como eu, pedira demissão do emprego temporário para ajudar; fiquei emocionada quando me contou isso.

Dormimos no chão na casa do Papai, Magnus e eu, apinhados entre os outros corpos, era desconfortável e seguro.

Na manhã seguinte, colocamos as malas no carro, pegamos a barraca antiga do Papai (ele havia comprado uma nova), os sacos de dormir e o fogareiro eu tinha trazido de Bergen. Então subimos a serra.

DAVID

Acordei com uma leveza confusa. Ela tinha ido embora durante a noite. Não deu uma razão, mas devia ter sido por causa de Lou. E era melhor assim.

No entanto, era como se Marguerite ainda estivesse ali. Do meu lado na cama. O calor deixado por ela. A depressão no colchão onde ela tinha deitado.

Virei-me para Lou, que estava acordando. Sorri para ela. Estava com vontade de sugerir alguma coisa, um passeio, uma brincadeira, um piquenique. Pega-pega debaixo das árvores. Caça ao tesouro, talvez eu conseguisse criar um caça ao tesouro para ela.

— Hoje posso ir junto — disse Lou.

— Como?

— Não preciso ficar com Francis. Posso ir junto para saber da Mamãe. Posso ir junto para aqueles que acham as pessoas.

Anna.

August.

Seus quatro dentinhos de leite. Os grandes movimentos com os pequenos braços enquanto batia um brinquedo no chão. O som que ele fazia, encantado com o ritmo que conseguira criar. Anna, o sorriso matutino dela, os olhos estreitos que cintilavam para mim na cama. As bochechas rosadas. Ela sempre tinha bochechas rosadas ao acordar. Como se tivesse tomado ar fresco.

O que eu estava fazendo?

— Legal — falei e me sentei depressa. — Legal. É ótimo que você queira ir comigo.

Saímos juntos. Ela era Lou, a mesma de sempre. Falava pelos cotovelos, mas não sobre a lata de milho. Talvez já tivesse esquecido, ou esquecido que deveria ter a consciência pesada. Ou talvez de alguma maneira entendesse que minha consciência estava bem mais pesada.

Ela era igual ontem, passos leves sobre a grama seca, sobre a terra. Estava presente.

Enquanto eu, eu flutuava em outro lugar, sem terra firme sob os pés. Flutuava. Subia e afundava ao mesmo tempo.

Não tinha fila hoje. Uma mulher, já a tinha visto aqui antes, uma das muitas que vinham para cá com frequência, estava espreitando para dentro da caserna na hora que a gente se aproximou. Aí ela fechou a porta e foi embora sem olhar para Lou e mim.

Peguei na maçaneta e a girei. O chão, o chão limpo e bonito, estava coberto de poeira.

Uma área lisa indicava onde a mesa ficava. Um quadrado limpo em uma superfície cinza. O mesmo que acontece quando se tira um quadro da parede. No centro, estava o cabo da extensão que era conectado ao computador, vazio e inútil.

— Eles foram embora — disse Lou. — Os achadores foram embora.

— Não, não — falei. — O escritório só deve ter mudado para outro lugar no acampamento.

Lou não disse muita coisa enquanto a gente percorria casernas, barracas e dormitórios. Em compensação, eu falava bastante.

— Olha ali, com certeza estão ali, logo depois dessa esquina. Não, mas e aqui? E aquele, aquele ali podemos perguntar, ele deve saber alguma coisa. Vamos até a entrada, talvez tenham alguma noção lá. A sede então, lá pelo menos devem saber de alguma coisa. Não, sabe o que é, aqui ninguém sabe de nada, mas a gente vai conseguir, nós dois vamos resolver isso, certo? Vamos conseguir isso sozinhos. Vamos achar a Mamãe e August.

Eu falava, não só para manter meu próprio ânimo, não só para consolá-la, mas para esconder o que estava vendo.

Tinha ficado pior ainda. Latas de lixo abarrotadas. Debaixo de um varal, roupa lavada, arrancada. Suja de terra e poeira. Panelas encardidas jogadas numa valeta. Pertences pessoais, uma bolsa, duas xícaras, um sutiã, um livro, espalhados no chão entre duas casernas.

Na frente do depósito de comida havia dois guardas. Ambos uniformizados. Ambos com capacetes, coletes Kevlar e metralhadoras. Continuei falando, como se eles não estivessem ali, mas Lou apertou minha mão com força, enquanto olhava para o outro lado, nem para mim, nem para eles.

Acho que ela não viu o pior. Porque quando descobri aquilo, quando reparei nos tanques de água, levei ela embora depressa.

Ficavam bem nos fundos do campo. Eram abastecidos diariamente. Nunca os vi com menos de três quartos.

Agora a água não chegava até a metade.

Estávamos gastando a água, e não chegava mais.

Puxei Lou.

— Espera — disse ela.

— Tá — falei.

Continuei puxando. Precisávamos ir embora, pegar a estrada, sair daqui, mas não sabia para onde, porque a guerra estava se aproximando do sul e no norte as fronteiras estavam fechadas.

O leste, essa era a única direção aberta, mas para lá ficava o mar, só o mar.

Podíamos ir embora. Tentar embarcar num navio.

Mas o mar ficava a muitos quilômetros daqui. E não tínhamos água. A gente não podia simplesmente começar a andar sem água.

E, o mais importante, Anna e August... eles tinham de vir aqui. Esse foi nosso combinado, afinal. Mais cedo ou mais tarde, tinham de chegar.

Era só uma questão de tempo.

Espera. Continuar a esperar.

Arrastei Lou comigo para fora do acampamento. Mais uma vez para o barco, o único lugar em que estávamos livres de tudo.

Não percebi que Marguerite seguiu a gente. Devia estar ocupado demais falando, falando demais, para evitar conversar sobre o que eu tinha visto.

Tínhamos andado um bom pedaço pela estrada quando ela de repente apareceu. Estava ofegante, como se tivesse corrido um pouco para nos alcançar.

— Olá.

Ela sorriu. Um pouco tímida?

Meu coração deu umas batidas a mais, um sorriso idiota de adolescente se abriu.

— Olá!

Mas não podia sorrir assim para ela, o que eu estava fazendo?

— Olá — disse Lou, olhando para nós dois, primeiro para um, depois para o outro.

— Chamei vocês — disse Marguerite.

— Ah — falei.

— Os achadores não estavam lá — informou Lou.

— Ela quer dizer a Cruz Vermelha — expliquei.

— Aqueles que acham as pessoas — disse Lou.

— Mas só devem ter mudado de lugar — falei para Lou. — Ou dado um tempo.

— Com certeza — ecoou Marguerite, sem convicção.

Tínhamos parado, estávamos de frente um para o outro. Lou fitava Marguerite. Gostaria de saber o que a criança estava pensando. Será que entendeu alguma coisa?

— Estão passeando? — perguntou Marguerite.

Psiu, quis dizer para Lou. Não conte nada. Mas não deu tempo.

— Estamos indo para o barco — disse ela. — Você pode ir junto.

Lou subiu a escada com facilidade e saltou a amurada.

Deixei Marguerite subir atrás dela. Perguntei a mim mesmo se ela ia hesitar, dizer que era alto, questionar se a escada estava firme.

Porém, ela não fez nada disso.

Estava usando só uma regata. Deu para ver como os músculos se esticavam no pescoço e nas costas quando ela se movimentava.

Enquanto eu mesmo estava subindo, ouvi as duas rirem baixinho de algo lá em cima.

— A gente estava esperando por você — disse Lou assim que espiei por cima da amurada. — Marguerite e eu estávamos esperando por você.

Ela afastou as tábuas do postigo da entrada e desceu no salão.

— Primeiro as damas — disse eu a Marguerite, me arrependendo no mesmo instante.

Ela sorriu. O segundo sorriso do dia.

— Obrigada.

Estava muito apertado ali dentro, eu não tinha percebido isso antes, quando só havia Lou e eu, mas dois grandes corpos de adulto era demais.

Não importando para onde eu me virasse, Marguerite estava lá. Tentei não encostar nela, mas mesmo assim meu braço nu tocou de raspão no dela, mesmo assim senti o cheiro de seu cabelo quando passou por mim.

Não quis encostar nela. Não quis. Porém, não consegui pensar em outra coisa. A não ser que faria justamente isso. Até imaginava que Lou não estava ali.

Anna. Anna. Meu Deus. Que tipo de homem sou, que tipo de parceiro, o que estou fazendo?

No fim, me sentei à mesa de navegação. Ali ninguém caberia do meu lado.

Lou mostrou o banheiro para Marguerite.

— O Papai diz que com certeza funciona — contou Lou. — Ele conferiu a bomba.

— Que legal — disse Marguerite.

— Mas aqui não podemos usar — acrescentou Lou. — Porque aí vai acabar no jardim, né?

— Eca — disse Marguerite.

— Eca, sim! — riu Lou.

Elas continuaram a bater papo.

Riram mais. Se divertiram.

Estavam muito à vontade.

Voltei-me para a mesa de navegação. Na parede, havia alguma coisa parafusada que estava coberta por velhos sacos plásticos.

Tirei os sacos, um por um. Escondiam instrumentos. Lembravam a sala de controle do trabalho. Li por alto os nomes: ecobatímetro, VHF, GPS.

Aí descobri que o tampo da mesa estava solto. Eu o levantei. Cartas náuticas. Grandes pastas de plástico transparente com mapas.

Tirei-os de lá e os coloquei na minha frente.

Mar branco, azul-claro ao longo da costa, cinza nas partes mais rasas. A terra era castanho-claro, quase dourada. Bem apropriado. Seca. O mar estava coberto de números, por todo lado havia números, demorou um pouco até eu entender do que se tratava: profundidades grandes e pequenas.

Ao longo do litoral, os números estavam juntinhos, em muitos lugares somente um a dois metros, mas ao largo, no oceano branco e vazio, a distância entre os números era maior. Assim como as profundezas. Duzentos e cinquenta metros, trezentos, quatrocentos.

Quanta água será que um mar representava? Quantos litros? Um mar de trezentos metros de profundidade, de mil quilômetros quadrados de extensão. Quanta água seria?

A conta me deixou tonto. Uma quantidade de água infinita; e tudo totalmente impotável.

Água morta, era como Thomas, meu chefe, costumava chamá-la. Não prestava para nada. Você não pode hidratar suas plantas com ela. Não pode se hidratar com ela. Sal é morte.

Ele se orgulhava do trabalho que fazia. E o orgulho dele nos contagiava.

— A água salgada é o futuro, David. Do vinho para água é bom, mas o que a gente faz é muito melhor. Somos os mágicos do futuro.

Só que não fazíamos mágica rápido o suficiente. Não éramos numerosos o suficiente. A usina era velha demais, desgastada demais, pequena demais.

E aí… me lembrei das chamas que se apoderaram da construção. Ela queimava tão bem, quase com vigor. Imagine que algo que continha tanta água poderia queimar tão bem…

— Por onde andou?

Marguerite estava atrás de mim apontando para o mapa.

— Eu… hm… o que você quer dizer?

— Os mapas devem mostrar por onde o barco andou, não?

— Ah, sim. Pode ser.

Olhei para o mapa que estava na minha frente.

— Isso daqui é a França.

— A costa atlântica — disse ela e apontou. — Bordéus fica ali.

Abri a pasta e tirei mais mapas. Eles cobriam todas as partes dessa mesma costa, com algumas partes repetidas, de Bordéus via La Rochelle a Brest. Grandes partes dos mapas eram brancas. Mar, o Golfo da Biscaia.

— Tem mais? — perguntou Marguerite.

Peguei as outras pastas de plástico com mapas. Abri a primeira, tirei mais quatro folhas, tentei colocar elas em sequência, mas eram grandes demais para a pequena mesa do salão.

— Vamos levá-los lá embaixo — disse Marguerite.

Lou ajudou a espalhá-los na grama seca do jardim. Marguerite juntou os mapas sobrepostos, mostrando para Lou que formavam um quebra-cabeça.

Estava ventando um pouco e os mapas tremulavam. Lou e Marguerite encontraram pedras para segurá-los.

Fiquei olhando. Os dois pescoços curvados. Marguerite explicando com calma, Lou que falava alto e com entusiasmo – enquanto toda a costa oeste da Europa lentamente surgiu no chão à nossa frente.

— Do norte — disse Marguerite enfim. — Ela chegou do norte, do extremo norte.

— Ela?

— Em muitas línguas costumam chamar os barcos assim. Usam o feminino.

— Mas é um barco — disse Lou.

Marguerite deu risada. Levei um susto. Aquela risada soava tão fora de uso. Como se não estivesse acostumada a rir.

— Do norte? — perguntei.

Dos países da água.

Segui os mapas para cima com os olhos. O Canal da Mancha, Le Havre, Calais, Oostende, Vlissingen, Den Helder, Cuxhaven, Sylt, Esbjerg, Hirsthals, Egersund, Stavanger, Haugesund…

Fui até os mapas da Noruega. Parei no mais setentrional.

Que litoral, era tão diferente do litoral da França. Comparada a isso, a paisagem aqui era uma linha reta contra o mar. O litoral da Noruega era sinuoso, entrecortado, pontilhado por milhares de ilhas. E por longos fiordes imensos que se estendiam por dezenas de quilômetros para o interior.

— Estamos aqui — disse Marguerite, apontando para um ponto na grama, fora dos mapas.

— Onde está o mar? — perguntou Lou, olhando ao redor.

— Bem, bem longe — disse Marguerite.

— Mas como o barco acabou aqui — falei — no centro do país?

— Venham.

Marguerite foi andando por entre as árvores. Parou por um instante. O sol e a sombra vagueavam sobre seu rosto. Aí pareceu que ela tinha descoberto algo entre as árvores atrás da casa.

— Aqui.

Ela fez um sinal para a gente, querendo que fôssemos com ela. Nós a seguimos para dentro da moita, onde ela indicou uma trilha praticamente fechada pela vegetação.

Passava ao longo de um riacho seco. Pedras suavemente polidas no lugar que antes fora um leito.

Logo o chão ficou inclinado. Estávamos descendo por um leve declive.

Chegamos a uma construção desmoronada ao lado do riacho.

Marguerite parou ao ver aquilo. Tábuas gastas pelas intempéries, pranchas de madeira em decomposição.

— O que foi isso? — perguntou.

Estranhei a pergunta.

— Você nunca construiu diques quando era criança?

— Não — disse ela. — Nunca construí nada.

Não... gente como ela não construía coisa alguma, não tinha necessidade, quem pode ganhar tudo, não precisa construir nada.

Continuamos a andar pela trilha, logo a paisagem se abriu. Ali, entre as árvores o vislumbramos.

Um cinto largo de lama, quase totalmente seco.

— Um rio?

— Um canal — disse Marguerite. — O canal de Garonne. Ele continua até o Canal du Midi. A certa altura eles dividiam a França ao meio.

— Ao meio? — indagou Lou.

— Os canais dividiam a França, mas uniam os mares, o Atlântico e o Mediterrâneo.

— Onde está a água agora?

— O canal secou. Mas se encherá de novo, se começar a chover outra vez.

— Quando começar a chover outra vez — emendei.

— Como?

— O canal vai se encher outra vez *quando* começar a chover.

Marguerite olhou para mim, quis dizer algo.

Fitei olhos duros nela em resposta. Simplesmente teria de entender isso. A gente não podia falar assim perto de Lou. Ela se conteve.

— Quando começar a chover — ela disse a Lou —, o canal se encherá outra vez... Só precisa de um pouco de chuva.

Voltamos para casa juntos. Lou no meio de nós dois. De repente pensei que ela fosse esticar as mãos. Uma mão para cada um de nós. Que nos fizesse levantar ela no ar. Pular. Do jeito que fazia antes, comigo e Anna.

Porém, ela caminhou sem pegar a mão de nenhum de nós. E isso foi bom. Porque ela não devia andar de mãos dadas assim, não com Marguerite.

Passamos por um trator. Estava na beira da estrada. Abandonado.

Alguém o tinha assaltado. Cortado o assento de couro com faca. A espuma de borracha estava saindo.

Marguerite olhou para mim, por cima da cabeça de Lou. Será que é seguro andar por essas estradas sozinhos, talvez pensasse.

Apertamos o passo. Voltamos depressa para o acampamento.

— Obrigada — disse Marguerite assim que chegamos. — Por me deixar ver o barco.

— Pois... — falei.

— Por nada — disse Lou.

— Boa noite — disse Marguerite. — Até mais.

— Você pode ir com a gente amanhã também — ofereceu Lou.

— Ela não deve querer — afirmei.

— Você não quer? — perguntou Lou.

— Quero muito — respondeu Marguerite.

No entanto, ela não esperou até a manhã seguinte.

Voltou já naquela noite.

Estava ali com seu corpo. A firmeza ondulante sob meus dedos. A suavidade óssea.

Você está aqui, pensei.

Você está aqui, embaixo de mim, em cima de mim.

E não consigo me abster. Não vejo por que me abster. Não consigo refletir sobre por que deveria me abster. Anna era um buraco na cabeça. Anna e August eram um buraco negro onde tudo sumia.

Mas Marguerite me enchia de novo. Um pouquinho, só um pouquinho.

Não conversamos. Eu tinha vontade, queria saber tudo sobre ela. Queria ouvir tudo.

Porém, não podíamos falar. Porque Lou estava dormindo quietinha.

Só podíamos ficar deitados assim. Embaixo um do outro, em cima um do outro. Eu queria soluçar. Uivar. Gritar. Mas estava o mais quieto que pude.

Enquanto torcia para que o buraco se encolhesse.

Enquanto odiava que o buraco se encolhesse.

SIGNE

Não há vento. Ligo o motor e ando com poucas rotações. Escuto melhor assim, estou em pé, estico-me, mas enxergo pouco.

Trinta e três quilômetros e cem metros na parte mais apertada – o estreito entre Dover e Calais, a França a bombordo, a Inglaterra a boreste. Fico próxima à costa britânica para evitar o tráfego de balsas, é como se a terra firme me espremesse, o vento acalma e a neblina vem chegando, da Inglaterra, claro, a terra da neblina.

Inglaterra, Inglaterra, ali está outra vez, nunca voltei, evitei o país, o cheiro de fritura, o fumo de cigarro, o sabor de tijolo, o olhar do recepcionista, também não estou indo para lá, jamais irei. Nem se precisar de um porto de refúgio, aí prefiro naufragar.

Sob o canal corre um túnel. É incompreensível, a cada hora passam centenas de pessoas de trem embaixo de mim, com milhões de litros de água sobre a cabeça. Como têm coragem, aqueles que todos os dias embarcam no trem e conscientemente se deixam levar sob o leito marinho, afinal, não se pode estar em um lugar mais confinado e enterrado do que isso.

O nevoeiro fica cada vez mais denso, nuvens que amam a Terra, dizia o Papai, ele gostava de neblina, mas a neblina aqui… agora… Levanto-me, a visão desvanece, o mar evapora diante de mim, atrás de mim, não vejo mais o céu.

Está escuro, uma escuridão peculiar e cinzenta. Acendo as luzes de navegação, o que pouco adianta, é mais por fazer, uso a buzina de nevoeiro, seus uivos fracos são engolidos pelo ar saturado de água, um apito longo e dois curtos, um longo, dois curtos.

Porém, tenho a posição, tenho a bússola, se eu só continuar exatamente no mesmo rumo, deixar a buzina soar, estou segura.

Agarro-me à cana de leme, os nós dos dedos empalidecem, estou com os olhos fixados na agulha da bússola. Todos os sons apagaram-se, como num vácuo, como no espaço sideral, a umidade do ar impede as ondas sonoras de passar, tento a buzina de nevoeiro outra vez, mas o som é tão franzino, um quase nada.

Sigo em frente, o mesmo rumo, mantenho a velocidade baixa, três nós, nesse ritmo vai demorar horas até eu passar o estreito de Dover, mas não tenho coragem de fazer outra coisa.

Então o escuto, o motor de outro barco... não, não um barco... o ronco do motor enorme de um navio.

Viro-me.

De onde vem?

Somente a mesma parede cinzenta de todos os lados.

O navio está se aproximando, o ronco aumenta, mas de onde vem? Desligo o motor, fico rígida, o som da minha jaqueta quando me movo, o tecido da jaqueta roçando, e o navio, o navio, que ainda não existe como outra coisa senão um estrondo constante e pesado, gradualmente, implacavelmente aumentando de intensidade.

Viro-me outra vez, o som vem de boreste. Viro a cabeça. Não, de bombordo. Audição desgraçada, o ouvido direito é mais fraco que o esquerdo, fiquei perto demais de um megafone alguma vez, ou talvez fosse a rebarbadora em

Alta, o protesto de Alta, mais uma derrota, levaram um dia para cortar nossas correntes, achávamos que íamos vencer, e em um único dia conseguiram nos desacorrentar. Mas agora não preciso mais da audição, pois já vejo o navio, está surgindo, uma sombra gigante e cinza, tal qual uma montanha, logo diante de mim.

Vindo diretamente na minha direção, a meu bombordo.

Minha buzina de nevoeiro ressoa, um longo, dois curtos, repetidas vezes, mas é abafada pelo som do motor do grande navio, não me viu, só continua, e embora caiba ao navio desviar, pois chega a meu bombordo, guino o leme fortemente para o lado, ligo o motor a todo vapor, e...

Sobram apenas alguns metros entre mim e o navio, posso vislumbrar as manchas de ferrugem no costado do navio, as juntas de solda na estrutura de aço.

Ele provavelmente não me viu. O capitão lá em cima no passadiço, ele não sabe, nunca saberá, que nesse dia quase matou uma velejadora solitária de 67 anos da Noruega.

Entretanto, ele já desaparece outra vez, o navio desaparece atrás de mim, e acho que vejo o tempo clarear. Ou talvez sejam apenas pontinhos brancos pairando diante de meus olhos, porque agora finalmente me lembro de respirar outra vez.

E dou risada, rio alto de alívio.

A risada reverbera, mesmo através da neblina, ela reverbera e fica.

Sou inexorável.

Sou, e sempre fui, bastante inexorável.

Inexorável.

Sobretudo na luta por Eidesdalen, infectada pela raiva, pela criança que crescia dentro de mim, lembro-me de como a raiva crescia juntamente a ela, como queimava e esquentava, ficando mais forte a cada dia.

Inexorável, mas não feliz. Há pessoas que passam a vida inteira com uma luz nos olhos, elas se movimentam tranquilamente, passam pelo mundo com segurança, são capazes de se deleitar com um bom prato de jantar, uma noite em boa companhia, um passeio na floresta com pessoas queridas. Guardam tais momentos, carregam-nos consigo e voltam a eles quando a vida fica dura, agarram-se a eles, aproveitam-nos, aquecem-se neles. Acho que essa habilidade deve ser inata, genética, assim como um dom para números ou palavras.

Mas lá em cima eu estava feliz, lembro-me de que estava feliz. O acampamento foi montado no fim da estrada de serviço, no alto da montanha, a 1.100 metros acima do nível do mar, onde planejaram construir a nova represa. Mas não haveria represa, não haveria túnel. Não haveria dutos descendo em direção à usina, pensávamos. Pois a cada dia mais ativistas juntavam-se a nós, logo éramos mais de quinhentos, a maioria jovens, até mesmo algumas crianças faziam parte, pois era verão e época de férias, e as crianças corriam descontroladamente por aí como se estivessem em uma colônia de férias diferente.

As barracas, todas barracas de montanha baixinhas feitas para condições como essas, estavam espalhadas por uma grande área pedregosa. O tempo nos atingia com intensidade lá em cima, em uma altitude tão elevada, e chovia com frequência, pois a área ficava em um lugar onde as nuvens do mar se descarregavam ao encontrar as montanhas. Porém, isso nos afetava pouco. Os dias eram longos, claros, e compartilhávamos tudo, histórias, comida, café, cigarros e ativismo. À noite, reuníamo-nos em torno de uma grande fogueira, enchendo o silêncio da montanha com cantoria e declamação de cartas e artigos de jornal. Líamos tudo que chegava até nós, tudo que falava sobre nós. Todo dia recebíamos declarações de apoio em forma de cartas, jornais e comida que eram despejados de pequenos aviões, sinais de que estávamos chamando atenção, de que participávamos de algo histórico, nunca antes a luta ambiental norueguesa se expressara em uma manifestação como essa. E o melhor de tudo: nossos protestos repercutiam também fora das fronteiras do país, pois logo os jornais suecos, dinamarqueses e até os alemães estavam escrevendo sobre a ação.

Nunca me senti tão em casa em qualquer lugar como lá em cima e queria que durasse para sempre. Mas as lembranças não se tornaram algo em que poderia me aquecer, pois logo tudo chegaria ao fim, assim como o resto de minha vida, tal qual a conhecia.

O início do fim... talvez tenha sido naquela manhã quando o delegado chegou de Ringfjorden. Recém-empossado no cargo há uns dois anos, nem eu nem Magnus o conhecíamos, um jovem com sotaque de Stavanger. Trouxe três homens e um megafone, pelo qual balbuciou seu discurso pré-preparado.

Com insistência e fervor, sem raiva, ele nos pediu que saíssemos, fez referência ao Código Penal, que, em sua opinião, estávamos todos violando, e disse que corríamos risco de levar penas de multa ou até de prisão.

— Estão recebendo ordem de desocupar o local imediatamente para que a obra possa continuar.

Apertei a mão de Magnus.

— Esqueça — falei baixinho, para ele e para mim mesma.

Porque ficaríamos, era óbvio que ficaríamos, permaneceríamos até eles nos carregarem dali.

O delegado continuou:

— Já deram a conhecer o que desejavam dar a conhecer, atingiram o que desejavam atingir.

— Que fala — disse eu.

— Achei que você gostasse de ver as pessoas se expressarem corretamente.

O Papai deu um passo à frente, sorrindo para o delegado.

— Entendemos que o senhor está aqui porque não tem escolha — disse. — Mas o senhor apenas representa Ringfjorden... não vejo o delegado de Eidesdalen aqui em cima.

— Tampouco vejo muitos dos habitantes de Eidesdalen aqui — retrucou o delegado.

— Eles têm fazendas para tocar — disse o Papai. — E não estamos aqui apenas por eles. Estamos aqui pela natureza, pelo melro-d'água, pelos mexilhões de água doce.

O delegado ficou parado, hesitou, os três policiais vagavam atrás dele, ninguém parecia saber onde colocar as mãos. Nós éramos quinhentos, eles eram quatro.

— Acho que já disse o que tinha a dizer — observou o delegado, dando um passo para trás.

— E nós o ouvimos, mas não obedeceremos — disse o Papai.

— Só posso esperar que encontremos uma solução pacífica — disse o delegado.

— Somos adeptos da não violência — afirmou o Papai.

— Se forem sérios, deverão seguir a advertência e levantar acampamento.

Ele ficou com um ar perdido agora que estava sem uma folha para ler.

— Coitado do cara — comentou Magnus baixinho.

— Ninguém o está forçando — falei.

— É o trabalho dele — disse Magnus.

— Bem — disse o delegado em voz alta. — Suponho que voltaremos a nos ver.

— O senhor sabe onde nos encontrar — observou o Papai.

O delegado fez um gesto para os três agentes e eles se retiraram.

Cantamos vitória, todos nós, assim que ligaram o carro e foram embora.

— Um a zero para nós — disse o Papai.

Magnus não falou nada, só foi até a barraca, e eu me apressei a segui-lo.

Tinha começado a chuviscar.

— Você está com fome? — perguntei.

Ele encolheu os ombros.

Peguei o fogareiro, levei-o para fora e de repente senti que estava com muito frio. Minhas mãos tremiam na hora que ia despejar o álcool no queimador; a garrafa já estava pela metade, precisávamos conseguir mais amanhã.

Achei uma lata de ensopado e comecei a esquentá-la diretamente na chama. Na verdade, não gostava do cheiro de comida enlatada, tudo que era enlatado tinha um sabor peculiar, como se chegasse primeiro e principalmente o sabor da lata, e agora o vapor subiu da massa pastosa, invadindo as narinas. Essa alimentação aumentava o enjoo, e dificilmente seria saudável para o bebê na minha barriga.

Magnus estava sentado na entrada da barraca. Ela se erguia torta atrás dele, a lona pendia entre os paus; não fora devidamente esticada. Ele só ficou sentado ali, feito um saco, embora os pratos amassados de alumínio de que comeríamos ainda estivessem sujos.

— Você não vai cuidar disso? — Joguei os pratos para ele.

— Você não precisa ficar brava.

— Mas você pode lavá-los?

— Signe, você sabe que mais cedo ou mais tarde precisaremos sair daqui.

Não respondi, mexi na panela, o ensopado estava prestes a grudar, a panela fina de alumínio não aguentava nada.

— Não podemos simplesmente ir embora? — disse ele. — Agora.

— A comida está pronta. Você precisa lavar os pratos — falei.

— Signe?

— Está queimando.

— Você não pode pelo menos descer e falar com Iris? — perguntou Magnus.

— O quê?

Mais uma vez o primeiro nome, *Iris*.

— Ela está muito triste, Signe.

— Você conversou com ela?

— Por favor... você não pode negociar com ela?

Negociar com ela?!

— Não — falei.

— Estive lá ontem — comentou ele.

— Quando?

— À noite.

Eu nem percebera que ele havia saído.

— Ela está triste porque você... vocês... levam isso tanto para o lado pessoal.

— Como se fosse outra coisa senão pessoal?

— Ela ainda é sua mãe.

— Você não o leva para o lado pessoal? É sua família. Seu vale.

— Tento separar a pessoa da causa.

Não consegui deixar de rir, uma breve tosse de uma risada.

— Não entendo como você acha que devo levar isso. Senão for para o lado pessoal, o que é então?

— Os que vêm de Oslo, de Bergen — ele fez um gesto em direção à fogueira do acampamento — talvez tenham entendido. Eles vêm pela causa.

— Não — falei. — É você que não entendeu. Eles também o levam para o lado pessoal, é a cachoeira deles, a água deles, o vale deles, mesmo que não sejam daqui.

Ele ficou parado um pouco, tinha um ar abatido, então esticou os braços para mim, sorrindo levemente.

— Às vezes não entendo como você aguenta, Signe.

— Aguento? Como se tivesse escolha?

Quando chegou a noite, aninhei-me no saco de dormir como de costume, mas era impossível encontrar o sono. Eu estava tão úmida, com tanto frio, não adiantava o quanto eu fechasse o saco, e não entendia como poderia me esquivar da lona da barraca, que o tempo todo estava perto demais do rosto. Senti o gosto queimado do ensopado na boca e do álcool. De repente eu estava tão intensamente cansada do gosto de álcool, do cheiro de álcool e da chuva que caía constantemente, a umidade que se infiltrava em todo lugar, mas não podia compartilhar isso com Magnus, que estava dormindo com o rosto virado para o outro lado. Seria dar razão a ele.

DAVID

— Estamos dando comida para a madeira — disse Lou.

Encontramos lixas, óleo e pincéis no depósito de ferramentas. A essa altura estávamos saturando de óleo os bancos rachados. A madeira devorava tudo que recebia feito terra seca devorando água. O óleo mudou a superfície, deixando-a mais macia, dando-lhe uma coloração mais quente.

Éramos nós três e o barco. Nunca descobri para onde a Cruz Vermelha tinha ido. Só queria parar o tempo.

Arrumamos os armários. Encontramos livros antigos, algumas latas de comida, roupa de cama.

Marguerite levou uma pilha de almofadas até a cabine. Cheiravam a bolor.

— Desaparece no sol — disse ela, deixando as almofadas para arejar.

Enquanto trabalhávamos, eu pensava em Marguerite. Em seus lábios nos meus.

Tinha vontade de beijá-la o tempo todo. Colocar as mãos na cintura dela, me enterrar em seu cabelo.

Porém, Lou estava ali. Com a voz aguda e os olhos rápidos, que captavam tudo. Ou nada, eu não sabia.

E não queria que ela saísse, pois gostava de vê-la com Marguerite. Gostava de ouvir as duas conversarem, darem risada.

Passaram-se três dias.

Marguerite e eu não falávamos sobre o dia que passou, nem sobre o dia que viria, sobre a seca, sobre há quanto tempo não chovia. Nem sobre o tempo.

A gente só falava sobre o que comia, sobre a água que bebia, sobre o sol no céu, as árvores da alameda. Sobre o barco.

Toda vez que chegávamos perto de outra coisa, eu fazia questão de que parássemos. Ou ela fazia isso, tanto quanto eu. Até Lou ajudava, com sua tagarelice e risada.

Ela falava muito de Francis. Os dois tinham uma brincadeira, dizia ela, estavam no meio de uma brincadeira. Mas não perguntei como era.

Três dias se passaram e o quarto dia chegou.

Aí Lou de repente não quis ir para o barco. Ia brincar com Francis, disse ela, o dia inteiro. Tinham combinado.

Cedi fácil demais, pois sabia o que significava, que podíamos ficar sozinhos, Marguerite e eu.

Fomos até o barco. Ninguém disse nada no caminho. Não olhei para ela, só para a estrada na minha frente, na poeira levantada pelo vento quente. Não caminhamos perto um do outro, não tocamos um no outro, mesmo assim senti o corpo dela a meu lado o tempo todo.

Logo subimos no barco.

Ela se despiu. Foi a primeira vez que a vi nua à luz do dia.

Dessa vez, ela não tirou minhas mãos da barriga, das marcas.

Queria que ela me contasse, mas ela não disse nada. Não disse nada, mas também não me impediu. Me deu acesso. A gente não tomava banho fazia tempo. Estávamos pegajosos, salgados. A poeira seca formava uma camada em nós dois. Estava entre nós, se tornava parte de nós, parte *daquilo*.

Depois ficamos deitados em silêncio.

Não pude deixar de olhar para as marcas. Passei a mão sobre elas de novo.

Alguém já esteve ali dentro, mas ela não ia me contar.

Da mesma forma que eu não diria nada sobre Anna.

Anna. De repente não consegui olhar para Marguerite.

Minha namorada... ela tinha ficado com uma barriguinha depois da segunda gravidez. Mas sem marcas. E os seios... Ela achava que tinham mudado, mas eram como antes. Pequenos e redondos, cabiam na minha mão. A sensação deles na palma da mão...

Anna não tinha vergonha. Era capaz de brigar comigo sem estar de roupa. A gente gritava um com o outro. Brigava com frequência. Provavelmente mais que a maioria. Ela me distraía com seus peitos. Ficava ali com eles para fora. Os peitos jovens, leves. E aí ela de repente desatava a rir, no meio da briga. Porque descobriu como meus olhos saltavam de lá para cá, da boca que gritava, para os peitos sorridentes, que pareciam dois olhos no meio do corpo.

Marguerite sentou e esticou-se para pegar o vestido. Puxou-o sobre a cabeça, escondendo a pele clara e sardenta. Anna ficava bronzeada. Dourada. Nunca usava protetor solar.

Um gemido profundo quis sair. Encolhi-me, virei para o lado. Não podia deixar que ela escutasse.

— Estou levantando — disse Marguerite.

— Tudo bem — falei.

— Você vem?

— Mmm.

Mas não consegui me mexer, fechei os olhos, só via Anna.

Anna enquanto estávamos correndo. Anna com August nos braços.

Eu a tinha perdido. Eu tinha perdido August. Saí de Argelès sem eles. Que tipo de homem faz uma coisa dessas? Que tipo de pai?

E agora eu estava aqui transando com outra mulher. Uma mulher bem mais velha ainda por cima. Uma mulher que simplesmente estava ali. Que estava disponível. Eu transava com ela por um único motivo: porque precisava de uma mulher.

Eu era assim.

Levantei-me depressa, botei a roupa e saí para a cabine. Precisava fugir de mim mesmo. Fazer alguma coisa.

Marguerite estava sentada em cima das almofadas recém-arejadas olhando para as árvores. Com o vestido somente meio abotoado, eu podia vislumbrar a linha entre os seios. Ela não se virou quando cheguei.

Achei que ouvi a estrutura ranger debaixo do barco na hora que saí. Um barco encalhado em cima de um suporte. Não pertencia a este lugar. Era tão passivo e deslocado como eu.

E de repente eu sabia o que fazer.

— A gente tem que tirar daqui — falei.

— O quê?

Agora ela estava olhando para mim.

— Precisamos colocar o barco de volta no canal.

— É?

— Ele precisa estar pronto quando a chuva chegar.

Ela me olhou admirada.

— Vai começar a chover — afirmei. E de repente as palavras saíam de mim aos borbotões. — A chuva vai voltar. Mais cedo ou mais tarde vai ter que começar a chover de novo. Não estou falando daquela chuvinha de nada que tivemos nos últimos invernos. Estou falando de chuva de verdade, de outono, que dura. Chuva por semanas a fio. Toda a chuva que não tivemos. Mais cedo ou mais tarde, ela tem que voltar. Mais cedo ou mais tarde.

Ela me olhou admirada.

— Não vai depender de mim — falei. — Não vai depender do barco. Ele vai estar pronto quando a água chegar.

Marguerite ainda não disse nada, mas ela se levantou. E terminou de abotoar o vestido.

— Você vai me ajudar? — perguntei.

— Claro que vou — respondeu.

Demorou dois dias.

Incluí Caleb, Martin e Christian nos planos. Assumiram a tarefa sem perguntas. Estavam felizes por poder preencher o tempo, diziam, por sair do campo, onde tudo só piorava.

Arrombamos alguns celeiros e encontramos o que precisávamos: materiais, ferramentas, um velho carrinho. Caleb prendeu uma tora à parede da casa. Tinha arranjado umas roldanas. Fez furos profundos nela e criou um sistema de fixação.

Usamos todas as velhas cordas da lona. Só descartamos as mais carcomidas. Demos repetidas voltas ao barco com elas. Deveriam aguentar o peso todo, *tinham* que resistir.

Na segunda noite arrombamos a caixa do gerador do acampamento e puxamos um cabo elétrico até a estrada. Carregamos o trator abandonado. Não roubamos mais energia do que o necessário. Só o exato suficiente para percorrer os poucos metros até a casa, e de lá pela moita até o canal.

A chave estava no contato. O trator ligou na hora, andou sem protestar, descendo para o pátio e indo até o barco.

Caleb tinha transformado o velho carrinho num reboque. Em cima dele, fizera um suporte. Agora acoplamos o reboque na traseira do trator.

O ar ficou parado enquanto içamos o barco.

O casco repousava firmemente sobre as almofadas floridas do sofá da casa abandonada.

Ele era tão grande e pesado. O trator deveria engasgar com o peso, pensei.

No entanto, quando girei a chave e liguei o motor outra vez, ele puxou sem dificuldades. Tanto o trator como o barco sobre o reboque se moveram.

Através do jardim, trilha abaixo, rumo ao canal.

Lou estava correndo ao lado.

— Vai lá, Papai!

Dei ré para o canal, tive que me virar para manter os olhos no barco o tempo todo. Minhas mãos estavam suadas, as costas estavam suadas. Imagine se não desse certo, se o suporte cedesse, se o reboque não aguentasse?

Era íngreme, muito íngreme.

Fechei os olhos e continuei. Senti o barco puxar. Ele ganhara impulso.

Estava descendo para o canal.

Eu não precisava mais pisar no acelerador. A essa altura o reboque estava rolando por conta própria. A gravidade tomava conta.

— Pare! — gritou Martin.

— Pise no freio! — berrou Christian.

Fiz o que mandaram, mas a força do peso do barco atuou sozinho.

Agora vai tombar!

Mas não tombou.

Apenas derrapou para dentro do canal. Exatamente como tínhamos imaginado.

O reboque bateu no leito lamacento.

— Espere! — gritou Caleb.

Como se eu pudesse fazer outra coisa.

O trator estava com as rodas traseiras na borda do canal. Prestes a desabar.

Caleb e Christian correram para mim e soltaram o reboque. Pisei fundo e dirigi alguns metros para a frente, de volta ao pátio.

— Viva! — gritou Lou, dando pulos.

Todos aplaudiram.

Pois o barco estava ali, no meio do canal. Seguramente posicionado no suporte sobre o reboque, que a essa altura estava bem encalhado na lama.

Ali ficaria. Atracado na lama.

De cal e pedra, até a chuva chegar.

Caleb, Martin e Christian não queriam nada pelo trabalho. Eu também não tinha nada para dar.

— Mas o trator — disse Christian —, vocês talvez não precisem dele.

— Pode pegar — falei.

Christian se sentou ao volante.

— Vamos — disse ele para Lou em seu francês ruim. — *On y va.*

Ela correu lá e sentou ao lado dele.

— Vocês também! — Ele se virou para nós.

A gente se amontoou na geringonça enferrujada, todos os cinco, e partimos de volta para o acampamento.

O toque-toque do trator vibrava dentro de mim.

Se deslocar assim, sem usar força... era tão trivial, e mesmo assim eu não tinha parado para pensar nisso no passado. Naquela época, eu era levado e transportado o tempo todo, por carros, ônibus, trens, aviões. Não usava força nenhuma, energia nenhuma, para me locomover.

Tinha sido tão simples.

Adorei ficar assim, sendo levado pelo motor barulhento.

Mas o trator não durou muito. Só algumas centenas de metros. Aí a energia acabou.

A gente o largou quase no mesmo lugar onde o pegamos e caminhamos o último trecho até o acampamento. Com passos leves.

SIGNE

O nevoeiro dissipa-se, o vento aumenta, pego na escota para desenrolar a vela de proa, mas algo, uma agitação na água, me faz parar. A superfície está ininterrupta, ainda assim há algo lá embaixo, muito abaixo de mim.

Um som alto de sucção. Viro-me rapidamente para bombordo, e ali está ela, a uns cinquenta metros do barco, um jato alto sai da água. As baleias cantam, têm a própria língua, mas o canto não se ouve aqui em cima. O que chega é esse som estranho, quase mecânico, da água borrifada pelo espiráculo.

As costas azul-escuras aproximam-se, escoando em direção ao barco, são compridas, meu Deus, que compridas, talvez vinte metros, o dobro do *Blå*. Uma baleia-fin, deve ser uma baleia-fin, a segunda maior espécie depois da baleia--azul, encontra-se em todas as águas, já vi baleias antes, mas nunca uma tão grande, nunca tão perto.

O corpo é um arco na superfície antes de mergulhar outra vez, sendo engolida pela escuridão.

Onde você está, onde você está? Saia agora, nade calmamente para longe daqui.

Mas então ela surge outra vez. Está a poucos metros de mim, nada lado a lado com o barco. Deve ser uma fêmea, elas ficam maiores, talvez 50 toneladas, talvez 60, em comparação com as pequenas 3,5 toneladas do Arietta. Apenas uma sacudidela do enorme corpo e o *Blå* será danificado, só uma sacudidela, e não há nada que eu possa fazer. Tão grande, tão pesada, ela pode me machucar se quiser, estragar o barco, colocar as costas contra o casco, derrubar o *Blå*, e me derrubar também.

Quanto tempo sobreviverei na água, quão fria estará? Talvez oito graus, talvez dez, a dez graus, estarei consciente por uma hora, levará três horas para eu morrer de hipotermia. A não ser que antes eu seja tomada pelo pânico e comece a respirar pela boca, engolir água, vomitar, sufocar, a maioria que morre afogada sabe nadar, é o pânico que os leva, não a água fria. Ou talvez seja a baleia que me pegue, me puxe para baixo, muito antes de eu ter tempo de ficar hipotérmica, me arremesse de um lado para o outro, brinque comigo, uma brincadeira desalmada motivada por impulsos animais incompreensíveis. E não há ninguém aqui que possa me salvar.

Outra vez, ela respira pelo espiráculo. O som é alto e intenso, a coluna de água é tão forte que posso sentir as gotas de onde estou, será que devo fazer algo, fazer um som, talvez isso a espante? Ou será que a provoque?

Não faço nada.

Ela mergulha, mas só por um instante, logo está de volta mais uma vez, a apenas dez metros de distância agora, vindo direto para mim, vai virar o barco, vou cair ao mar, ela me puxará para baixo, me puxará para baixo...

Contudo, no mesmo instante, ela mergulha, some outra vez, está a centímetros do costado, como que de propósito, como se estivesse se divertindo com o barco, e dito e feito, agora surge do lado boreste, levo outro susto com o intenso som da respiração.

Ela se afasta, mas faz uma curva, voltando para mim; desliza pela água ao longo do casco do barco, como se quisesse chegar bem perto, acariciá-lo. Mas nunca o toca e lentamente meu medo esmorece.

Costumam andar em pares ou grupos, neste inverno, quatrocentas baleias encalharam na Nova Zelândia, encalharam e nunca escaparam, porque esperaram uma pelo outra. As menores baleias poderiam ter conseguido, na maré alta poderiam ter desencalhado, mas permaneceram, não abandonaram os pais, ficaram com o bando, preferindo morrer com eles.

Essa baleia tampouco deve estar sozinha, certamente tem seu par ou um filhote por perto, e de qualquer forma, tem o oceano inteiro debaixo de si, com toda sua vida, seu número inimaginável de espécies. Só eu estou sozinha aqui na superfície, só eu e a grande superfície de mar, e um vazio infinito sobre mim. Sou uma cruz num mapa, um ponto numa superfície, insignificante, quase invisível, como somos todos, pois à distância, visto de cima, cada um de nós desaparece, do espaço é a água que se vê, o mar, as nuvens, as gotas que dão vida à Terra, o planeta azul, diferente de todos os outros planetas que conhecemos, tão solitário no universo como cada um de nós aqui embaixo.

Fique, querida baleia, fique aqui comigo, pode ficar.

Mas no mesmo instante ela vai embora, desaparece do nada, sem reverberações nas ondas, sem bolhas na água, resta apenas a superfície plana, o chão enorme e indomável de água com seu sistema insondável de ondas e correntes, não duro, mas ainda assim fechado.

E a baleia não volta.

Não consigo me mexer, só fico aqui, sentindo o piso sob os pés, o frio nas mãos, o vento leve, a umidade do ar.

Sou só eu, eu e a superfície. Em alguns períodos da vida cheguei a pensar que tive um rebanho, em Eidesdalen, Alta, Narmada, mas na verdade era apenas eu, sozinha, agora e sempre.

Acho que fiquei sozinha naquela noite em que o Papai explodiu a ponte. Acho que já aconteceu naquela noite.

Encontraram-se lá em cima, ele e Sønstebø, no meio da noite, no escuro. Fico perguntando a mim mesma no que o Papai pensava quando fixaram as bananas de dinamite na madeira fresca, se pensava na Mamãe e em mim, ou se só pensava naquilo que tinha entre as mãos, os cordéis detonantes, o explosivo, em Alfred Nobel que inventou a dinamite em algum momento do século XIX, seria típico dele pensar em Nobel... E depois de terem levado o caminhão embora, no momento em que se posicionaram para detonar as cargas, será que então pensou em nós, em mim? Será que Sønstebø pensou em seu filho, em Magnus?

Ou será que os dois homens pensaram que estavam participando de uma guerra, que na guerra tudo é permitido, será que era uma guerra que estavam travando, os dois, lá em cima da encosta, naquela noite?

Entreguei o Papai, o começo do fim foi eu ter contado à Mamãe sobre ele e Sønstebø. Eu carregava a culpa, carrego a culpa da minha própria solidão, eu mesma a escolhi, sou condenada a ser livre, não posso negar a responsabilidade. Mas foi ele, foram os dois homens que amarraram a dinamite na ponte; isso de fato aconteceu primeiro. Eu era uma garota gorduchinha com a voz um pouco alta demais, estava presa num globo de neve e apenas fiz o possível para sair.

Magnus, você não sabia nada sobre a ponte, sobre a noite que nos aproximou. Eu estava sozinha, você foi um intervalo em meus anos solitários, mas talvez tudo seria diferente se nossos pais não tivessem explodido a estrada. Talvez o intervalo tivesse sido mais longo.

Ou talvez nem teríamos começado a namorar. E eu estaria sem aquela pausa, sem aqueles anos que afinal tivemos.

Eu teria ficado sem eles?

Eu teria ficado sem Magnus?

Pare.

Pare, Signe.

Lambo os lábio para umedecê-los.

Preciso içar velas, pego na escota outra vez e me inclino. Estou prestes a puxar, mas faço um movimento desajeitado e bato o joelho no banco da cabine, a dor irradia de lá, choques quentes indo para os pés, subindo pelas coxas, espalhando-se pelo corpo todo, soluço, dói mais e mais, e só posso pensar na dor física. Por um momento, preciso pensar só nela.

DAVID

Sentimos o cheiro de fumaça bem antes de ver a entrada do campo de refugiados.

Era tão implacável, reconhecível. O cheiro acre de incêndio, ele estivera ali o tempo todo.

O cheiro de fumaça era algo maciço que tinha me invadido e se instalado em mim. O ardor na garganta, nos olhos, o aperto no peito.

Marguerite começou a correr. Peguei a mão de Lou e corri também.

Quando chegamos, as pessoas estavam correndo para todos os lados, levando seus poucos pertences embora, ou se apressando em direção ao incêndio, na esperança de poder ajudar.

Caleb apontou com o dedo.

— São as casernas sanitárias — disse. — Alguém ateou fogo nas casernas sanitárias. São aqueles filhos da puta do norte, tenho certeza que são eles.

— É o chuveiro feminino? — perguntou Lou. — Papai, o chuveiro está queimando?

Corremos para mais perto. Christian, Caleb e Martin primeiro, eu com Lou na mão logo atrás. Marguerite na retaguarda. Paramos só na hora de sentir o calor das chamas.

Por enquanto só as casernas estavam queimando, parecia restrito. Parecia inofensivo. Algo controlável.

— Ai, não. As árvores — observou Christian.

As árvores, as árvores cuja sombra matinha o acampamento fresquinho eram uma armadilha em caso de incêndio. Os galhos se esticavam em direção às casernas. Se as chamas pegassem, não teria volta. Aí não teríamos outra escolha senão nos mandar. Fugir, do jeito que fugimos de Argelès.

As pessoas corriam para lá e para cá com baldes semivazios. Alguns estavam com mangueiras na mão, direcionando jatos fracos para dentro das chamas que evaporavam e desapareciam.

— A água — disse Marguerite em voz baixa. — Estão gastando toda a água.

Ela tinha razão. O incêndio estava consumindo as últimas gotas do acampamento.

O fogo tomou conta da madeira, abrindo caminho para dentro, para cima e desaparecendo em uma cauda de fumaça grossa e preta.

Martin, Christian e Caleb também tinham se lançado ao trabalho. Estavam carregando um tanque de plástico entre si, alguns litros balançavam no fundo.

— Mais para as mangueiras! — gritou Caleb.

Vários outros passaram correndo por nós, tão perto que alguém esbarrou em mim, um ombro duro contra meu, e quase perdi o equilíbrio.

Lou puxou a manga da minha camisa.

— Papai? A gente precisa ajudar! A gente precisa impedir. Precisamos parar o fogo!

Mas aí ela descobriu uma coisa.

— Francis. — Ela deu alguns passos na sua direção.

— Ele está ajudando!

O fogo o iluminou.

Ele estava ali, forte e empertigado, com uma mangueira. De repente ele era um homem, não mais um velhinho.

Ele avançava com constância, atacando as chamas na linha de frente. Dava ordens e todos o obedeciam. Ele também estava inflamado.

Gritava que tudo em volta das casernas teria que ser tirado, para não alimentar o fogo.

Caleb e Christian começaram a desmontar uma tenda, enquanto Martin juntou-se aos que esguichavam água nas chamas.

Fui mais para a frente, me afastando de Marguerite e Lou. Marguerite estava com a mão no ombro de Lou. Cuidando dela.

Preciso ajudar, pensei. Preciso fazer alguma coisa também. Mas não havia tarefas por fazer. Todas já estavam em andamento. Nada em que eu pudesse ajudar.

Que tontura. O cheiro da fumaça. O calor das chamas. As cinzas que caíam como neve no chão. O barulho do incêndio, um rugido chiante e crepitante.

Só consegui ficar completamente parado.

Mas de repente alguém gritou, ofuscando todo o resto.

— A criança! Não!

Primeiro, não entendi o que queriam dizer. Aí descobri a regatinha roxa de Lou entrando na caserna em chamas. E logo atrás, uma mangueira que arrastava atrás de si, uma mangueira verde que estava sendo levada para dentro do edifício que rugia.

Ela estava lá dentro.

Não ouvi nada fora minha própria respiração, pesada, rascante, senti a fumaça enchendo os pulmões, o peito se apertando.

Lou nas chamas. Anna nas chamas. O rosto de August na luz das labaredas ardentes.

Não era uma doença que tiraria Lou de mim. Nem a falta de água. Era o fogo. Eu ia perdê-la também para o fogo.

Meu mundo inteiro seria consumido pelo fogo. E não tinha nada que eu pudesse fazer.

— David.

Marguerite bateu forte no meu braço. Ainda não consegui me mexer.

— David!

Então ela mesma correu para as chamas. Aquilo me despertou.

Corri atrás, rumo ao calor.

Mas Francis estava na nossa frente. Ele era mais rápido. Saltou com facilidade sobre uma placa de parede em chamas no chão, seguiu a mangueira, desapareceu na direção da regatinha roxa lá dentro.

O tempo parou, o tempo correu.

Eu só fiquei ali.

E ele finalmente saiu.

Eu não imaginava que ele fosse capaz de tanta agilidade.

Ela estava nas costas dele. Não pude ver seu rosto. Ela o escondia. O tronco dele tornou-se um escudo para ela.

Ele correu para as chamas que os separavam de nós. Correu para dentro delas, protegendo-a com seu corpo. E assim poupou minha filha.

Ao mesmo tempo, as chamas devoravam a caserna atrás deles. Logo não restava nada.

Porém, eu já não olhava para as chamas, só para Lou, que estava nos meus braços.

Levei-a para a caserna de primeiros socorros. Alguém abrira a porta, arrombado a fechadura. Havia mais gente precisando de ajuda, com queimaduras nas mãos de apagar o fogo. Mas não havia nem médicos nem enfermeiras.

Para compensar, as pessoas ajudavam umas às outras. Pegavam o que precisavam de curativos, faixas, analgésicos.

Lou era a única criança ali, todos a deixavam passar na frente. As crianças ainda tinham prioridade. Pelo menos alguma coisa era do jeito como deveria ser.

Cada vestígio do incêndio, por menor que fosse, foi emplastrado e enfaixado por Martin, que trabalhou com mãos experientes. Parecia ter feito isso antes.

Lou não perguntou por Francis. Talvez já tivesse percebido o que acontecera. Que ele estava na sala vizinha, que Marguerite e Caleb estavam com ele, que estavam fazendo o possível.

Não, não foi por ele que ela perguntou.

— O chuveiro feminino, Papai, ele foi destruído pelo fogo? Tudo foi queimado?

Mal tinha tempo de parar quieta na cama hospitalar onde Martin a tinha colocado ela. O tempo todo queria dar o arranque e sair correndo.

— Espere — disse Martin. — As casernas foram destruídas pelo fogo, mas nada mais. Conseguimos apagar o fogo antes que se espalhasse.

Mas ela não o escutou.

— Temos que ir, Papai. Temos de voltar. Tem uma coisa que preciso olhar!

Martin passou uma pomada e colocou o último curativo. Grande demais para o pequeno machucado dela.

— O resto do acampamento está em pé — disse ele calmamente. — Você não precisa se preocupar. O dormitório está lá. Sua cama ainda está lá.

Mas Lou me puxou.

— Preciso ir ver. A gente precisa ir agora.

Enfim Martin a soltou, dando um sorriso de desculpas para mim.

— Fiz o melhor que pude.

Não tive tempo de responder. Fui obrigado a correr atrás de Lou.

Escurecia e a fumaça ainda pairava sobre o acampamento. Como uma neblina seca e ardente.

Cinzas quentes queimavam lentamente no chão onde as casernas sanitárias estiveram. Christian e várias outras pessoas da minha idade as rodeavam. Todos estavam pretos de fuligem, encardidos e surrados. Muitos tinham baldes de água semivazios nas mãos.

Estavam vigiando o fogo. Se vissem uma brasa se desviando, tratavam de apagá-la imediatamente.

Água, água, ainda mais água sendo desperdiçada.

Lou correu até os restos incandescentes antes de parar.

Ficou ali investigando o chão preto com os olhos.

Então ela levou as mãos ao rosto, soltando um pequeno soluço.

— Tudo se foi!

Se foi? O quê?

— Lou? — pus uma mão em seu ombro.

— Tudo está queimado — disse, sem olhar para mim.

Com uma mão, ela pegou um pedaço chamuscado de madeira e começou a caminhar sobre os restos incandescentes, raspando a madeira no chão.

— Onde estava o chuveiro feminino? — perguntou.

— O que você quer dizer?

— Onde ficava?

Ela seguiu em frente. Seus sapatos cheiravam a borracha queimada. Usava a tábua para afastar a madeira carbonizada.

— Lou, o que você está fazendo?

Ela avançou se equilibrando, pondo os sapatos entre pedaços incandescentes de madeira. O rosto estava vermelho de calor.

— Lou? Pare!

E naquele instante ela parou, mas não porque eu tinha mandado.

Com a madeira, afastou uma grande placa de piso de um material plástico indefinível.

A fumaça saía aos borbotões. Não tive coragem de pensar no quanto era tóxica.

Em dois pulos eu estava ao lado dela.

— Agora chega!

Então descobri o que ela estava olhando.

— Estão todas estragadas. Queimadas! — reclamou.

A seus pés, escondidas pelo plástico, pelo que antes fora o piso do chuveiro das mulheres, havia latas de conserva estouradas. A comida estava saindo. Milho amarelo tingido de cinza pelas cinzas.

Cheirava a presunto assado, feijão cozido. Molho de tomate.

Ela se agachou.

— Tem que ter sobrado alguma coisa!

Ela começou a cavoucar entre as latas destruídas com o pedaço de madeira.

— Ali? Não. Aquele, então?

Mas todas tinham se desintegrado.

Cutuquei as latas com o pé, a comida grudou nos sapatos.

Finalmente, bem no fundo, havia quatro latas intactas. Os rótulos estavam destruídos, mas as latas ficaram intactas. Tirei a madeira de Lou e peguei-a para mim. Então arranquei minha camiseta e a usei como luva.

Pegamos as latas. Saímos dali para sentarmos sozinhos, a alguma distância das ruínas do incêndio. Abri uma lata que revelou conter feijão.

Estava fumegante.

Dividimos o feijão. Mais uma vez compartilhamos o que ela roubara. E hoje também não consegui dizer nada. Estava com fome demais. Devorei a comida feito um cão.

Éramos todos cães.

Lou fungava enquanto comia, enxugando as lágrimas com movimentos rápidos.

— Era para nós, Papai. Para nós e o barco. A gente ia levar isso e morar lá. Francis me ajudou. Nós dois juntamos as latas e escondemos debaixo do piso do chuveiro feminino.

Não consegui responder. Estava com receio de começar a chorar também. E, além do mais… o que diria? Ela sabia que era errado roubar. Todas as crianças sabem disso. Pelo menos Anna e eu ensinamos isso a ela. E mesmo assim ela roubara de novo, porque a fome governava os pensamentos e calava todo o resto.

E eu. De qualquer maneira, eu não tinha nada a dizer. Como o cão desgraçado que era.

Ela se levantou, tirou as cinzas da roupa.

— Agora quero ir para a cama.

O Dormitório 4 estava com o mesmo aspecto de antes. Nossas camas estavam ali como antes. A mochila no armário. Nossa casa estava em pé, me peguei pensando.

Porém, não era uma casa. Só um velho depósito cheio de camas militares.

E éramos refugiados. Um refugiado não tem casa. *Casa* era o que tínhamos perdido.

Lou pegou no sono na hora. Estava sentado perto dela quando Marguerite entrou. Sentado ali, tão passivo como antes, tão frouxo.

Sou um saco, pensei. Não há ossos em mim. Não há esqueleto. Só carne, gordura, uma massa mole.

Marguerite ficou em pé a meu lado. Não disse nada. Demorei até me virar para ela. Ela estava chorando.

— Francis… ele está…

Então ela prosseguiu, usando muitas palavras para contar uma coisa simples. Não olhei para ela, só ouvi como dava voltas. Sabia desde o começo o que ia dizer. Já sabia que não acabaria bem quando o vi sair das chamas.

— Desculpa — disse ela baixinho. — Falei que tínhamos de sair dali, queria tirá-la dali, mas ela só correu. Para o incêndio.

— Nunca te pedi para cuidar dela — declarei.

Minha voz tinha uma uma frieza que eu não sabia de onde viera.

— Deveríamos ter entendido — disse ela. — Afinal, ela disse, *a gente precisa ajudar*, deveríamos ter entendido que ela também incluía a si mesma.

— *Nós* não deveríamos ter entendido coisa nenhuma.

Falei rápido e duro, mas não consegui outra coisa. Porque não tinha um "nós". Era só Lou. Eu. Lou e eu. Marguerite não fazia parte disso.

Mas Marguerite não saiu, ela se sentou a meu lado. Continuou falando.

— Precisamos ir embora, David.

Não respondi.

— Nós temos que sair daqui.

Nós. Ainda *nós*.

— David?

Me levantei.

— Não vou para lugar nenhum.

Saí, deixando-a sentada ali e Lou deitada na cama. As brasas ainda ardiam lentamente no local do incêndio. O cheiro de madeira molhada e queimada enchia o acampamento.

No chão, em meio à fuligem, estavam Christian, Caleb e Martin. Um frasco de comprimidos passava de mão em mão.

— A gente surripiou isso do pronto-socorro — disse Caleb assim que me sentei. — Agora tudo é de todo mundo.

— Um tira a dor, três tiram a ansiedade — disse Martin, já enrolando a língua.

Tomei quatro.

Tudo estava certo, por um tempo, tudo estava certo.

O cérebro, tão alerta. O corpo, tão lento e ligeiro ao mesmo tempo.

As palavras que saíam de mim, afiadas, espirituosas, claras.

Só me importava em ser, aqui, agora.

Dancei com as pernas, dancei de quatro.

Rolei no chão com Caleb e Martin, a sujeira grudou em nós. Senti o cheiro de fuligem e gente.

Meninas chegaram, várias. Peguei uma, rolei no chão com ela também. Meti rápido. Ouvi gemidos, mas se vieram dela ou de mim, não tinha certeza.

Nunca cheguei a ver o rosto dela, estava escuro demais. Ou talvez eu estivesse cego pela madeira queimada.

Tudo estava certo. Tudo fora esquecido.

SIGNE

O acesso marítimo a Bordéus revela uma paisagem suave, plana, aparentemente inocente, afável. Mas ainda preciso esperar doze horas antes de poder entrar, a onda da maré leva tudo consigo, indo e voltando, o mar sobe e desce, já vi os surfistas avançarem voando sobre essas águas salobras marrons, mas hoje não há ninguém aqui.

A lua nos guia, a cada seis horas e doze minutos, puxa o mar para cima ou para baixo. Aqui fora, as tabelas são tudo, vive-se de acordo com a tabela das marés, tenho-a no telefone, faço atualizações constantes, um pontinho mostra onde me encontro entre a maré alta e a maré baixa em determinado momento. Agora a lua está nascendo, grande e amarela e me movimento com cuidado para dentro da baía, deixo-me guiar por sua tração, sou atraída para terra, enquanto o sol se põe no mar atrás de mim. Como se eu o abandonasse.

A paisagem à minha volta vive duas vidas. Duas vezes a cada 24 horas, a costa encontra-se em repouso, esvaziada de água, uma larga faixa de areia, lama, caranguejos e ostras, onde barquinhos abandonados ficam enviesados, jogados no leito marinho, atracados em boias sem propósito, que não mais flutuam.

Então, doze horas mais tarde, somente água, os barcos boiam na superfície, ganharam vida. E pobre daquele que estava no lugar errado na hora errada, que foi levado pela maré.

Caminho pelo cais de Bordéus, terra firme sob os pés depois de tanto tempo, uma sensação que nunca deixa de me surpreender, pois o corpo está acostumado ao balanço, há tempo ajustou-se, só reconhece o mundo em constante movimento, e agora sinto a continuidade do movimento. É como se o chão debaixo de mim, a estrutura de concreto do píer, viesse de encontro à minha pessoa, enfrentasse meus pés com hostilidade e aspereza, enfrentasse meu corpo, esbarrando em minha inquietação com sua estabilidade.

Atraco com uma espia a mais, ponho tudo que tenho de defensas, mas acho que não é o suficiente. No cais, há pilhas de pneus de carro velhos, deixados por outros barcos que os usaram no canal. Levo alguns para o *Blå*, enfio-os com jeito entre o casco e o cais, jogo uns dois extras no convés, pensando que poderão ser úteis mais tarde.

Um bistrô perto do cais me atrai, mas nada de pratos vegetarianos no cardápio. Não aguento peixe, nem mexilhões, nada do mar nesse momento e peço *boeuf bourguignon*, não me lembro da última vez que comi carne vermelha, mas estou tão magra que meu corpo tem quinas. Estou faminta e devoro os pedaços de carne, cenoura, cogumelo e cebola no molho de vinho tinto, comida quente, comida pesada.

Um copo de cerveja para beber, que sobe direto à cabeça. Quase me arrependo, o mundo balança ainda mais e, para ser sincera, cerveja não é a bebida certa. O garçom deixou isso bem claro, franzindo o nariz ao colocá-la na mesa, eu deveria ter pedido vinho tinto aqui, Magnus com certeza teria dito isso, um *bordeaux* forte para o farto prato de carne. Mas vinho não é para mim, nas raras vezes em que bebo, é sempre cerveja.

Um homem aproxima-se, tem minha idade ou talvez seja um pouco mais jovem, pele tostada, suéter listrado azul e branco, mocassins náuticos. Levemente patético, vestindo-se como velejador para comunicar a afinidade marítima a todos.

— Posso me sentar? — pergunta ele em inglês, com sotaque francês.

— Não.

— *Please*? — diz ele.

— Por quê? — pergunto.

— Veio de longe?

Faz muito tempo desde a última vez em que passei por isso, faz muitos anos, e sempre me deixou furiosa o fato de uma mulher, o segundo sexo, não poder ficar sozinha em um restaurante, fazer uma refeição sem ser incomodada por um homem que avança com um plano vago e estranho de protegê-la da própria companhia, talvez também de outros homens, na esperança de que o feito heroico resulte em mais satisfação num lugar diferente, mais íntimo, preferencialmente uma cama.

— Não preciso de companhia — digo.

— Não foi minha intenção…

— Foi, sim.

— Foi você que chegou no Arietta?

Mas será que não vai desistir, caramba?

Encaro-o, *olhos malignos*, penso de repente e pego-me abrindo um sorriso, e a combinação de olhar duro e sorriso confuso felizmente é o bastante, pois agora ele começa a se afastar.

— Me avise, então — diz ele. — Se mudar de opinião. Estou ali. — Ele indica um banquinho do bar.

Viro-me para a cerveja, gostaria de bebê-la em paz, mas agora não consigo pensar em nada além do homem. Ele está sentado ao balcão do bar fazendo de tudo para não olhar em minha direção. É bonito, na medida em que homens de minha idade possam ser bonitos, talvez tenha passado muito tempo no mar, tirado os quilos velejando, esbelto, quase sem barriga, mãos fortes, carregadas de músculos e cheias de todos os machucados e feridinhas que você acaba tendo se velejar por semanas a fio, feridas que cicatrizam devagar em função da constante exposição à água salgada.

Eu poderia ir para o barco dele, nada me impede. Talvez seja arrumado e marítimo como ele, azul-escuro e listrado com detalhes cromados, castigado pelo tempo apenas nos lugares certos. Talvez seja grande, um Hallberg-Rassy de 45 pés, um clichê estiloso, branquíssimo exceto pela borda num azul-escuro esnobe, uma cama com o dobro da largura da minha, bons colchões, roupa de cama limpa, outro corpo cobrindo o meu, o calor de outra pessoa...

Mas não. Que suplício tirar a roupa, o embaraço, o inconveniente, o constrangimento, talvez ele tenha pelos nos lugares errados, eu pelo menos tenho, talvez exale um cheiro acre, estranho, talvez ache que estou desgastada demais, acabada demais afinal, com todos meus arranhões, reentrâncias e amassados. E ele, os arranhões dele? Nem deve pensar neles. É um homem, o positivo e o neutro. "*Les hommes*" em francês e "*man*" em inglês, palavras que designam tanto o homem quanto o ser humano. E eu sou o negativo, *"mulher" representa apenas o negativo, definido por critérios limitantes, sem reciprocidade*.

Esvazio o copo, levanto-me, pago a conta no balcão do bar, paro por um instante. Deveria dizer algo para o homem do bar, será que devo lhe dar uma bronca? Não, não aguento. Estou velha demais para passar raiva, já me tentaram salvar vezes demais.

Magnus também quis me salvar, salvou-me com um boneco de neve, salvou-me numa festa. Talvez tenha sido só por isso que ficamos juntos, porque ele viveu dos louros de seu feito heroico de seus treze anos, quando se portou como adulto. Quem sabe continuou a viver dos louros daquele momento, tentando reencontrá-lo, e talvez tentando também reencontrar a antiga fragilidade em mim.

Ou será que fui eu, será que fui eu quem construiu o relacionamento assim, buscando a mesma coisa outra vez? Sei que lembranças são pouco confiáveis, tão instáveis quanto a ficção. Mas fosse o que fosse, não era nada o suficiente para construir uma vida. Ele foi apenas um intervalo, um intervalo de tudo o que realmente sou. Preciso acreditar nisso, pois no que acreditaria se começasse a duvidar da minha própria história?

Destranco o barco, entro na cabine, as caixas dominam completamente, quero me sentar, mas não tenho lugar, saio para a cabine de comando, está úmido ali, orvalho nos bancos, uma noite fria, sinto falta do calor de dentro.

Desço outra vez, agarro uma das caixas de gelo, posso colocá-las no convés, o mastro deve ser abaixado amanhã, deve ser desmontado para a viagem pelo canal, posso deitá-las ao lado, aqui não há ondas, não há tempestades que possam lançá-las ao mar.

Sinto o plástico nas palmas das mãos, não ouso abri-las, imagine se tudo já tiver derretido, imagine se não houver mais gelo... Será que tudo está se desfazendo, imagine se eu não conseguir, aguentar, se tiver ficado velha demais, lerda demais, tiver perdido a raiva necessária para levar isso a cabo?

Não, não perdi a raiva. E tanto faz se o gelo já derreteu, então posso derramá-lo no pátio dele, mais cedo ou mais tarde derreteria de qualquer maneira, como todo gelo derrete em algum momento. Posso dizer isso, gritarei para ele:

Todo gelo derrete.

DAVID

Acordei com os primeiros raios do sol. Ele secou a minha umidade, embora fosse bem cedo. O gosto de poeira na boca, uma secura tão intensa que deixou a língua dormente. E o cheiro de incêndio. Eu estava inteiro fedendo, como um pedaço de carne defumada.

Estava com a bochecha no chão. O solo estava rachando embaixo de mim. Vi as listras na paisagem, enrugada como a pele de um velho.

Tufos secos de grama ainda seguravam a terra, mas logo iam desistir, virar pó. E aquilo que fora solo fértil, terra arável, seria levado pelo vento.

Levantei-me. No fundo de um balde largado por alguém, encontrei umas gotas sujas. Água suja, não devia beber água suja.

Mas não consegui resistir. Bebi tudo de um só gole.

Senti saliva se acumular e um gosto, que vinha de mim ou da água. Ruim feito veneno na língua.

Fui para o dormitório. Peguei nossas coisas, as poucas peças de roupa, alguma comida que eu tinha guardado. Juntei tudo rapidamente.

Esforcei-me ao máximo para não fazer barulho. Marguerite estava dormindo profunda e silenciosamente na minha cama.

Toda vez que me debrucei sobre a mochila, a cabeça latejou, o enjoo subiu. Mas não fiz nada para impedir que acontecesse. *Queria* sentir o enjoo, a dor de cabeça. Merecia isso.

Então coloquei a mochila nas costas e levantei Lou da cama.

Finalmente, eu a carregava.

Hoje eu carregava minha filha. Devia ter sido eu quem a carregara ontem.

E devia ter sido eu a carregar meu filho, August. Eu devia ter carregado ele também. Estava pesado demais para Anna. Ela provavelmente tinha tropeçado. Ele estava pesado demais.

Não.

Só isso, só o agora. Lou. Minha filha nos meus braços. Ela estava viva. Ela estava aqui. Eu seria capaz de carregá-la até o fim do mundo.

Quando passamos a entrada, não tinha ninguém. Não vi os guardas quando deixei aquilo que já foi um acampamento.

Não me virei para olhar para trás. Não olhei mais para o chão queimado, as pessoas que estavam dormindo e que logo acordariam para a seca. A seca e as chamas das quais tinham fugido, mas que as alcançaram.

Eu me deslocava lentamente, com a mochila nas costas e Lou nos braços. Era muito pesado, mas ao mesmo tempo muito leve.

De vez em quando eu parava. Mas não sentei. Só ficava parado, respirando, esperando, e continuava a andar tão logo sentisse que conseguia.

Entrava em todas as fazendas que passamos, deitava Lou na sombra, ficava procurando. Achei comida em alguns lugares, mas água só num lugar, num tanque quase vazio. Enchi umas garrafas surradas de plástico e as coloquei na mochila.

Ficou ainda mais pesada, mas eu ia aguentar.

Lou acordava de vez em quando. Não dizia nada, piscava os olhos, mas nunca os fixava em mim.

O barco nos aguardava, no meio do canal, seguro e estável no suporte, com a escada encostada na parte traseira, como se nos recebesse de braços abertos.

Podemos ficar aqui, pensei. Podemos ferver a água turva do fundo do tanque de água. Deve ficar potável se a gente ferver e coar.

Podemos ficar aqui, Lou e eu, podemos brincar. Podemos brincar tanto, brincar tão intensamente que todo o resto desaparecerá.

Sou capaz de brincar assim. Talvez seja a única coisa de que sou capaz.

Pus Lou no chão perto do barco e dei uma leve sacudida nela.

— Lou? Lou... Você tem que acordar, não consigo te carregar lá para cima.

Enfim ela despertou, levantou-se e ficou bamboleando de pé. Segurei-a. Com o abraço, quis tirar tudo, a noite inteira, as chamas, Francis levando ela para fora.

Mas ela não retribuiu o abraço, estava totalmente rígida. No fim, a soltei. Ficou na mesma posição, olhando fixamente para mim.

— A gente precisa voltar pro acampamento — disse.

Não respondi. Ela estava pensando em August, em Anna. Na possibilidade de chegarem.

— A gente precisa voltar já — disse ela.

— Você está com sede? Tenho água. Toma.

— Não estou com sede.

— Vamos achar a Mamãe e August — falei. — A gente só precisa descansar um pouco. Ficar um pouco aqui.

— Não.

— Você quer dormir mais? Você pode dormir no barco.

— A gente precisa ver como estão os outros.

— Os outros?

— Marguerite. E Francis. E todo mundo. — A voz baixa estava saturada de teimosia. — A gente precisa ir já. Papai, precisamos ir. — Ela se virou e deu alguns passos. Passos pesados e um pescoço decidido, através do leito lamacento do canal, até o topo da ribanceira.

— Lou?

— A gente precisa ir lá, Papai.

Agora ela apertou o passo na trilha entre as árvores.

— Lou, não.

Corri atrás dela.

— Eu vou voltar — anunciou.

— A gente não pode.

— Pode, sim!

Puxei-a para mim, querendo segurá-la, mas ela se soltou.

Tanta força. Eu não fazia ideia de que era tão forte, tão persistente.

Agarrei-a outra vez. Mas ela lutou contra mim, arranhou, gritou, mordeu. Primeiro, sem falar. Só um chiado baixo, suspiros e gemidos intensos quando usava força.

Aí as palavras começaram a sair. Tudo o que ela carregava. Muita coisa já ouvi antes, mas algumas palavras eram novas. *Idiota! Cuzão! Pai de merda!* Eu a segurei, usei minha força, a força de pai, odiei isso, ter de segurá-la desse jeito. Nunca a segurei assim antes. Será que um pai pode segurar o filho assim, sem que se trate de agressão? Será que pode?

Segurei. Cada vez mais forte. Ela berrou, cada vez pior. Enfim desembuchou:

— Te odeio. Queria que você estivesse morto! Igual August! Igual a Mamãe!

Só aí soltei.

Soltei tão de repente que ela caiu. O corpo bateu no chão com um som surdo.

Ela ficou sentada lá embaixo, ofegante. O cabelo estava pendurado na frente dos olhos, não consegui ver seu rosto, queria saber se estava chorando, mas ela não soluçava. Só respirava, cada vez mais devagar.

Eu também podia ter gritado. Berrado de volta. Negado. Protestado. Dado bronca. Chamado de fantasia.

Ou a consolado. Dito que não devia pensar assim. Dado esperança a ela.

Porém, eu não disse nada. Porque não tinha mais nada a dizer. Ela tinha dito tudo.

Enfim ela se levantou. Virou de costas para mim. Começou a andar de novo.

Contudo, não foi longe, porque sabia que eu não estava indo atrás.

Só deu alguns passos para dentro do bosque, até um lugar de sombra.

Sentou ali, se ajeitando sobre pernas dobradas.

— Lou?

— Vá embora para o barco de merda.

E eu me virei. Fiz o que ela disse. Porque ela não ia me abandonar, não importando o que eu fizesse. Ela era uma criança, não podia me abandonar. Se esconder aqui entre as árvores, por um breve momento, era tudo a que ela se aventuraria. E justamente isso, o fato de que eu podia ficar confiante de que não ia me abandonar, era quase o pior, o mais injusto de tudo.

Subi no barco. Entrei engatinhando no camarote de proa.

Abri a escotilha do teto, o ar me acariciou. Uma leve corrente de ar.

Deitei no beliche. Senti o tecido de lã do colchão pinicar minha pele.

E aí chorei.

Aí chorei.

Chorei pelo que já tive.

O apartamento apertado perto do cais. Os quartos que eram abafados no calor. A cozinha estreita com bagunça em todos os armários. O sofá-cama onde a gente brigava, fazia amor.

Mamãe. Papai. Alice.

Anna, seus olhos, a boca que ria, que xingava. Chorei pelo corpo dela, a reentrância do pescoço, os quadris, os peitos, tudo no que eu queria me enterrar.

Chorei por August, meu Deus, como chorei por ele. Nosso bebê, os sons de *gluglu* que fazia, que ninguém mais conseguia imitar. O mingau que ele cuspia, como ria enquanto cuspia. A barriga, o novo umbigo que se projetava para o mundo. Até suas fraldas, chorei pelas fraldas dele, que eu detestava trocar.

E chorei por mim. Minha falta de jeito. A voz que ficava alta demais. Porque sempre chegava muito tarde da cidade. Chorei pela vez que esqueci de buscar Lou na babá. Pelo gancho da chave que nunca coloquei na parede. Por ser um daqueles que não conseguem tirar na hora de gozar.

Chorei por aquilo que tinha sido uma vida, pela maneira como fora tirada de mim.

Enquanto chorava, não foi mais possível afastar aquele dia. O dia que Anna e August desapareceram.

***

Anna queria que fôssemos embora. Ela falava sobre isso todo dia. Quase ninguém que a gente conhecia tinha ficado em Argelès. Ela queria ir para o norte, me mostrava fotos do acampamento perto de Timbaut. Ali vamos estar seguros, disse ela, de lá podemos ir mais longe.

As ruas estavam vazias. As lojas, fechadas. A gente tinha feito um estoque, mas a comida logo acabaria.

Ainda assim, eu não podia ir embora. Tínhamos uma responsabilidade especial, nós que trabalhávamos na usina. Era o que a gente dizia um para o outro, o que eu dizia para ela.

E tínhamos água, tanto quanto precisássemos. Enquanto tivéssemos água, tudo daria certo.

Mesmo assim, mais gente saiu, também aqueles que trabalhavam conosco. No fim, só restavam Thomas, meu chefe, e eu.

A energia acabava e voltava, desaparecia por períodos cada vez mais longos. E sem energia, nada de produção.

Thomas ria daquilo, do tamanho da encrenca em que nós seres humanos tínhamos nos metido. Para começar, foi a geração de energia elétrica por usinas movidas a carvão que contribuíra para criar o aquecimento global e a falta de água, e agora a gente precisava de ainda mais energia elétrica para produzir água. Ele ria desse tipo de coisa. Ria de muita coisa. Até quando os disjuntores queimavam porque o sistema ficava sobrecarregado, ele ria. Está tão desgastado quanto eu, dizia, dando risada.

No entanto, Anna não estava rindo mais. Chorava quando eu chegava do trabalho. Ela se assustava com qualquer barulho. Só ficava sentada na estreita sacada do apartamento. Alerta. Era como se soubesse que algo ia acontecer.

Acho que nós dois sabíamos que algo ia acontecer.

Naquele dia, eu tinha acabado de almoçar. Um croissant duro que tirei do freezer do refeitório. A última coisa que havia ali. Desliguei o freezer. Mas não tirei o plugue da tomada.

O croissant estava com gosto de bolor. Eu não tinha nada para passar nele. O gosto de bolor ficou na boca.

Eu estava saindo para levar o lixo, era minha vez de levar. A gente precisava se revezar. A faxineira, uma refugiada argelina que morava em Argelès desde muito antes da seca quinquenal, tinha saído fazia semanas. Não entendia como tínhamos coragem de ficar. Ela já havia fugido de outra seca, muitos anos atrás.

O saco de lixo estava pela metade. Já não tinha muitas sobras, a gente comia até a última migalha. As lixeiras ficavam a uma boa distância da usina. Tive de ir até a estrada principal. Elas fediam no calor, ninguém fazia a coleta há meses.

O saco de lixo na mão esquerda, plástico branco na palma da mão, um nó. Segurei o nó, segurei firme. E aí senti o cheiro.

Virei-me. Primeiro só vi uma leve fumaça subir em direção ao céu. Como um mormaço.

Mas logo engrossou.

Aí apareceram as chamas. Pequenas labaredas sobre o edifício.

Só então me mexi. Thomas, pensei.

Ele não almoçava comigo. Comia em pé, não se dava tempo para pausas.

A última vez que o vi, ele estava ao lado do painel de controle. Disse que tinha algo que não estava funcionando, mais uma coisa que tinha quebrado, mais uma sobrecarga, mais uma peça estragada. Mas ele ia dar um jeito, como sempre.

Comecei a correr para o prédio. A fumaça subia em direção ao céu, na minha direção. Cada vez mais jorrava para fora. Fumaça tóxica. E Thomas estava lá dentro.

Só então soltei o saco de lixo.

Corri, mas o fogo estava se espalhando depressa. As chamas bloqueavam a entrada principal.

Contornei o prédio e corri até os fundos. Mas a porta estava trancada.

Voltei para a fachada. Corri em círculos. O tempo passou.

As chamas tomavam conta. As cinzas já caíam feito neve no chão. Em mim.

Água. Água. Eu precisava de água. Uma mangueira.

No mesmo instante escutei alguém gritar atrás de mim.

— David?

Virei-me. Era Anna. Estava com August no quadril e Lou corria logo atrás. Deviam ter saído de casa assim que sentira o cheiro de fumaça.

As lágrimas escorriam, e ela berrava.

— David! Espere!

— Preciso entrar — gritei. — Preciso achar Thomas!

— Não — disse ela. — Não!

Em um salto estava do meu lado.

— Você não vai entrar lá!

— Preciso! — insisti. — Thomas está lá.

Então ela me deu August. Ela o estendeu para mim, forçando-me a pegá-lo.

Ela mesma pegou Lou nos braços, que escondeu o rosto no ombro dela. Ouvi que estava chorando.

— Agora vamos correr — anunciou Anna. — Você entende isso? Agora estamos saindo daqui!

Fiquei parado ali com August. Ele sorriu para mim, não estava entendendo nada. Sorriu com quatro dentes brancos. Eu também não entendo nada, pensei.

— David! — chamou Anna.

— Está crescendo — disse Lou.

Olhei para a usina.

O incêndio era um boqueirão furioso que devorava tudo.

As faíscas se espalhavam, incendiando a grama seca das dunas, as árvores áridas atrás delas.

As chamas consumiam tudo em seu caminho, um animal que se estufava com tudo que engolia, ficando maior, mais forte, e em um ritmo cada vez mais acelerado.

Aí eu finalmente consegui correr. August batia contra meu quadril. Ele dava risada, achando que era uma brincadeira.

— Dá tempo de passar no apartamento? — perguntei.

— Sim — respondeu Anna. — Tem que dar. Os passaportes estão lá. Tudo está lá.

Corremos na direção da cidade. A respiração queimava na garganta, os olhos ardiam. A gente desceu em disparada o calçadão da orla onde as antigas casas de veraneio estavam fechadas e empoeiradas.

Éramos mais rápidos que o fogo.

— Vai dar tempo — falei. — Vai dar certo. Vai dar tempo. Vai dar certo.

Repeti essas exatas palavras, como um mantra.

Por ruas desertas, na frente de lojas fechadas, escada acima, até nosso apartamento. Cheirava tão bem, pensei. Nossa casa, eu adorava aquele cheiro.

Aí me vi num espelho, um homem branco coberto de cinzas.

— Olhe aqui.

Anna molhou uma toalha com a água de um tambor e jogou para mim. Limpei o grosso. Ao mesmo tempo, ela enfiou algumas roupas e um pouco de comida numa mochila.

— E os passaportes — falei.

— Pode deixar, já peguei — respondeu.

— Você é ótima — elogiei.

Quis dizer mais. Me desculpar. Devia ter pedido desculpa.

Desculpa por termos ficado. Por eu não ter lhe escutado. Por ainda estarmos aqui. Por termos de sair da nossa casa desse jeito, sem nada.

Não deu tempo de eu falar nada, porque a essa altura se ouviu um barulho vindo de fora. Um rumor, não, um rugido fraco, que estava ficando cada vez mais alto.

— Está chegando — disse Anna.

— Mas não pode vir aqui, pode? — perguntou Lou.

Não respondemos. Peguei a mochila. Carreguei August. Anna pegou a mão de Lou. Corremos para fora.

— Mamãe, você precisa trancar — disse Lou.

Mas dessa vez tampouco recebeu uma resposta.

Continuamos para dentro da cidade, nos afastando da praia, da usina.

Virei-me. Não vi as chamas, só a fumaça. Estava ventando de leve e, com o vento, uma parede preta se alastrou sobre a cidade.

O coração na boca, a respiração ofegante, August nos braços. Ele não estava rindo mais.

Anna arrastava Lou atrás de si, mas não estava indo rápido o suficiente. Ela a levantou.

Colocou-a no quadril, mas isso a atrapalhou mais ainda. Lou era pesada demais.

— Olhe aqui — falei, estendendo August para ela. — Você leva ele.

Trocamos de filho. Foi aí que aconteceu. Ficou ela e August, Lou e eu.

Então continuamos a correr.

Estávamos chegando perto do centro. A loja de aluguel de bicicletas. Corremos na frente das figuras sorridentes de plástico do pequeno parque de diversões na esquina. Passamos a farmácia. Todas as sorveterias. A hamburgueria que uma vez tinha sido o lugar mais badalado de Argelès.

Corri e me esqueci de virar.

Lou escondia o rosto no meu ombro. Ouvi o choro dela. Mas não podia consolar. Só correr.

E me esqueci de virar.

— Mamãe? — disse Lou de repente.

Só agora percebi que Anna não tinha conseguido nos acompanhar.

Chamei por ela. Gritei. Berrei.

A voz de Lou, ela gritou mais alto que eu, a voz aguda contra minha grave.

— Mamãe?

— Anna?

Mas Anna não veio.

Então dei meia-volta, corri para trás, ao encontro do fogo, do rugido.

Eles teriam de estar aqui em algum lugar.

Ela tinha tropeçado, eu ia encontrá-la.

— Anna? Anna?

Mas as ruas estavam desertas.

— August? Anna? August?

Não escutei Anna, nem o choro de August.

Logo, só o ruído crepitante das chamas. Elas se espalhavam com uma rapidez que eu não imaginava ser possível.

Espalhavam-se pela paisagem seca, que mal tinha visto chuva em cinco anos.

Tudo podia queimar. E tudo queimava. Meu mundo inteiro estava em chamas.

SIGNE

Algumas rupturas são lentas, não se pode identificar o momento em que algo acaba; a transição é fluida, mansa. Já outras... sei exatamente o dia em que perdi Magnus.

Não, o dia em que ele me perdeu.

Lembro-me do minuto, do segundo, em que entendi que tinha acabado.

A maré está prestes a virar. Exatamente agora, por um breve momento, o rio fica calmo e plano debaixo de mim, debaixo do *Blå*, antes de a correnteza voltar outra vez. É como dirigir em asfalto recém-colocado, o motor bate forte nos ouvidos. Não há trégua, só um barulho monótono, se eu o desligasse, estaria na natureza, ouviria os pássaros, a brisa leve que vejo soprar nas árvores da margem, o gorgolejo da água em movimento. Porém, o motor é a única coisa que tenho agora.

Ao longo de todo o costado, coloquei pneus de carro como defensas e o mastro está amarrado no convés. O *Blå* é uma criatura triste, amputada, emplastrada e enfaixada num rio marrom.

A água em si não tem cor, é o mundo em volta que dá cor a ela, os reflexos do céu, do entorno; a água nunca é apenas água.

A água absorve e rodopia tudo com que entra em contato.

A água é húmus, areia, argila, plâncton.

A água é tingida pelo fundo que cobre.

A água espelha o mundo.

E agora a água espelha o céu azul sobre mim e as árvores que se estendem sobre o rio, ao mesmo tempo em que se tinge por um leito lodoso que não posso enxergar.

Em Castes-en-Dorthe, a primeira eclusa ergue-se diante de mim, uma parede reta de muitos metros de altura, e o rio é ladeado de uma ribeira lamacenta.

Aproximo-me mais, ouço o rumor lá de dentro, as massas de água em movimento contínuo criado pelo homem.

O guarda da eclusa sai na borda, espia para baixo.

— Você vai entrar sozinha?

Ele me olha com ceticismo, como se quisesse terminar a frase com "vovozinha". *Você vai entrar sozinha, vovozinha*?

Fico com vontade de rebater, contar sobre a tempestade que acabei de vencer, sobre o nevoeiro, sobre todas as viagens em mar aberto, os protestos, as noites na delegacia. Afinal, o que seria uma eclusa?

— Não é permitido — continua. — A correnteza é forte demais quando as eclusas se enchem. Você não vai conseguir segurar o barco perto da borda sozinha, *you won't stand a chance.*

— Você tem alguém à disposição? — pergunto.

— O quê?

— Alguém que pode me acompanhar, você conhece alguém?

—... não.

— Nem eu.

— Mas não é permitido — diz ele, um pouco mais manso.

— Vou entrar — afirmo.

— Idiota — diz ele por entre dentes.

Estou a ponto de retrucar, mas de repente começo a duvidar se ele disse mesmo alguma coisa, a água está fazendo muito barulho, e ele já virou o rosto meio para o lado, desistindo.

O espaço da eclusa esvazia-se de água, tudo é elétrico aqui. Mas sei que mais para cima no canal, as eclusas são movidas à mão, os próprios guardas das eclusas têm de abrir as comportas.

A água jorra para dentro do rio com força enorme. Ponho o barco à capa enquanto espero, logo as comportas se abrem e posso entrar.

O portão fecha-se com um rangido metálico. Há um cheiro de alvenaria úmida, abafado, estagnado, chama-se de câmara e entendo por quê. Nesse exato momento não tenho saída alguma.

Somos só eu e a água, e consigo isso sozinha. Jogo dois cabos para o guarda da eclusa, posso manobrar ambos da cabine com a catraca da escota, mas já os ajeitei nos passa-cabos da proa e da popa, assim posso esticá-los enquanto o barco sobe.

No entanto, ele não faz nenhum gesto de aprovação lá em cima, e antes de a água começar a fluir para dentro, dá tempo de eu me perguntar se vai funcionar.

Lentamente a água eleva-se, e o *Blå* com ela, recolho as amarras, não paro de puxar, o tempo todo cuidando para que o barco fique perto da parede da eclusa. Mas o fluxo, a força da água que entra aos borbotões e enche o espaço da eclusa, arrasta o *Blå*, arrasta a mim. Amaldiçoo a quilha comprida que torna o *Blå* especialmente pesado para segurar, a água agarra-nos, querendo forçar o barco para o fundo da câmara, nos arremessar contra o portão de onde vim, o cabo escapa da catraca, lanço-me para a frente e agarro-o de novo.

O guarda da eclusa sacode a cabeça lá em cima, xinga, gesticula dramaticamente à maneira francesa, viro o rosto, não tenho pique para dar atenção a ele, concentro-me nos cabos, esticando-os na catraca.

Não cometo mais erros, estou pingando de suor. Concentro-me completamente nos cabos, no costado do barco em relação à parede da câmara da eclusa, e agora o *Blå* está firme, até a água parar de entrar, até termos subido vários metros, devem ser no mínimo cinco metros, talvez dez.

A comporta da eclusa diante de mim abre-se e range ainda mais, como se estivesse prestes a se estragar por completo em função da ferrugem. Agora vem outra câmara e passarei por tudo mais uma vez.

O motor esteve no ponto morto, engato a marcha quando enfim posso sair no canal. A água está mais verde aqui, talvez seja por causa das árvores que crescem apinhadas ao longo da margem, o reflexo das folhas na superfície, ou talvez por causa do feno-do-mar que cresce lá embaixo. Alguns talos soltaram-se e boiam ali, e preciso tomar cuidado com o feno-do-mar. Ele pode alojar-se na entrada da água de refrigeração, entupindo-a, feito cabelos num ralo.

Não enxergo o fundo, mas ainda assim é como se subisse na minha direção. O Arietta tem uma profundidade de 1,35 metro, o nível da água no canal deve ser no mínimo dois metros agora, mas depende da quantidade que os agricultores da região drenarem. Se as hortaliças precisarem de água, o nível da água será baixo, por isso estou de olho na água o tempo todo, enquanto me desloco cada vez mais para o interior do país.

De vez em quando, um barco vem no sentido contrário, fora isso não há nada a fazer, nada em que se concentrar, somente esse movimento calmo para a frente, nessa paisagem sem resistência. Sinto falta do mar, sinto falta das ondas, sinto falta da concentração que exigiam. Aqui é impossível fugir de mim mesma.

Magnus, sei exatamente quando te perdi e você me perdeu, e aquilo me pegou tão desprevenida, um choque, embora eu devesse ter entendido antes. Sim, acho que deveria ter entendido antes. Porque você não participava tão ativamente da militância como nós outros, cada vez mais você nos deixava lá em cima da montanha e ia para seu vale, para a fazenda, para seus pais. Você sentia-se inseguro conosco, estava com medo, ou simplesmente se cansou, das discussões, das canções, do calor?

Uma noite você voltou acompanhado de seu pai.

O Papai recebeu os dois com afabilidade, assim como recebia todos que chegavam. Em seu grande anoraque verde-escuro, com uma blusa grossa por baixo, parecia maior que antes, pela primeira vez combinava com seu nome de urso, Bjørn.

Pegou a mão de Sønstebø, saudando-o, dizendo que fazia tempo que não se viam, mas não o culpou, ainda que todos nós estivéssemos estranhando a ausência do povo de Eidesdalen, sabíamos que tinham propriedades rurais, que tinham gado, mas mesmo assim... teria reforçado a ação se estivessem aqui em cima conosco, mas o Papai não disse nada sobre isso, o que deve ter sido proposital.

— Olha só quem veio — disse o Papai.

— Pois é — disse Sønstebø.

— Vem cá tomar um café — ofereceu o Papai.

— Aceito e agradeço — respondeu Sønstebø.

Fui até Magnus.

— Você o buscou?

— Ele quis vir comigo.

— Ótimo, finalmente.

— Ele tem algo a dizer.

Só agora percebi que Magnus tinha um ar agitado, seus movimentos eram bruscos, o olhar, ágil.

Sentamos com eles em torno da fogueira, e muitos se juntaram a nós, Sønstebø foi tratado como um convidado de honra.

— Bem — disse Sønstebø enfim. — Acontece que… que… acontece que nós, o povo de Eidesdalen, achamos que vocês deveriam encerrar.

— O quê? — perguntou o Papai. — Sério?

Sønstebø fez um gesto largo.

— É uma tremenda montagem essa daqui… — Agitou os braços para indicar que se referia ao acampamento. —… e nós… nós estamos muito agradecidos pelo que estão fazendo… mas acho que pensamos que talvez já tenha dado pra gente. Sim, já deu. Talvez seja na hora de as pessoas voltarem para casa, no final das contas.

Primeiro, o Papai não disse nada. Várias pessoas em volta murmuraram, mas ele ficou calado.

— Não é que não estejamos apreciando tudo isso — continuou Sønstebø —, e achamos bom que a questão tenha chegado aos jornais, e as pessoas da capital saibam o que está acontecendo, mas do jeito que as coisas ficaram, acho que é melhor dar um basta. Antes de dar briga.

— Briga? Não precisam se preocupar com isso — disse o Papai.

— Vamos viver com isso por muitos anos — explicou Sønstebø.

— Justamente por isso é tão importante.

— E vamos receber dinheiro. Renda de quedas-d'água? — Ele se virou para Magnus.

— Renda do direito à exploração de queda-d'água — emendou Magnus.

— Mas vão perder todo o resto — argumentou o Papai.

— É só que... agora chega. Não queremos briga — insistiu Sønstebø.

— Estão com medo? — perguntou o Papai.

— Não, não estamos com medo.

— O homem que explodiu a ponte está com medo — bufou o Papai bruscamente.

Sønstebø levou um susto, olhou em volta, de repente deu risada.

— Fui dinamitador lá atrás, é mesmo. Você tem boa memória. Mas nunca explodi ponte alguma.

Ele está mentindo, pensei, você tem que dizer algo, Papai, ele está mentindo. Mas Papai ficou calado, inclinou-se um pouco para trás, estreitando os olhos.

— Acho que se enganaram — disse ele enfim. — Não estamos fazendo isso por vocês.

— Não?

— Estamos fazendo isso por todos nós.

— Sim, claro. Pois é...

— Por nossos filhos. Pelos netos. As cachoeiras devem ser eternas. A destruição também será.

Sønstebø contorceu-se.

— Então, não querem ir embora?

— Não, não vamos embora.

A essa altura Magnus deu um passo à frente. Falou em voz alta e um pouco depressa demais.

— O povo de Ringfjorden está se mobilizando, Bjørn.

O Papai virou-se para ele.

— E daí?

— Os trabalhadores da obra estão perdendo milhares de coroas a cada dia que as máquinas ficam paradas, isso está provocando raiva. São pessoas comuns, eles investiram, apostaram nessa obra. Esperaram por ela. E a cada dia que passa ficam mais furiosos.

— Melhor ainda — disse o Papai.

— Você não está falando sério.

— Chama mais atenção.

— Acho que você não compreende o que desencadeou.

— O que *eu* desencadeei?

— Sim, você.

— Não fui eu quem quis represar o rio, não fui eu quem vendeu terra, não fui eu quem cuidou de comprar o direito de exploração das quedas-d'água. Não fui eu que casei com o diretor de operações da Ringfallene.

A Mamãe, mais uma vez tem a ver com ela, mais uma vez tem a ver com os dois, aquilo nunca terminava. Uma ruptura para sempre.

— Vamos viver com isso por muitos anos — repetiu Sønstebø. — Já explodimos pontes demais.

Ele olhou para mim ao dizer isso.

Daí em diante o acampamento mudou, a música definhou, as risadas, também. Ficamos só esperando.

Dois dias mais tarde vieram, a essa altura tínhamos ficado lá em cima durante 21 dias.

Era noite e a primeira coisa que vimos foi um clarão sobre a montanha e, em seguida, veio o som de pneus na estrada molhada.

Uma coluna cujo final não enxergávamos, eram tantos, estacionaram em fila ao longo da estrada. As portas abriram-se e de cada carro brotavam homens, todos os carros estavam cheios, quatro ou cinco em cada, alguns chegaram também de moto, e um até de trator.

Reuniram-se e caminharam em direção ao acampamento, nós tínhamos nos levantado, as pessoas saíram das barracas, interromperam a preparação da comida, pediram para as crianças ficarem quietas, colocaram os violões dentro das caixas, enfiaram os cachimbos nos bolsos dos anoraques.

Eles se pareciam conosco, nós nos parecíamos com eles. Reconheci agricultores, pescadores, colegas de Svein na usina, rostos familiares, pessoas que eu associava com o lugar onde tinha crescido, com aconchego, previsibilidade, homens de quem eu talvez tivesse dado um pouco de risada – seu silêncio calado, sua falta de conhecimento, de formação – mas também respeitado pelo trabalho que faziam, seu empenho, sua capacidade de apreciar a vida que lhes foi dada. Em primeiro lugar, porém, eram homens sobre os quais eu na verdade nunca tinha refletido, com quem eu apenas tinha contado sem dar valor. Eles estavam lá, tiravam o peixe do mar, ceifavam os cereais, colhiam as maçãs, todo santo dia, no sol, no vento, na chuva.

Traziam cartazes e faixas, todos pintados à mão, assim como os nossos, mas a mensagem era diferente.

Deixem nosso vilarejo em paz!

Voltem para o lugar de onde vieram!

Hippies, voltem para casa!

Fizemos um movimento em direção ao final da estrada, eles fizeram a mesma coisa, aproximamo-nos de cada lado, como ímãs para um polo.

Um homem deu um passo à frente, era Svein. Tinha um megafone na mão e um gorro grosso de lã puxado sobre as orelhas, justo ele, que normalmente usava chapéu. Levou o megafone à boca e olhou em volta, seu olhar captou-me, eu tinha certeza de que me viu, mas não fez alarde.

— Pelo presente, nós, os habitantes do município de Ringfjorden — disse — gostaríamos de lhes entregar o seguinte ultimato.

Tirou um pedaço de papel e começou a ler em voz alta:

— Exigimos que o acampamento seja retirado até meia-noite de hoje, de modo que os trabalhos com a estrada de acesso à obra associada ao projeto hidrelétrico aprovado pelo Parlamento possam continuar desimpedidos.

Magnus tinha chegado a meu lado, pegou minha mão. Svein continuou:

— Se vocês *não* desbloquearem a estrada voluntariamente dentro do prazo citado, qualquer coisa pode acontecer. Repito: qualquer coisa pode acontecer.

Então baixou o megafone e guardou o pedaço de papel; seu lado da estrada irrompeu em vivas. Eles gritaram, levantando os punhos ao ar.

Magnus apertou minha mão, sussurrando baixinho.

— Agora chega, Signe, você entende isso, agora chega.

— Aguentaremos mais do que isso — disse eu.

Então ele soltou minha mão e dirigiu-se para a barraca.

Fiquei parada, vi o Papai inclinar a cabeça para Lars e alguns dos outros, estavam conversando baixinho entre si. Cheguei mais perto, a voz do Papai era sussurrante, intensa.

— Fico aqui até eles tiverem que me carregar.

— Não — disse Lars. — Você está vendo do que são capazes. Isso aqui acabou agora.

Ao mesmo tempo, houve uma agitação entre o povo de Ringfjorden, várias pessoas estavam gritando, e a essa altura começaram a se aproximar de nós, lentamente, um grande animal rastejante, e levei um susto, porque havia facas reluzindo.

Eles as erguiam contra nós.

Svein avançou, colocando-se entre nós e eles, tentando apaziguá-los, mas continuaram gritando e ameaçando com as facas.

— Malditos hippies de Oslo, se mandem para casa!

Svein falou ainda mais alto, pediu que se acalmassem, virou-se para o Papai e Lars.

— Deem-nos uma resposta e sairemos imediatamente, deixando vocês arrumarem as malas em paz.

Lars e o Papai discutiram baixinho e intensamente, o Papai ensimesmado, furioso.

— Não, o caralho que vão vencer essa.

Mas Lars estava de braços abertos.

— Tem crianças aqui. Uma raiva assim... Nada de bom virá disso.

Os outros assentiram, o Papai era o único que discordava, e eu fui até ele, me posicionando do seu lado.

— Vamos perder se formos embora.

O Papai levou um susto.

— Signe, não, você tem que ir embora.

— Mas você vai ficar, não?

A voz do Papai ficou mais aguda:

— Você e Magnus vão descer já, entendeu?

Então Lars riu desdenhosamente.

— Sua própria filha você quer proteger, mas as filhas dos outros pouco importam?

Não ouvi a resposta do Papai, mas andei em direção à barraca, a Magnus, enquanto senti o calor subir às faces. Papai não contava comigo, eu ainda era uma criança para ele, uma menininha, isso me deixou furiosa, e ao mesmo tempo senti vergonha por sua causa, pois vi o Papai assim como Lars o tinha visto, alguém que havia dito e feito tudo certo, conforme mandava o figurino, mas que, na hora da verdade, com a faca no pescoço, era tão irracional e egoísta quanto qualquer outra pessoa. O Papai queria ser como Lars, mas nunca chegaria à altura dele.

Aproximei-me da barraca. Estava escurecendo, tropecei no solo irregular, mas consegui me proteger com as mãos no último segundo, no mesmo instante, ouvi passos atrás de mim e alguém chamando meu nome.

Ela estava se apressando atrás de mim, primeiro não a reconheci. De calças largas e anoraque, ela quase parecia um jovem menino e movimentava-se com a mesma agilidade de antes, como se não tivesse envelhecido um dia sequer.

Era a Mamãe.

A Mamãe e Svein, Svein e a Mamãe, claro que ela tinha subido com ele. Else deveria estar cuidando dos meninos, os meios-irmãos que eu mal conhecia, e a Mamãe veio junto para dar apoio a Svein, dar apoio ao povoado e realmente reforçar que lado escolhia, o do hotel, mas em primeiro lugar, o da nova pequena família. Desnecessário, pensei, tão absurdamente desnecessário, você não precisava fazer isso, já sabemos, sabemos a sua posição, o que você deseja, como você ganha seu dinheiro, e como pensa em garantir o futuro dos filhos. Por que quer vir para cá para mostrar isso mais uma vez, de mais uma maneira, por que quer novamente se distanciar de mim e de tudo que é meu, daquilo que você e o Papai tiveram lá atrás?

Parei, tinha vontade de gritar, mas não consegui, pois com o grito viriam as lágrimas, senti isso agora, a intensidade com que estavam fazendo pressão para sair. Por isso fiquei apenas assim, completamente parada, esperando o que ela diria, de que modo ela mais uma vez manifestaria sua filiação, como sal em uma ferida.

Mas então ela não falou nada disso.

— Minha filha... — Ela deu um passo em minha direção. — Querida, você está suja.

Engoli, era impossível afastar o choro, pois eu estava suja, e a Mamãe viu, e mesmo que não falasse mais que exatamente isso, eu de repente sabia o que ela na verdade quis dizer: venha comigo para casa e tome um banho, venha comigo para casa, vou encher a banheira para você, água escaldante até a borda da banheira, e espuma, espuma que cheira a limpo, minha própria, você vai ganhar quanta espuma quiser, e me deixe lavar seu cabelo, com o xampu de ervas, massagear seu couro cabeludo por muito tempo e esfregar suas costas com a escova dura que tira pele morta e te faz ficar macia como um bebê, e deixe-me te carregar e embrulhar na maior e mais limpa toalha que tenho e te enxugar com ela até que fique seca e quente e a pele arder, e deixe-me te emprestar meu roupão, o grande, o grosso, e ficar com você o tempo todo, pois dessa vez não vou te abandonar para gritar com seu pai, não vou te esquecer na banheira até a água esfriar, dessa vez ficarei com você até você adormecer.

Eu poderia ter ido com a Mamãe, já, naquele mesmo instante. Ter entrado no carro quente e limpo dela, com um motor que era mais silencioso do que o de qualquer outro carro, e ter ido para o hotel, para nossa ala, para casa.

Respirei fundo.

Não.

Não.

Ela queria me subornar, uma traição dupla, veio aqui para tomar partido, mostrar a todos a que lado pertencia, talvez até liderasse, e ainda por cima queria me subornar. Será que não havia limite?

Virei a cara para ela, afastando-me à maior pressa, indo para Magnus e a barraca, torcendo para que minhas costas fossem rejeição o suficiente, mas ela me seguiu.

— Espere, Signe, pare!

A essa altura, Magnus a avistou. Interrompeu o trabalho, a barraca já estava semidesmontada.

— O que você está fazendo? — falei. — A barraca vai ficar.

Mas ele só olhou para a Mamãe atrás de mim.

— Iris?

A Mamãe chegou perto de nós dois, abrindo os braços para mim, como se quisesse me acolher, mas eu cruzei os meus.

— Minha filha — disse a Mamãe. — Queria que você entendesse como penso. Que é em você e nos meninos que estou pensando.

— Você pensa em mim? — Queria tanto que minha voz fosse calma, mas ouvi o quanto estava tremendo. — Como é possível você pensar em mim e ainda fazer algo assim?

Então a Mamãe virou-se para Magnus.

— Eu disse que seria assim.

— O quê? — falei. — Vocês conversaram sobre isso? Vocês conversaram sobre mim?

— Nós nos preocupamos com você, Signe — respondeu a Mamãe.

Nós?

— O que é isso daqui? — perguntei, percebendo como a voz voltou. — Um clube de costura em que se discute o bem-estar de Signe?

Passei os olhos de um para o outro, a afinidade que existia entre os dois era incompreensível.

— Achei que isso tinha a ver com as cachoeiras — disse eu. — Com Eidesdalen.

Magnus e a Mamãe entreolharam-se, os dois estavam ali, tão calmos, equilibrados, viraram-se para mim quase simultaneamente, olhando para mim com a mesma estranheza que eu já tinha visto em Magnus. De repente, senti-me estúpida, com todas minhas palavras fortes, minha voz alta, e excluída, os dois eram iguais, eu, totalmente diferente. Essa diferença eles tentavam entender, com a maior boa vontade, embora nunca fossem conseguir. Pois a pessoa pragmática não sabe o que é paixão.

— Acho que você não deveria estar aqui em cima agora, especialmente não nesse estado — disse a Mamãe.

Virei-me para Magnus, e a essa altura não consegui mais afastar o choro. Ele tinha contado para ela.

— Eu vou ficar — disse eu para Magnus. — Está entendendo? Largue a porra da estaca da barraca. Eu vou ficar aqui em cima.

Magnus deixou cair o que tinha nas mãos, esticando-as em minha direção, resignado, ou para fazer as pazes, eu não sabia, mas também não me importava, só queria não ter de olhar para ele, o jeito controlado, não ter de ouvir mais a voz calma. Mas não acabou, ainda não pude escapar, pois ele tinha mais a dizer.

— Svein arranjou um emprego para mim, Signe, queria lhe contar antes, mas aí aconteceu tudo isso. Sua mãe e Svein querem me contratar na Ringfallene, eles precisam de engenheiros e podemos mudar de volta. O salário é muito melhor do que qualquer coisa que posso esperar em outro lugar, você nem vai precisar trabalhar. Vamos ter dinheiro para cuidar da criança, você pode escrever, velejar, as coisas que ama, podemos morar aqui e será uma vida boa, Signe. Uma vida boa.

Foi isso que ele sempre desejara, foi isso que havia vislumbrado, uma casa perto da água, um banco na encosta, onde sentaríamos quando ficássemos velhos, de onde apreciaríamos a vista, um jardim com ancoradouro, onde o *Blå* poderia ficar. Eu poderia sair para pescar, ele poderia cuidar do jardim e até ficar na cozinha um ou outro domingo, para preparar a comida de festa que os convidados elogiariam. Mas, em primeiro lugar, ele visualizara o caminho em que faria a ida e a volta para essa casa, ida e volta, o terno que usaria, o terno, o símbolo de estabilidade, asseio, talvez até uma pasta executiva, o escritório onde trabalharia, a secretária que poderia contratar com o tempo, o papel-carbono, o fichário, a promoção, o cheiro reconfortante de tinta, o pigmento preto de fotocópia, o café recém-passado na cafeteira e o holerite que receberia todo mês, um pedaço de papel, uma prova palpável de sua competência, esse ele levaria ao banco para deixar o dinheiro crescer, de modo que, passado algum tempo, ele pudesse conseguir uma casa maior à beira do fiorde, um carro mais bonito, um par de luminárias para a sala de estar, roupa de inverno para o casal de filhos, uma menina e um menino.

Uma vida completamente ordinária, relativamente boa, era o que ele desejava. Uma vida sem contornos muito marcantes, sem muito barulho, sem muito de tudo que era eu.

Como será que a vida teria ficado se eu tivesse cedido naquele dia? Se eu tivesse abraçado o sonho dele? Ainda teria sido Magnus e eu? Teríamos conseguido a casa à beira do fiorde? Os filhos? O banco? Teria sido uma vida boa para mim?

Entretanto, não abracei nem Magnus nem o sonho dele.

Corri.

Corri, para longe da Mamãe e de Magnus, do Papai, de Lars e de Svein, passei os manifestantes, gritaram para mim, ainda mais xingamentos, para uma moça que viram crescer no povoado, alguém que tinha sido um deles.

Porém, ninguém me atacou, deixaram-me correr.

Desci correndo pela estrada de serviço, passei todos os carros estacionados. Acho que eram mais de cem, com cinco homens em cada; tinham subido a serra em quinhentos homens para nos pegar.

Já se livraram de mim.

Corri, caminhei, corri de novo.

Só parei quando cheguei ao cais e inspirei o ar úmido do fiorde, o cheiro de água salgada. Mas não ajudou.

DAVID

Chorei até não sobrar mais nada de mim.

Depois fiquei sentado calmamente no beliche. Com as pernas dobradas do jeito que Lou costumava ficar.

Havia um novo silêncio em mim. Um silêncio como o de dentro de uma concha, pensei. Uma concha, uma concha de mexilhão sem o molusco.

As lágrimas tinham deixado sal seco nos tufos de barba das minhas bochechas. O sal fez a pele ficar dura e ressecada.

Passei a língua sobre os lábios. Também tinham gosto de sal.

Eu estava salgado de lágrimas, salgado de suor.

Sal.

Ele me ressecava a ponto de eu rachar. Isso me despertou e me fez lembrar.

O sal talvez fosse a única coisa que eu conhecia.

Pus os pés no chão. Fui até a cabine.

A única coisa que eu conhecia.

Abri a mesa de navegação e encontrei a pilha de mapas. Virei cada um. Os versos estavam em branco.

Na mesa, também achei um lápis mordido com borracha na ponta.

E aí comecei a desenhar.

Uma bomba. Eu precisava de uma bomba. Quem sabe não poderia usar a bomba d'água a bordo? Acoplar o aparelho a ela de alguma forma.

Um recipiente. Eu precisava procurar nas fazendas da vizinhança. Em algum lugar, devia ter algo que eu podia usar.

E um cilindro. Um cano. O charuto, era como Thomas o chamava.

Tentei me lembrar de tudo que me ensinara sobre a osmose reversa.

E fiz o desenho tão rápido quanto consegui.

A água devia entrar no charuto. Ali, passaria por um efeito de espiral. A água com as moléculas menores seria forçada para dentro do núcleo. Essa água seria totalmente dessalinizada. O resto, o que ele chamava de concentrado, ficaria do lado de fora. E seria levada de volta ao mar.

Era oitenta contra vinte. Vinte litros de água pura, contra oitenta litros de concentrado.

Ele tinha me mostrado o cilindro. No centro tinha um cano com furos. Devia ser possível confeccionar. Entre as camadas do cano, estava o espaçador de alimentação. Parecia uma tela de arame. Também não seria tão difícil conseguir.

Porém, a própria membrana... Meu lápis parou no papel.

Precisava de algo denso. Um tecido. Tão denso que parecesse impenetrável. Mas mesmo assim, as menores moléculas da água deviam ser capazes de penetrar.

Levantei-me e desci do barco rapidamente.

Atravessei o bosque às pressas e fui até a casa.

Entrei nos quartos de dormir. Abri armários e gavetas, mas não achei nada que servisse.

Blusas, meias, malhas. Tudo cheirava a velho, como se tivesse ficado ali por muito tempo.

Desci para o corredor. Ao longo da parede, havia uma fileira de casacos pendurados.

Conferi os casacos. Bem no fundo, achei uma capa de chuva amarela.

Oleado, do tipo antigo.

Roupa de chuva. Teve uma época em que a gente precisava de roupa de chuva.

Apalpei o tecido. Era sólido. Superdenso. Talvez pudesse...

— Oi.

Eu me virei.

Lou estava ali. Não a ouvi chegar. Ela estava segurando meu desenho nas mãos.

— O que é? — perguntou.

Nenhuma palavra sobre como eu a tinha segurado. Sobre tudo que ela tinha gritado para mim.

Ela ergueu os olhos. Olhou para mim, esperando.

Também esperei. A gente estava medindo forças?

Não. Estávamos começando de novo, minha filha e eu.

Tomei fôlego.

— Vamos construir um tanque — falei. — Um tanque de água.

Ela assentiu lentamente com a cabeça.

— Qual água?

— Para água salgada, do mar. Vamos encher inteiro — apontei para o tanque que eu tinha desenhado. — A água vai passar pelo tubo, por esse tecido.

Mostrei a capa de chuva.

— E aí vira água doce? — perguntou.

— Aí vira água doce — confirmei.

Minha menina esperta, ela sabia das coisas.

— E essa a gente vai poder beber?

— Vai.

— Quando a gente estiver no mar.

— Quando a gente estiver no mar.

Ela fez um gesto de aprovação.

— Então não vamos precisar de água. A gente só precisa do mar.

Deu um leve sorriso. A pressão no meu peito se aliviou.

— E aí podemos passar semanas — falei. — Meses. O tempo que a gente quiser. Podemos comer peixe e fazer nossa própria água. Podemos morar no mar pelo resto da vida.

— Eu quero isso — disse Lou.

— Eu também — falei.

Ela ficou um pouco calada. O sorriso sumiu.

— Mas primeiro temos que chegar lá — disse baixinho.

Dei um passo na direção dela.

Queria abraçá-la, mas senti que era cedo demais. Optei por dar o sorriso mais largo que pude.

— É só a chuva chegar — falei. — É só a chuva encher o canal.

— Sim — concordou ela. — É só a chuva chegar.

— E mais cedo ou mais tarde tem que começar a chover de novo.

— Você acha?

— Eu tenho certeza. Mais cedo ou mais tarde, a chuva vai chegar.

Nos dias seguintes, Lou não fez nenhuma pergunta, nem uma sequer.

Ela só trabalhou, junto comigo. Ia comigo para as fazendas da vizinhança, onde caçávamos comida e materiais. Carregava o que aguentava, mais do que eu achava que fosse capaz.

Comia o pouco que eu lhe servia, sem protestar.

Não reclamava quando tinha gosto ruim. Quando não tinha o suficiente.

No geral, falava pouco.

Mas estava lá comigo, do meu lado.

Nem de noite ela fazia perguntas.

Ficávamos no convés, vendo as luzes sobre as árvores, as luzes do acampamento. Às vezes escutávamos sons de lá. Eles nos alcançavam através da paisagem silenciosa.

Tiros.

Gritos.

Eu não devia tê-la deixado ver as luzes, ouvir os sons. Mas nas primeiras noites fiquei pregado ao chão.

Aí comecei a colocá-la na cama mais cedo. Deitava com ela. Saía sorrateiramente quando achava que ela tivesse adormecido.

Porém, ela tornava a levantar, toda santa noite. E se sentava ao meu lado, tão presa à vista da luz sobre as árvores como eu. Igualmente atenta aos sons das pessoas que conhecíamos.

Somente uma vez ela perguntou.

— Caleb, Christian e Martin, onde será que estão agora?

Não consegui responder imediatamente. Não sabia o que dizer. Aí me lembrei de uma coisa.

— Pegaram o trator — falei. — Foi o que ganharam, lembra?

— Lembro.

— Pegaram o trator e foram embora.

— Foram espertos.

— Sim, foram bem espertos.

A cada noite, as luzes diminuíram. Os gritos e os tiros minguaram.

E aí, uma noite, havia escuridão sobre as árvores, silêncio no acampamento. Como se nunca tivesse existido.

Nem aí ela fez perguntas.

Nunca perguntou por Francis. E nunca por Marguerite.

SIGNE

A última vez que te vi, Magnus... a última vez que conversamos... foi logo depois de Londres.

Fui embora sem dizer nada a ninguém. Só fui, diretamente de Eidesdalen para Bergen, saquei todo o dinheiro que tinha na conta, comprei uma passagem de balsa, que partiu naquela mesma noite, para a Inglaterra. Ainda me lembro do cheiro acre a bordo: cigarro, cerveja e fritura, o odor dos assentos carcomidos de couro e fórmica pegajosa, do diesel da praça de máquinas.

Na travessia havia ondas altas, vento forte, mar agitado, vagas encrespadas chocando-se, a superfície tão indomada e encapelada como só o Mar do Norte pode ser.

Como se eu já não estivesse enjoada o suficiente.

Londres recebeu-me com seus paralelepípedos tortos e pubs esfumaçados, mas não abracei essa cidade, não queria fazê-la minha. Não tinha nenhum endereço, nenhum nome a procurar. A única coisa que ouvi falar era que se deveria perguntar por um médico e o resto seria automático.

Talvez não tivesse sido necessário viajar, a maioria apresentava um pedido ao *Comitê Médico* e alguns eram deferidos, mas eu ficaria ali implorando? Chorando? Lembro-me de que estava furiosa, furiosa por dificultarem tanto essa escolha, que afinal era só minha.

Hospedei-me em um hotel bem ao lado de uma grande estação de trem. Quando peguei a chave com o recepcionista, e fiquei ali com ela na mão e a mochila de montanhismo com algumas poucas coisas nas costas, com o peso em uma perna, vestindo meu tradicional cardigã colorido de lã e meu cabelo loiro em uma trança prática, devo ter tido um ar de norueguesa e ingênua, duas coisas que muitas vezes estavam ligadas, com ou sem tranças.

— Algo mais? — perguntou o recepcionista, gorducho e jovial, já que não fiz menção de me mexer. — *Anything more I can do for you, love?*

Inclinou-se sobre o balcão, olhou para mim com um jeito condescendente, ou talvez tentasse me dar uma cantada, ele tinha aquela idade em que as duas coisas seriam possíveis, talvez ele mesmo não conseguisse se decidir. Mas agora eu teria de perguntar a ele, pois não sabia como proceder de outra forma.

— Estou procurando um médico — falei. — Um médico. Um... ginecologista?

De repente, ele se afastou um pouco de mim, distanciando-se, e o sorriso desapareceu.

— *Right*... — disse ele. — Entendi.

Não respondeu logo, mas nem precisava. Percebi que eu não era a primeira, que ele recebera muitas moças estrangeiras como eu, que atualmente formávamos uma parte nada insignificante da indústria de turismo da cidade. Nós chegávamos desacompanhadas, não íamos ver nem o Big Ben nem o Covent Garden, tudo de que precisávamos era uma caixa de analgésicos, uma bolsa de água quente e um quarto sossegado com bom isolamento acústico, para que pudéssemos chorar em paz.

— Então, você precisa de um ginecologista — disse ele por fim. O tom de voz era neutro, mas ele não me olhou nos olhos. Ficou parado por um momento, como se não conseguisse se decidir; será que era um não?

Mas então rabiscou algo num bloco, arrancou a folha e estendeu-a para mim. Recebi-a, caligrafia descuidada de homem, letras inclinadas para a esquerda. Um nome e um endereço.

Ergui os olhos, murmurando *obrigada*.

— Você deveria estar casada — disse ele. — Não deveria precisar fazer isso.

Eu não tinha como responder, porque não poderia dizer que não *precisava* fazer isso, não no sentido que ele quis dizer, que ainda havia alguém que provavelmente queria casar comigo, se eu estivesse disposta a me tornar o que ele desejava. Mas que eu não o queria, e de maneira alguma queria o filho dele, que o mundo não precisava dessa criança, mais uma criança, pelo menos não a nossa; e se o recepcionista tivesse me perguntado por quê, eu teria dito que não havia mais para explicar, era tão evidente, eram aqueles que *queriam* ter filhos que deveriam se explicar, não nós outros, e eu talvez tivesse acreditado em outra coisa por um tempo, Magnus havia tentado me fazer acreditar em outra coisa, mas depois de Eidesdalen eu sabia melhor do que nunca que quem estava certa era eu.

Só lhe agradeci outra vez e levantei minha mochila, tendo um pouco de dificuldade para colocá-la nas costas, mas o recepcionista não me ajudou.

— *Hope you enjoy London* — disse, virando o rosto para o outro lado.

Apertei o botão do elevador, fiquei esperando, mas ele não veio.

O recepcionista tinha se sentado, certamente viu que eu estava ali aguardando, mas não fez menção de explicar, de dizer que o elevador era lento ou talvez não funcionasse, só ficou sentado atrás do balcão, totalmente passivo.

No fim, acabei subindo a escada.

Estava suada quando cheguei ao quinto andar.

No médico, tive de esperar por uma consulta. Mas assim que entrei, tudo foi rápido, ele ligou para uma clínica e arranjou um horário na manhã seguinte, apenas uma noite, pensei, apenas uma noite, e aí acabou.

Naquela noite, vagueei pelas ruas. Passei a Ópera Nacional Inglesa, a Galeria Nacional, atravessei Trafalgar Square, mas nada me impressionou. Continuei a passar por edifícios monumentais, todos reminiscentes da glória passada dos britânicos, de sua capacidade de conquistar o mundo. É só bloco, pensei, a cidade inteira é bloco, tijolo vermelho para onde quer que me virasse, esse barro cozido deixou-me enjoada, esse material criado pelo homem, cortado com exatidão e empilhado um em cima do outro para formar casas.

Então encontrei um caminho para o Tâmisa. Ali o ar estava mais úmido, inspirei-o de boca aberta, como se o bebesse, e fiquei muito tempo em cima de uma ponte, olhando para as águas do rio que passavam sob meus pés.

Então veio um barco, virei-me e segui sua trajetória com os olhos, vendo-o desaparecer sob a ponte e reaparecer do outro lado, estava indo para o leste, talvez rumando para o mar.

O rio ligava a cidade ao mar, o mar ligava o país ao mundo. Todas as cidades grandes têm um rio, Papai certa vez me contara que são os rios que criam as grandes cidades, os rios são as vias mais importantes do mundo. O Papai, pensei de repente, o Papai, o que diria se soubesse, o que diria se estivesse aqui agora? Talvez eu devesse ter lhe contado antes, talvez ele de fato fosse o único a quem deveria ter dito algo, poderia tê-lo levado comigo ou o deixado me levar, deveríamos estar juntos nessa ponte, poderíamos ter conversado sobre os rios, sobre a paisagem artificial que surgiu em torno de todas as hidrovias milhares de anos atrás, ele poderia ter falado sobre o Eufrates, sobre o Tigre, criados por Enki, o deus sumério das águas doces, do mar, da criatividade e da força criadora, que enchia a natureza de água corrente... todas as anedotas do Papai, todas suas palavras, não, eu não as queria, não conseguiria desaparecer dentro delas. E a Mamãe, o que a Mamãe faria se estivesse aqui agora? Teria me levado embora, me dado um banho? Teria tentado me dissuadir de minha escolha?

Algum lixo passou boiando, mais devagar do que o barco, no próprio ritmo do rio. Tentei distinguir no que consistia, parecia um rolo de corda enroscado em um grande emaranhado e dentro dele havia uma caixa de cigarros a meio caminho de apodrecer e uma garrafa de uísque ainda com a tampa. Ficou gravada em mim, como um carimbo na consciência, essa imagem do rolo de corda, o emaranhado, a caixa de cigarros em decomposição e a garrafa de uísque, passando depressa naquilo que já fora água limpa. E eu na ponte sozinha. Só poderia ser assim.

Fiquei ali até bater os dentes, até a umidade fria do Tâmisa alojar-se em cada fibra do corpo. Só então voltei, deixando-me ser cercada por tijolos, andei o mais depressa que pude para recuperar o calor, sentindo como o barro cozido me invadia.

Também na manhã seguinte, entre as paredes pintadas de branco da clínica, pressenti o tijolo vermelho, como se o provasse, mastigasse o pó dele entre os dentes, como se o enjoo fosse causado por ele. Foi a última coisa que senti ao adormecer e a primeira ao acordar depois, e ainda estava ali quando cheguei em casa, senti o pó entre os dentes quando contei a Magnus o que tinha feito, ainda sentia o enjoo quando ele gritou comigo, quando chorou. E depois também estava ali quando fiquei encolhida na cama do meu pequeno apartamento, enquanto soluços lancinantes forçavam-se para cima, sacolejavam o corpo e eu tentava chorar mais silenciosamente, mais baixinho, me abafar, para poder ouvi-lo se batesse à porta, se voltasse. Porque lembro que queria isso, queria que ele voltasse, embora não me arrependesse, embora estivesse furiosa, só não conseguia compreender que terminaria assim.

Mas ele nunca deu notícias. Ou talvez meu choro não fosse silencioso o bastante.

DAVID

Era de manhã. Eu estava na cabine, sob a sombra do toldo que a gente tinha pendurado sobre a retranca.

Estava tão cansado. O tempo todo, tão cansado. Não dormia direito. Toda hora ficava à escuta do som de gotas. O som de chuva.

Senti o suor brotar na testa, embora ainda fosse cedo. Teria de trabalhar logo. Mas não consegui me mexer.

Lou estava fazendo nossas camas no salão e cantava em voz aguda, *Frère Jacques, Frère Jacques, Dormez-vous? Dormez-vous?*

Anna costumava cantar essa música na hora de dormir.

A gente tinha acabado de comer, mas eu ainda estava com fome.

Tinha invadido todas as fazendas nas redondezas. Encontrei alguma comida, um pouco de farinha, algumas latas de conserva, um saco de arroz. O suficiente para durar nove semanas, pelos meus cálculos. Se eu comesse pouco.

Porém, meia xícara de arroz cozido não era o suficiente.

E eu estava com sede. Tomei um gole da minha garrafa, mesmo sabendo que não deveria. A água era do tanque do jardim. Tinha resgatado tudo que estava nele. Fervi. Coei. Testei em mim mesmo antes de dar a Lou. Tinha gosto de terra e de algo amargo que não consegui identificar. Deixava a boca amarrada. Mas não passei mal.

Não pensar nisso. Não pensar. Só trabalhar. Um dia de cada vez, novas tarefas todo dia, lentamente a caminho do barco pronto. Do dispositivo pronto de dessalinização.

E o dia que finalmente começasse a chover, estaríamos preparados.

Eu tinha certeza de que ia começar a chover.

Quando a chuva chegasse, a gente usaria os últimos restos de diesel que eu tinha descoberto no tanque para nos levar ao oeste pelo canal.

Até o litoral.

Quando a chuva chegasse.

E aí, finalmente, entrar no Atlântico.

O oceano seguro. Ali, você podia ver todos que chegavam, tudo que chegava, em um raio de quilômetros.

Ali, só seríamos Lou e eu, no barco.

Íamos velejar durante semanas, talvez levasse meses, para o oeste. Quem sabe, ficaríamos no mar para sempre. Ou talvez conseguíssemos chegar até a América do Sul.

Lou falava sobre isso. Que sob o solo da América do Sul, tinha água. Que se a gente se cansasse do mar, podia ir para lá.

Era só esperar.

Esperar e trabalhar. Enquanto distribuíamos a água e as forças racionalmente.

No nosso entorno, tudo estava secando. Até a lama do canal havia virado pó.

Lou tinha parado de cantar. O mundo estava em silêncio. Quase nenhum inseto zunia, nem ouvi as cigarras. Será que também tinham sumido?

Tomei mais um gole. Precisava parar agora. Sem água por mais uma hora. Tínhamos o suficiente para aguentar vinte dias. Só vinte dias. E depois disso, o que a gente faria?

Eu iria ver Lou murchar, ter convulsões, dores de cabeça violentas? Ou iria libertá-la? Ia segurar um travesseiro sobre o rosto dela enquanto dormia?

De repente havia algo tamborilando fracamente no toldo. Eu me levantei.

Gotas. Será que não eram gotas?

Fiquei de pé, escutando.

Tinha de ter sido gotas.

Espreitei para fora, por baixo do toldo. Para o céu lá em cima.

Azul. Intensamente azul. A cor me deixou tonto.

Mas teria de ter uma nuvem, em algum lugar.

Saí no convés. Dali vi o céu inteiro. Ardia nos olhos. O sol queimava. Era como se tivesse crescido. Como se crescesse a cada dia. Ameaçando engolir o mundo.

Virei-me. E descobri que tinha alguém na margem.

Marguerite.

Talvez estivesse ali fazia tempo. Olhando para o barco, olhando para mim. Esperando.

Na grama seca atrás dela havia uma mala de rodinhas que em tempos passados devia ter sido cara, mas agora estava empoeirada e suja.

Uma mala? Tinha conseguido ficar com ela através de tudo? Será que tinha arrastado aquilo consigo o caminho todo? O caminho todo até aqui, mas também o caminho todo desde sua vida anterior?

— Posso subir? — perguntou para mim.

Quase corriqueiramente.

Não respondi.

Lou saiu do salão e sorriu.

— Olá, Marguerite.

— Olá, Lou — disse Marguerite. — Tudo bem se eu subir?

— Sim!

— Não — falei. — Vou descer.

— Eu também — disse Lou.

— Você fica aqui — mandei.

— Não.

— Sim.

Felizmente, ela obedeceu.

Desci, percebi que estava tremendo. Pois Marguerite estava viva, meu Deus, ela estava viva.

— Vem cá — falei.

Fui em direção ao bosque sem olhar para trás, mas ouvi que ela me seguiu.

Fora da vista de Lou, ficamos de frente um para o outro. Só um metro entre nós, eu queria que a distância fosse maior.

Seu rosto, os olhos, ela estava aqui e ainda *existia*.

Ainda mais magra, pele e osso agora. E tão seca e imunda. A sujeira tinha deixado rastros em suas faces.

—... Não sei o que fazer — disse ela baixinho.

Não consegui responder.

— Não sei o que fazer, David.

—...

— Não tenho para onde ir.

—...

— Quase nada de comida.

—...

— David... David... O acampamento não existe mais.

E aí ela desmoronou, bem na minha frente.

Abruptamente dobrou os joelhos, o corpo todo, a figura aprumada de repente se ajoelhou diante de mim. E me implorou.

— Água, por favor.

Estava com lágrimas nos olhos, era assim que ficava com os olhos embaçados. É assim que ela fica com os olhos embaçados. Aquele pensamento, aquelas palavras. É assim que ela fica com os olhos embaçados. Está prestes a abrir o berreiro. Não, chorar. Damas como ela choram.

Era como olhar para um quadro. Uma foto. Como se ela fosse uma foto.

Não chore, Marguerite, pensei. Não use mais líquido do que o necessário. Não temos nada, não podemos dividir. Tenho Lou, só tenho ela, e não posso dar água para mais ninguém.

— Você tem que ir embora — disse eu apenas. — Você tem que ir.

Mas ela não se levantou.

— Você tem que ir.

Virei o rosto.

— David, espere — disse ela.

Não tinha como não parar. Não tinha como não olhar para ela.

— O que você vai fazer? — perguntou. — Como...?

— Lou e eu vamos sair daqui.

— Mas como?

A essa altura os olhos estavam transbordando. Ela estava chorando. Tive que desviar o olhar.

— Com o barco — falei. — Vamos para o mar. Quando a chuva chegar. Quando o canal se encher.

Aí ela riu. Ela estava agachada ali no chão. Muito mais baixa que eu. E mesmo assim riu alto.

As lágrimas sumiram. Só a risada ficou. Uma risada sem calor. Talvez fosse assim, passando férias em Provença, desfilando seus vestidos de seda, que antes ela ria de gente como eu.

E eu sabia por que ria.

Um frangote perdido, uma criança a reboque, um barco no seco. Faltava-me tudo, até mesmo um plano.

Tão abruptamente quanto tinha começado, ela parou de rir.

Levantou-se, a duras custas, de tão magra que era, mas tentou esconder isso.

Aí, sem dizer mais nada, virou as costas para mim e voltou para a mala na beira do canal, mas não a pegou. Só desceu para dentro do canal, passou o barco e começou a andar.

— Marguerite? — chamou Lou.

Ela não respondeu.

— Para onde você vai?

Então Marguerite se virou para mim.

— Para o mar, estou indo para o mar.

E aí ela continuou. As costas dela eram muito pequenas e estreitas entre as paredes de concreto. Mas ela manteve a cabeça erguida.

Estava cambaleando levemente.

A lama ressecada se agitava sob seus pés enquanto caminhava.

Logo ela ia desaparecer e a poeira ia assentar.

Mas sua mala ainda estava na margem. Sua mala, a única coisa que ela tinha.

Eu a agarrei e corri atrás dela.

Ela se virou, indagativa, uma luzinha de esperança nos olhos.

— Ficou aqui — falei.

A esperança se apagou no mesmo instante.

— O que eu faço com isso?

Mesmo assim, ela pegou a alça da mala e começou a arrastá-la atrás de si.

As rodinhas enterravam-se na lama seca, mas ela puxava mesmo assim. Não parava de puxar, enquanto o ar atrás dela se enchia de poeira.

Ainda deve ser a última coisa que vejo, pensei. A última vez que a vejo, as costas dentro do canal, a poeira, a mala. O último som são as rodinhas da mala na lama endurecida. É assim que ela é quando anda. E só esse som, mais nada. Nada de palavras, gritos, choro.

Mas eu tinha me esquecido de Lou. Ela estava ali, pois havia descido do barco sem eu perceber e tinha visto a mesma coisa que eu.

Agora ela encheu o ar com seu som, suas palavras, seus gritos, seu choro. Mais uma vez ela berrou nos meus braços, mais uma vez protestou contra minhas escolhas. E dessa vez não ia ceder.

— Você não pode ir embora, Marguerite! Ela não pode ir, Papai! Ela tem que ficar com a gente!

Tudo dentro de mim parou e tudo começou. Finalmente, escutei minha filha.

E aí saí correndo. Para a poeira que subia. Para a mala. Para Marguerite.

SIGNE

Vou até a proa para soltar as amarras, mas fico sentada um pouco no convés à escuta. Há um silêncio aqui no interior cujo igual raras vezes ouvi, o canal jaz mudo debaixo de mim, não há vento nenhum, velhas árvores dobram-se sobre a água com folhas imóveis, tampouco se ouvem pássaros ou insetos.

Não só as eclusas me dão a sensação de estar espremida, enclausurada, toda a natureza, o canal controlado, as árvores plantadas em linhas exatas, a plana paisagem agrícola que rodeia a estreita faixa de água, até nos momentos em que o canal passou por bosques senti a mesma coisa, como se a própria floresta aqui embaixo esteja sob controle, uma natureza covarde, desdentada, completamente insípida, ordenada pelo homem. Imagine morar aqui, imagine ter a possibilidade de morar perto das montanhas, com as rupturas, a dureza, o drama vertical, e ainda optar por esse lugar?

Levanto-me, pego o cabo de amarração, solto-o rapidamente, a essa altura, estou nas imediações de Timbaut, hoje encontrarei sua casa, o encontrarei.

Hoje jogarei o gelo na frente dele.

— Aqui está o resto do gelo — direi. — O pouco que sobrou. Pensei que gostaria de tê-lo em sua bebida.

E ele ficará com olhos arregalados.

— Como você provavelmente já sabe, o resto foi lançado ao mar — vou acrescentar. — E derreteu. Melhor assim, não acha, que derreta o quanto antes, deve ser como você quer que seja. — Direi isso como uma declaração, não uma pergunta.

Talvez apareça Trine gorduchinha, ela fica ali com a boca aberta por um momento, parecendo tão indiferente quanto é.

Cada um segura uma taça de vinho na mão e eu jogarei uns cubos de gelo nelas, *gelo de safra especial*, talvez eu diga, enquanto o resto fica derretendo no chão, e, se houver alguns netos ali, eles também vão aparecer... não, esqueça os netos, eles não se importam, só vão querer jogar jogos de computador, videogame, mas Magnus ficará ali boquiaberto, deixando à mostra sua úvula azul de vinho tinto bem lá atrás e coçando-se confuso na barriga abarrotada atrás da camisa de linho cara, mas folgada, e então darei meia-volta e irei embora, mas antes de fazê-lo, direi uma última coisa:

— Ficarei de olho, Magnus, se vocês tirarem mais gelo, o despejarei também, enquanto você continuar assim, pode ter certeza de que eu também continuarei do meu jeito.

Continuarei do meu jeito...

Não...

Não posso dizer isso, não posso dizê-lo assim.

Ficarei de olho.

Meu Deus.

Vão erguer os olhos, os dois, do gelo, do vinho tinto, um para o outro. Vão olhar um para o outro sobre as taças, com cumplicidade, *o que ela inventou dessa vez?* Então Magnus vai se virar para mim e dar um sorriso levemente incompreensivo. *Signe, o que você está fazendo*, ele dirá, ele pensará.

E depois vão arrumar a bagunça que fiz, vão colocar as caixas de plástico na garagem dupla, vão servir-se de mais uma taça de vinho tinto caro e conversar sobre como estão felizes por terem um ao outro, pela vida que têm vivido, pela harmonia que sentem, todas as pequenas experiências boas que estão colecionando, que vida deliciosa eles têm, que bom poder enfrentar a velhice com tanta tranquilidade, com uma casa assim, um jardim assim, um cônjuge assim, uma felicidade assim, que bom poder enfrentar a velhice e saber que você fez todas as escolhas certas.

E eu... eu voltarei ao *Blå*, me sentarei no salão, a essa altura está vazio, as caixas foram embora, sentirei saudades delas, pois era tudo que eu tinha, a raiva nessas caixas.

Continuarei do meu jeito.

Ou posso dar meia-volta, retornar, passar por todas as eclusas que venci, erguer o mastro, livrar-me dos pneus de carro, reabastecer, zarpar rumo ao oeste, desaparecer no Atlântico, e jogar as caixas em algum lugar ao largo, não só o gelo, mas as caixas também, há tanto plástico no mar, uma quantidade tão infinita de plástico, oito milhões de toneladas são jogadas no mar todo ano, ninguém percebe a diferença, essas caixas podem flutuar por ali, juntamente com todo o resto do plástico, de certa maneira pertencem ali, e o gelo, a água, desaparecerá no mar, se tornará salgado, impotável, inútil, se tornará parte do deserto salgado que são nossos oceanos, um deserto que está em constante crescimento.

— Não — digo de repente em voz alta, minha voz soa estridente no ar silencioso.

Pois você chegou até aqui, percorreu todo esse caminho, passou por tanta coisa, você está aqui, você, esse barco... essa escolha você já fez. E falando a verdade, Signe, falando a verdade, você tem muito pouco a perder.

O barco desliza pela água, cada vez mais perto da casa dele, inseri o endereço no GPS. A paisagem é completamente plana, apenas um morro coberto de mata, um pouco distante, em que fixar os olhos. Talvez o chamem de montanha, os que moram aqui, mas não passa de um calombo deslocado.

Quinhentos metros, cem metros e então estou lá, deve ser atrás de um bosque denso, perto da margem do canal.

Porém, aqui não tem onde atracar, não há ponto algum de amarração ao longo do canal. Além do mais, se parar aqui, impedirei o tráfico dos barcos. Preciso acelerar outra vez e seguir em frente.

Está quente e silencioso, estou pingando de suor, meu cabelo está oleoso, provavelmente estou horrível, devo cheirar a barco, uma mistura de água velha do mar, roupa molhada, plástico, caixa séptica e diesel. Mas não importa, agora só preciso fazer o que vim aqui para fazer.

Finalmente vejo uma marina para visitantes no centro de Timbaut e atraco depressa, mas ao pular em terra, meu coração bate forte. Percebo que não conseguirei levar o gelo comigo, terá de ficar aqui, enquanto encontro sua casa, de mãos vazias, sozinha.

Alugo uma bicicleta, uma bicicleta masculina moderna com rodas off-road. Mal alcanço os pedais e o assento soltou-se do parafuso à barra, fica escorrendo para trás o tempo todo. Preciso estabilizá-lo com meu próprio peso, o que deixa o meu pedalar desajeitado e estranho.

A cidade é exatamente como se espera: muito charmosa, uma gracinha, jardins bem cuidados, casinhas tortas pintadas de cores variadas, a *boulangerie*, o açougue, uma floricultura exuberante, atravesso um centro histórico, construções de enxaimel com madeira à vista em torno de uma praça de paralelepípedos, e as malvas-rosas, a lavanda e os portões recém-pintados de ferro forjado afetam minha respiração.

Escorrego para a frente no selim, tento manter-me ereta, oscilo um pouco, um buraco na rua, um paralelepípedo que está mais torto que os outros, quase caio, mas endireito-me antes de haver consequências desastrosas e sigo em frente, afastando-me da praça, deixo o centro da cidade para trás, saio do outro lado, passo uma fábrica de toldos, dobro uma curva, desço, procuro com os olhos uma placa de rua, mas não acho nenhuma.

Então, na próxima esquina, uma finalmente aparece, mas ao chegar mais perto vejo que está errada, estou na rua errada, peguei a saída tarde demais.

Preciso virar e andar de volta, o suor está pingando. Enfim, paro em um cruzamento onde uma das placas tem o nome certo. Aqui está, a rua dele. É ladeada de árvores, aqui e ali o sol encontra o caminho por entre as copas, as folhas criam sombras que se movem o tempo todo, apesar de ser um dia de calmaria.

Estou tremendo. Concentro-me em manter a bicicleta na posição vertical, não posso cair, não posso perder o equilíbrio, quero pedalar devagar, mas não posso, a instabilidade da bicicleta obriga-me a manter certa velocidade.

Então ela surge, a princípio não acho que estou aqui, que de fato finalmente cheguei, mas um número na parede indica que esta tem de ser a casa, e primeiro só vejo isso, o número, e depois vejo a casa. É adorável, tipicamente francesa, paredes grossas de alvenaria, venezianas verdes, cerca de ferro forjado. Assim como eu tinha imaginado.

Mas não totalmente. Pois é menor do que imaginei, uma casa relativamente modesta, a tinta está descascando nas paredes, os canteiros de flores estão malcuidados, as venezianas, estragadas, e a cerca deve ter sido pintada há muitos anos.

Paro do lado de fora, estaciono a bicicleta.

Ele tem uma aldraba no lugar de uma campainha, mas uma cabeça canina de latão. Levanto a mão e bato uma vez, duas vezes, antes de soltar. Deixo o braço pendente junto ao corpo, passo os dedos sobre o tecido da calça, querendo segurar algo, a mão está tão vazia, as duas mãos estão tão vazias, é agora que eu deveria estar com o gelo.

Espero o som de passos, mas só escuto insetos, pássaros e o distante ronco de uma máquina agrícola.

Levanto a mão de novo, pego no cão de latão, bato novamente, mais forte dessa vez.

Ainda nada.

Ele não está em casa. Ninguém está em casa.

Desmorono na escada e de repente estou com muita sede, não trouxe água, deveria estar com o gelo, um cubo frio na língua que derrete na boca até a língua ficar congelada e dormente; eu deveria estar com o gelo agora.

Só fico sentada assim, totalmente parada, mas ainda à deriva. Uma escada, uma porta fechada, estou aqui, e nada está diferente. Isso foi tudo.

Então ele chega.

Passos ligeiros no asfalto são a primeira coisa que escuto, passos rápidos, leves. Ergo os olhos, ele está vindo na minha direção em alta velocidade, já me viu, ele também está suado, está correndo, de shorts, uma camiseta surrada e tênis batidos que já foram brancos.

Como está magro, encovado, o rosto afilado. E pode ser que não seja ele mesmo assim, talvez minha vista esteja ruim, deveria ter colocado os óculos, não pode ser ele, não era para ser assim; e está correndo, não o vi correr desde criança, mas agora está correndo, com facilidade surpreendente, os pés batem no chão ritmadamente.

Pois é ele, e não para de correr, corre até mim, passa o portão, já estou de pé sem perceber, corre até mim, está suado, sinto o cheiro, mas não é ruim, só suor fresco, e desço da escada, ficando de frente para ele.

E agora ele me abraça.

Ele me abraça e ri.

DAVID

A gente se mudou para a casa naquela mesma noite. Só ali, na construção fresca de alvenaria, feita para resistir ao calor, me dei conta de como o barco era apertado e quente.

Era bom ter ar. Lou correu pelos cômodos. Quanto espaço, ela nunca teve tanto espaço.

Ela mudou de ideia três vezes antes de decidir onde queria dormir. Num quarto florido no sótão que pedia para ser habitado por uma garotinha. Com cortinas de renda e almofadas macias na cama.

Por alguns poucos dias... ela ia viver ali. Agora.

Passei toda a água que a gente tinha para um recipiente transparente de plástico. Ele ficava na cozinha.

A água ia durar por menos tempo agora que estávamos em três. Muito menos tempo. Não ia dar, não até a chuva chegar.

Mas de qualquer maneira, nossa vida seria curta, e nesse momento, nesse lugar, essa era a vida que tínhamos.

Os cães percebem o tempo de maneira diferente dos seres humanos. Para eles, cada dia são várias semanas, os dias da formiga são ainda mais longos. Assim eu pensava, assim pensávamos, coisas assim dizíamos um para o outro, Marguerite e eu.

Não aguentávamos lutar mais, pelejar. Só queríamos estar aqui, juntos.

Nossos dias se tornariam uma vida.

Quando Lou já estava dormindo debaixo do céu florido do sótão, quando ela se encolhia e se aconchegava nos lençóis limpos, então Marguerite e eu acordávamos.

As forças que antes tínhamos usado para batalhar, para lutar pela vida, agora usávamos um no outro.

Toda minha energia coloquei nela, e ela colocou a dela em mim. E o calor amplificou tudo.

A gente circulou pela casa.

Passamos por todos os lugares. Primeiro, as camas. Depois, o sofá. Contra a bancada da cozinha. O banheiro, o chuveiro seco. A mesa de centro.

Então veio uma noite de calor insuportável e parecia impossível se mexer dentro de casa.

Então levamos o cobertor para fora, deitamos sobre a grama seca, no chão debaixo das árvores, perto do sulco daquilo que já fora um riacho, enquanto o dia lentamente desapareceu.

Ali possuímos um ao outro de novo. Rápido. Estava quente demais para demorar.

Depois ficamos lado a lado, respirando ofegantes.

Passei os olhos sobre a paisagem crepuscular. Sobre as árvores que soltavam folhas secas no chão. Os galhos que logo estariam nus, onde já não havia pássaros cantando.

Meus olhos passaram adiante, para dentro da escuridão entre os troncos.

Me assustei. Pois ali estava ela. Um rostinho branco. Um rosto perplexo de criança, que lentamente se mudou, conforme entendia o que acabara de presenciar.

De repente, seus olhos ficaram cheios de lágrimas, e ela se virou e desatou a correr.

Merda!

— Lou!

Agora tudo está estragado, pensei. Os últimos dias seriam ruins. O pouco que nos sobrou seria algo feio.

Corri atrás dela através do bosque.

Eu estava nu, sem sapatos. Pisei em algo, uma pedra. Uma dor do cacete!

Tive que parar, me recompor.

E quando levantei, ela tinha sumido.

— Lou? Lou!

Marguerite foi atrás de mim. Tinha botado a regata e o shorts às pressas. Estendeu a manta para mim. Enrolei-me nela.

— Lou? — chamou Marguerite.

Mais uma vez senti sede, estava tão seco, com a boca tão seca. Eu suava, perdia líquido a cada minuto.

Aí a gente a encontrou. Estava totalmente parada no meio da ladeira que dava para a única colina na paisagem.

Apressei-me na direção dela.

— Lou! Espere!

Mas, assim que me viu, começou a correr de novo.

— Lou!

Ela continuou subindo.

Minha respiração ficou pesada, os pés já estavam arranhados, mas mantive os olhos nas suas costas à minha frente.

Não a alcancei até chegarmos ao topo. Era o ponto mais alto da paisagem, um calombo no meio de toda essa planura.

Estava mais claro aqui. As árvores não encobriam o pálido céu noturno.

Achei que ela estava chorando, porque se inclinava para a frente. Achei que estava contorcida, soluçando.

Então descobri que estava ocupada com alguma coisa no chão. Batendo a mão em algo. Soava estranho. Oco.

Ousei me aproximar.

Inclinei-me sobre aquilo que ela estava observando.

Grandes caixas de plástico. Duas fileiras, semienterradas no solo, quase escondidas pela vegetação seca.

Ela fez menção de levantar uma, mas não conseguiu pegar.

Tentei ajudá-la, mas a caixa era pesada. Plástico duro, liso, sólido e azul entre as mãos.

A essa altura, Marguerite também tinha chegado. Olhou curiosa de Lou para mim.

— A gente achou uma coisa — falei. — Lou achou uma coisa.

Marguerite pegou outra caixa. Também se assustou com o peso.

— Tem algo dentro delas?

— Tem — respondi.

Porque agora ouvimos o som. O som de líquido batendo lá dentro.

Pus a caixa no chão, procurei tirar a tampa, mas ela não se mexia. Minhas mãos tremiam. Encontrei um graveto, fiz uma tentativa, mas era grosso demais.

Achei outro. Coube. Enfiei com jeito na fenda entre a tampa e a caixa.

Finalmente, ela se soltou.

Nós três nos debruçamos sobre a caixa.

O que tinha ali estava embalado em plástico. Fiz um furo nele com o graveto.

Lou enfiou um dedo lá dentro. O tirou. Experimentou.

Fiz a mesma coisa, enfiei a mão, do mesmo jeito que fiz no mar lá em casa. Mas dessa vez experimentei.

Água. Era água.

SIGNE

A casa está desgastada, ele está desgastado, os netos só vieram aqui uma única vez, não há piscina e Trine foi embora de vez. Não pergunto por quê.

Saímos no jardim, ele serve café instantâneo, usando uma colher de prata não polida para dissolver o pó.

Fico sentada com a caneca na mão, vejo como o vapor forma gotas na borda superior interna, seguro a outra mão em cima, sentindo o calor subir e a palma ficar úmida.

— Sabia que foi você. Ninguém mais seria capaz de fazer algo assim — diz ele. — E quando ouvi que você tinha passado lá na terrinha, que alguém tinha visto o *Blå* no cais, então tive certeza absoluta.

— Conheço muitos outros que seriam capazes de fazer algo assim — comento.

— Em seu mundo, sim. Você vive num mundo diferente.

— Vivemos no mesmo mundo.

— Será?

Ele sorri.

— Você acha ridículo? — pergunto. — Que atirei o gelo ao mar?

— Não… Não acho. Não acho nada que você já fez ridículo.

— Mas foi tudo em vão — digo.

— Você não sabe como o mundo seria se você tivesse desistido — observa.

Ninguém diz nada, tomamos o café, que lentamente passa de fervendo a morno.

— Você corre — constato.

— Todo dia — acrescenta. — É preciso se ocupar com alguma coisa.

— Que tal o jardim? A casa?

— O que tem?

— É o que os aposentados fazem.

— Não gosto de carpintaria nem de jardinagem.

Ele olha para mim por cima da caneca, mais uma vez a risada faz-se sentir nele, os olhos brilham, embora esteja sério.

— Você ainda quer rir de mim — afirmo. — Você não consegue parar. As pessoas riem daquilo que não entendem.

— Não — diz. — Não, não quero rir de você.

— Mas o que foi, então?

— Signe, você não entende nada?

Olho para ele, não sei o que dizer, porque não, realmente, não entendo nada.

— Você não entende que... toda vez que tenho voltado da corrida, desde que comecei a correr, não, muito antes disso, minha vida inteira... Toda vez que tenho saído de casa, de todas as casas em que já morei, todos os quartos de hotel, toda vez que eu os deixava... tenho desejado, nem sempre fortemente, às vezes tem sido apenas um rasgo, mas ultimamente cada vez mais forte... Toda vez tenho desejado que quando voltasse da minha viagem, ou do trabalho, ou da corrida, que quando voltasse de qualquer coisa que fosse... você estaria sentada na escada?

E então me abraça outra vez, ele inclina-se para a frente e envolve-me em seus braços, ainda estou com a caneca de café na mão, ela fica entre nós, um pedaço quente e duro de louça no meio do abraço, tento extraí-lo, somos desajeitados os dois, dois adolescentes de treze anos.

Quando nos soltamos, ele fica sentado com a mão em meu braço, só a deixa ali, como que para conferir que sou de verdade, e eu não me afasto.

— Por que você fez isso? — pergunto.

— O quê?

— Por que aprovou a extração do gelo?

Ele toma fôlego, mas não responde.

— Foi para eu vir? — prossigo. — Para eu reagir? Procurar você? Porque sabia que eu não seria capaz de ficar quieta?

Ele hesita.

— Não, Signe, não. Gostaria que fosse por isso. Tenho vontade de mentir e dizer que foi por isso. Gostaria de ter tido essa ideia. Você... você poderia ter feito algo assim. Eu não.

— Mas por quê?

— Porque... Sou quem sempre fui. Porque o preço da energia tinha baixado. Porque era uma possibilidade de renda aumentada. De segurança continuada. E provavelmente não ajuda dizer que parei a extração agora. Pois o dano já foi feito.

— Você é quem sempre foi.

Ele faz que sim.

— Apenas mais velho.

— Eu também — digo.

Ficamos calados por um momento.

— Mas você está bem preservada — diz ele depois.

Disfarço um sorriso.

— Isso foi um elogio?

— Não, um fato relevante.

— Considerando as circunstâncias, diria que poderia ser interpretado como um elogio.

— Então deixe margem para interpretação.
— Interpretação?
— Isso.
— Vou pensar a respeito.
— Faça isso.
Ficamos calados novamente.
— Trouxe gelo — digo então. — Doze caixas.

Buscamos o gelo e empilhamos as caixas do lado de fora da casa dele.
— O que faremos com elas? — pergunta.
— Não sei — respondo.
Ele põe a mão em uma delas.
— As caixas são boas. Plástico duro, sólido.
— Petróleo — falo.
— O quê?
— São feitas de petróleo.
— E petróleo é feito de plantas.
— O plástico não é degradável.
— Ele permanece.
— Por milhares de anos.
Deixamos as caixas ao longo da parede da casa, não as abrimos.

Com frequência vou para o *Blå* depois do café da manhã. Sempre tem algo, uma amarração que precisa ser mudada, uma defensa que se deslocou, um barco vizinho que está perto demais e bate contra o casco.

Volto para casa um dia e as caixas se foram, corro para o jardim, mas ele não está ali, dou voltas em torno de mim mesma, olhando por todo lado. E finalmente o avisto, ao longe, no topo do morro que ele chama de montanha, o ponto mais alto da paisagem.

Corro para dentro do bosque, avanço por entre árvores densas e grama comprida, depois entro na trilha que leva para cima. Estou ofegante quando finalmente alcanço o topo.

Ele está debruçado sobre as caixas, mas assim que chego, vira-se e sorri.

— Fique à vontade.

Ele empilhou as caixas, uma sobre a outra, duas de altura, duas de largura, três de comprimento, enterrando pela metade as inferiores.

Ele bate a mão na caixa a seu lado, um som levemente oco, e no mesmo instante ouço o canto da água lá dentro.

— Você não quer sentar? — oferece.

Podemos enxergar longe, a paisagem é serena e bem cuidada, prados em todas as direções, aqui não há nada que destoe, nada que incomode. Ali embaixo está a casa, parcialmente escondida entre as árvores, vemos apenas parte do telhado vermelho, o pátio, o riacho, vislumbramos o canal em meio a todo o verde, uma fita que atravessa a paisagem.

E só estamos sentados ali.

Duas pessoas idosas em um banco.

DAVID

Cobri Lou com o lençol, apesar de estar tão quente que não era necessário.

Aí fui até a porta.

— Boa noite, Lou.

— Boa noite.

Ela estava quieta, olhando para a escuridão, para dentro de si mesma. E aí ela disse, sem olhar para mim:

— Papai, vocês vão fazer aquilo… aquela coisa… de novo essa noite?

— Não — falei. — Não, não vamos fazer aquilo.

E eu estava sendo sincero. Essa noite, só iríamos ficar sentados juntos, Marguerite e eu. Porque finalmente tínhamos tempo.

Lou tomou fôlego, quis fazer uma pergunta, mas não encontrou as palavras. Eu devia falar mais com ela sobre isso, pensei. Devia dizer algo que fizesse ela entender que não era coisa feia. Que aquilo não nos separava, mas nos unia, os três.

Porém, eu não tinha condições de tocar no assunto agora, porque outra coisa me ocupava. E a ela.

Tínhamos carregado as caixas para a casa. Havia doze caixas com água limpa, cristalina, embalada a vácuo em plástico alguma vez em um passado distante. Foram doze voltas suadas. Cinco para Marguerite, sete para mim. Enquanto Lou correu para lá e para cá entre nós dois, tagarela de empolgação.

As caixas ocupavam o centro da sala. Todas estavam cheias pela metade, exatamente a mesma quantidade em cada uma.

Essa noite trancamos a porta, pela primeira vez desde que a gente se instalou na casa. Tínhamos um tesouro, doze arcas do tesouro. Água suficiente para sobreviver por muito tempo.

Eu tinha feito os cálculos. O suficiente para aguentar por quase três meses. Era preciso encontrar comida, mas a gente ia conseguir. Desde que tivéssemos água, seríamos capazes de conseguir tudo.

— Imagine se eu acordar amanhã e elas se foram — disse Lou.

— Isso não vai acontecer — falei.

— Mas imagine?

— Trancamos a porta.

— Tem certeza?

— Tenho.

— Conferiu?

— Sim.

— Depois, você pode conferir outra vez?

—... Tudo bem... posso.

— Promete?

— Prometo.

— Muito bem.

— Boa noite, Lou.

— Papai?

— Sim?

— Amo água.

— Eu também.

— Papai?

— Sim.

— Podemos brincar daquilo mais uma vez?

— Brincar de chuva?

— Isso! De chuva.

— Lou, já é tarde.

— Por favor?

E não me fiz de rogado. Porque eu também adorava brincar disso.

Voltei para ela e sentei na beira da cama. Ela estava quieta, mas o corpo revelava sua empolgação. Olhos bem abertos, não parecia estar com nem um pouco de sono.

— Comece, então — pediu.

— Vou começar — falei. — Feche os olhos.

Ela os fechou.

— É de manhã e faz de conta que você está dormindo — falei.

— Estou dormindo — disse ela, roncando alto.

— Tudo está em silêncio — continuei. — Mas aí você escuta sons no telhado. Você acorda por causa deles.

— Não — protestou, abrindo os olhos. — Não tem sons ainda. Porque não começa com chuva de verdade.

— Tem razão — concordei. — Era de outro jeito. Começa com um chuvisco.

— E chuvisco não é chuva de verdade.

— O chuvisco só fica no ar. Quase que nem neblina.

— E eu acordo — acrescentou ela.

— Você acorda espontaneamente — falei. — Aí você desce para me encontrar.

— Porque você já está acordado também.

Ela se sentou na cama.

— Saímos juntos. E Marguerite também está com a gente — disse Lou.

— Lá fora sentimos o chuvisco no ar — continuei.

— Quase igual neblina.

— Vemos que cria gotas nas folhas.

Lou voltou a cabeça para o teto.

— Acho que está chovendo, digo eu.

— Sim, digo eu.

— Aí a gente se senta e espera.

Sentamos um do lado do outro na cama. Os dois com os olhos voltados para o teto.

— Pouco a pouco a chuva engrossa — falei. — A intensidade aumenta. As gotas ficam mais pesadas. E já podemos escutar.

— Estamos escutando as gotas — diz Lou.

— Você se lembra do som da chuva? — perguntei.

— Sim — disse ela, pensando um pouco. —... Não.

Tamborilei os dedos na mesinha de cabeceira, batidinhas leves.

— Assim.

Ela assentiu.

— Era assim mesmo. — Colocou a mãozinha do lado da minha, tamborilando também.

— Chuva torrencial — falei, deixando os dedos baterem na madeira com maior força. — As gotas caem cada vez mais grossas. Ficam mais pesadas e maiores.

— São enormes — disse Lou.

— Nunca ficam quietas. Esguicham, jorram, pingam, escorrem. Os dias passam. A gente dorme e acorda ao som da chuva no telhado. Temos que falar mais alto para encobrir o barulho de milhões de gotas que sem parar batem na casa, no chão, nas árvores.

Ela se aconchegou ao meu lado.

— Está chovendo a cântaros — continuei. — A chuva faz tudo se juntar. O ar está cheio de água. E o canal se transforma. As gotas batem no leito, penetrando entre folhas secas, soltando a terra.

— E o que vamos fazer todas as manhãs? — perguntou ela. — Fale o que vamos fazer todas as manhãs.

— Todas as manhãs — disse eu — corremos até o canal. Ficamos na margem vendo o quanto a água subiu durante a noite. E vemos o que acontece com o barco.

— E?

— Logo a água chega até o casco. A quilha fica imersa. A água continua subindo. Até o barco não mais ficar parado. Até a gente ter que amarrá-lo na margem do canal.

— E faz de conta que eu pego o cabo.

— Você pega o cabo quando eu jogo, e você o amarra numa árvore grande.

— Com muitos nós.

— Isso.

— Para o barco não ir embora.

— E aí, um dia a gente descobre que o suporte está boiando na superfície. A gravidade não segura mais o barco.

— A gravidade?

— A força que nos faz ficar no chão. Que faz as coisas caírem, não subirem. E quando isso acontece, quando o barco flutua, aí será a nossa hora.

— Então embarcamos.

— Fazemos nossas malas e embarcamos.

— Todos os três.

— E eu ligo o motor.

— Não, faz de conta que eu ligo o motor.

— Você liga o motor.

— Aí a gente vai embora.

— O barco desliza lentamente pelos canais. Vencemos as eclusas. Vamos em direção a Bordéus, em direção ao litoral.

— E eu posso dirigir.

— Você pode dirigir.

— Não temos pressa. Olhamos para a paisagem à nossa volta, vemos como está mudando. Como tudo já ficou verde. A água coloriu o cinza. O solo não está mais poeirento, mas terra firme, sólida. As árvores não estão mais nuas, mas explodindo em folhagem. E aí a gente percebe que tem algo novo no ar. Você está no convés na primeira vez que fico convencido disso. Vou até você, e Marguerite pega o leme. Eu me sento ao seu lado. Puxo você para mim.

Envolvi Lou com o braço, senti o corpo vivo e franzino perto do meu, ouvi sua respiração, animada e um pouco irregular, respiração de criança.

— Continue — sussurrou ela.

— Você também o percebe — disse eu. — Que alguma coisa está prestes a acontecer. No início pensamos que é só imaginação. Mas quanto mais tempo ficamos ali, mais convencidos ficamos. E você olha para mim, como que perguntando se sinto a mesma coisa que você. E eu faço que sim.

— E?

— Tem algo novo no ar. O ar seco, poeirento que sempre coça na garganta se desanuvia. É fácil respirar. Estamos entrando em algo diferente. Estamos deixando o velho para trás. Chegaremos lá. Tudo é fresco. Tudo é nítido. Tudo é novo, mas ao mesmo tempo conhecido. Porque a gente conhece esse cheiro. Esse ar, essa umidade, a amplitude. Viemos dele. O ar na nossa terra era assim.

— Na nossa terra.

— Você está sentindo?, vou te perguntar. Você está sentindo o cheiro? Está sentindo o cheiro de sal?

AGRADECIMENTOS

Meus sinceros agradecimentos a todos os especialistas que contribuíram para o trabalho com o romance: a hidróloga Lena Merete Tallaksen, o ex-chefe de obras e dinamitador Ole Bjørn Helberg, a diretora de comunicação Anne Gravdahl e o consultor técnico Dag Endre Opdeal, do Museu Norueguês de Energia Hidrelétrica e Indústria, o diretor de geração da Istad Kraft AS, Geir Blakstad, Carl Erick Fuglesang da Profinor, o zoólogo Petter Bøckman, o assessor especialista Christian Børs Lind e o ex-secretário-geral Per Flatberg, da Sociedade Norueguesa de Conservação da Natureza, o bombeiro Jørund Lothe Salvesen, o diretor-geral Jonas Ådnøy Holmqvist, da Fivas, a coordenadora-chefe Ellen Hofsvang, da Fundação Rainforest, e o escritor Erik Martiniussen. Agradeço também a minhas talentosas editoras, Nora Campbell e Hilde Rød-Larsen, bem como a toda a equipe da Aschehoug e Oslo Literary Agency, que trabalham com profissionalismo e entusiasmo por meus livros todos os dias.

Um agradecimento especial à ONG A Drop in the Ocean, que viabilizou a visita ao campo de refugiados Skaramangás, perto de Atenas, à voluntária Anne-Lene Bjørklund pela inestimável ajuda e também a todos que me acompanharam e me receberam de braços abertos:

Nanci Vogel Clifton, Hesham Jreeda, Fashimzia Ahmadi, Halitim Mohamed Rafik, Sam Aloso e Sayed Hashimi. E um agradecimento especial a Jack, que me convidou para seu aniversário de doze anos.

Por último, e o mais importante, meus profundos agradecimentos a Kari Ronge, Stein Lunde e Gunn Østgård, que compartilharam suas vidas e seus conhecimentos comigo, tanto em terra como no mar, e a Stein Storløkken, Jesper, Jens e Linus por serem a *minha* vida.

Oslo, setembro de 2017.
Maja Lunde

IMPORTANTES FONTES DE INSPIRAÇÃO

Agência Europeia do Ambiente. *Climate Change, Impacts and Vulnerability in Europe*, 2016.

Bredo Berntsen e Sigmund Hågvar (ed.). *Norske miljøkamper*. Sociedade Norueguesa de Conservação da Natureza, 2015.

Finn Alnæs. *Svart snø*. Aschehoug, 1976.

Irena Salina. *Fluxo: Por amor à água*. Filme de 2008.

Ivar Sekne. *De temmet vannet, Statskrafts tekniske kulturhistorie*. Universitetsforlaget, 2011.

Knut Grove. *Eidfjord 1891-2010*. Fagbokforlaget, 2010.

Knut H. Alfsen. *Klimaendringer i Norge, forskernes forklaringer*. Universitetsforlaget, 2013.

Lars Martin Hjorthol. *Alta: kraftkampen som utfordret statens makt*. Gyldendal, 2006.

Oddvar Einarson. *Kampen om Mardøla*. Filme de 1972.

Robin Clarke. *The Atlas of Water*. Earthscan, 2004.

Sam Bozzo. *Ouro azul: As guerras mundiais pela água*. Filme de 2008.

Terje Tvedt. *Vann: reiser i vannets fortid og fremtid*. Kagge Forlag, 2011.

Toni Liversage. *Fra Gandhi til Greenham Common: om civil ulydighet og ikke-vold*. Gyldendal, 1987.

AS SEGUINTES OBRAS FORAM CITADAS OU MENCIONADAS NO ROMANCE

Hannah Arendt. *Eichmann em Jerusalém* (trad. José Rubens Siqueira). São Paulo: Companhia das Letras, 1999.

Joni Mitchell. "River". Música de 1971.

Simone de Beauvoir. *O segundo sexo* (trad. Sérgio Milliet). Rio de Janeiro: Nova Fronteira, 2009.

Joshua Slocum. *Velejando solitário ao redor do mundo* (trad. Sueli Bastos). Porto Alegre: Mercado Aberto, 1991.

Esta obra foi composta em Caslon pro e impressa
em papel Pólen Soft 70g com capa em papel
Cartão 250g pela Gráfica Corprint para Editora
Morro Branco em agosto de 2021